三聯學術

英雄的习性
索福克勒斯悲剧研究

〔英〕伯纳德·M. W. 诺克斯 著

游雨泽 译

Classics & Civilization

生活·讀書·新知 三联书店

Simplified Chinese Copyright © 2023 by SDX Joint Publishing Company.
All Rights Reserved.
本作品简体中文版权由生活·读书·新知三联书店所有。
未经许可，不得翻印。

图书在版编目（CIP）数据

英雄的习性：索福克勒斯悲剧研究／（英）伯纳德·M.W. 诺克斯著；游雨泽译．—北京：生活·读书·新知三联书店，2023.1
（古典与文明）
ISBN 978-7-108-07457-7

Ⅰ.①英… Ⅱ.①伯…②游… Ⅲ.①索福克勒斯（前496～前406）－悲剧－戏剧文学－文学研究 Ⅳ.① I545.073

中国版本图书馆 CIP 数据核字（2022）第 115269 号

© 1964, 1983 by the Regents of the University of California
Published by arrangement with University of California Press

特邀编辑	苏诗毅
责任编辑	王晨晨
装帧设计	薛　宇
责任印制	宋　家
出版发行	生活·讀書·新知 三联书店
	（北京市东城区美术馆东街 22 号 100010）
网　　址	www.sdxjpc.com
图　　字	01-2018-4877
经　　销	新华书店
印　　刷	河北鹏润印刷有限公司
版　　次	2023 年 1 月北京第 1 版
	2023 年 1 月北京第 1 次印刷
开　　本	880 毫米 × 1092 毫米　1/32　印张 9.5
字　　数	187 千字
印　　数	0,001－4,000 册
定　　价	68.00 元

（印装查询：01064002715；邮购查询：01084010542）

"古典与文明"丛书
总 序

甘阳　吴飞

古典学不是古董学。古典学的生命力植根于历史文明的生长中。进入21世纪以来，中国学界对古典教育与古典研究的兴趣日增并非偶然，而是中国学人走向文明自觉的表现。

西方古典学的学科建设，是在19世纪的德国才得到实现的。但任何一本写西方古典学历史的书，都不会从那个时候才开始写，而是至少从文艺复兴时候开始，甚至一直追溯到希腊化时代乃至古典希腊本身。正如维拉莫威兹所说，西方古典学的本质和意义，在于面对希腊罗马文明，为西方文明注入新的活力。中世纪后期和文艺复兴对西方古典文明的重新发现，是西方文明复兴的前奏。维吉尔之于但丁，罗马共和之于马基雅维利，亚里士多德之于博丹，修昔底德之于霍布斯，希腊科学之于近代科学，都提供了最根本的思考之源。对古代哲学、文学、历史、艺术、科学的大规模而深入的研究，为现代西方文明的思想先驱提供了丰富的资源，使他们获得了思考的动力。可以说，那个时期的古典学术，就是现代西方文明的土壤。数百年古典学术的积累，是现代西方文明的命脉所系。19世纪的古典学科建制，只不过是这一过程的结果。随着现代研究性大学和学科规范的确立，一门规则严谨的古典学学科应运而生。但我们必须看到，西方大学古典学学科的真正基础，乃在于古典教育在中学的普及，特别是拉丁语和古希腊语曾长期为欧洲中学必修，才可能为大学古典学的高深研究源源不断地提供人才。

19世纪古典学的发展不仅在德国而且在整个欧洲都带动了新的一轮文明思考。例如，梅因的《古代法》、巴霍芬的《母权论》、古朗士的《古代城邦》等，都是从古典文明研究出发，在哲学、文献、法学、政治学、历史学、社会学、人类学等领域带来了革命性的影响。尼采的思考也正是这一潮流的产物。20世纪以来弗洛伊德、海德格尔、施特劳斯、福柯等人的思想，无不与他们对古典文明的再思考有关。而20世纪末西方的道德思考重新返回亚里士多德与古典美德伦理学，更显示古典文明始终是现代西方人思考其自身处境的源头。可以说，现代西方文明的每一次自我修正，都离不开对古典文明的深入发掘。正是在这个意义上，古典学绝不仅仅只是象牙塔中的诸多学科之一而已。

由此，中国学界发展古典学的目的，也绝非仅仅只是为学科而学科，更不是以顶礼膜拜的幼稚心态去简单复制一个英美式的古典学科。晚近十余年来"古典学热"的深刻意义在于，中国学者正在克服以往仅从单线发展的现代性来理解西方文明的偏颇，而能日益走向考察西方文明的源头来重新思考古今中西的复杂问题，更重要的是，中国学界现在已经超越了"五四"以来全面反传统的心态惯习,正在以最大的敬意重新认识中国文明的古典源头。对中外古典的重视意味着现代中国思想界的逐渐成熟和从容,意味着中国学者已经能够从更纵深的视野思考世界文明。正因为如此,我们在高度重视西方古典学丰厚成果的同时,也要看到西方古典学的局限性和多元性。所谓局限性是指,英美大学的古典学系传统上大多只研究古希腊罗马,而其他古典文明研究例如亚述学、埃及学、波斯学、印度学、汉学以及犹太学等,则都被排除在古典学系以外而被看作所谓东方学等等。这样的学科划分绝非天经地义,因为法国和意大利等的现代古典学就与英美有所不同。例如,著名的西方古典学重镇,韦尔南创立的法国"古代社会比较研究中心",不仅是古希腊研究的重镇,而且广泛包括埃及学、亚述学、汉学乃至非洲学等各方面专家,在空间上大大突破了古希腊罗马的范围。而意大利的古典学研究,则由于意大利历史的特殊性,往往在时间上不完全限于古希腊罗马的时段,而与中世纪及文艺复兴研究多有关联(即使在英美,由于晚近以来所谓"接受研究"成为古典学的显学,也使得古典学的研究边界越来越超出传统的古希腊罗马时期)。

从长远看,中国古典学的未来发展在空间意识上更应参考法国古典学,不仅要研究古希腊罗马,同样也应包括其他的古典文明传统,如此方能参详比较,对全人类的古典文明有更深刻的认识。而在时间意识上,由于中国自身古典学传统的源远流长,更不宜局限于某个历史时期,而应从中国古典学的固有传统出发确定其内在核心。我们应该看到，古典中国的命运与古典西方的命运截然不同。与古希腊文字和典籍在欧洲被遗忘上千年的文明中断相比较，秦火对古代典籍的摧残并未造成中国古典文明的长期中断。汉代对古代典籍的挖掘与整理，对古代文字与制度的考证和辨识，为新兴的政治社会制度灌注了古典的文明精神，堪称"中国古典学的奠基时代"。以今古文经书以及贾逵、马融、卢植、郑玄、服虔、何休、王肃等人的经注为主干，包括司马迁对古史的整理、刘向父子编辑整理的大量子学和其他文献，奠定了一个有着丰富内涵的中国古典学体系。而今古文之间的争论，不同诠释传统之间的较量，乃至学术与政治之间错综复杂的关系，都是古典学术传统的丰富性和内在张力的体现。没有这样一个古典学传统，我们就无法理解自秦汉至隋唐的辉煌文明。

从晚唐到两宋，无论政治图景、社会结构，还是文化格局，都发生了重大变化，旧有的文化和社会模式已然式微，中国社会面临新的文明危机，于是开启了新的一轮古典学重建。首先以古文运动开端，然后是大量新的经解，随后又有士大夫群体仿照古典的模式建立义田、乡约、祠堂，出现了以《周礼》为蓝本的轰轰烈烈的变法；更有众多大师努力诠释新的义理体系和修身模式，理学一脉逐渐展现出其强大的生命力，最终胜出，成为其后数百年新的文明模式。称之为"中国的第二次古典学时代"，或不为过。这次古典重建与汉代那次虽有诸多不同，但同样离不开对三代经典的重新诠释和整理，其结果是一方面确定了十三经体系，另一方面将"四书"立为新的经典。朱子除了为"四书"做章句之外，还对《周易》《诗经》《仪礼》《楚辞》等先秦文献都做出了新的诠释，开创了一个新的解释传统，并按照这种诠释编辑《家礼》，使这种新的文明理解落实到了社会生活当中。可以看到，宋明之间的文明架构，仍然是建立在对古典思想的重新诠释上。

在明末清初的大变局之后，清代开始了新的古典学重建，或可称为"中国的第三次古典学时代"：无论清初诸遗老，还是乾嘉盛时的各位大师，虽然学问做法未必相同，但都以重新理解三代为目标，以汉宋两大古典学传统的异同为入手点。在辨别真伪、考索音训、追溯典章等各方面，清代都取得了巨大的成就，不仅成为几千年传统学术的一大总结，而且可以说确立了中国古典学研究的基本规范。前代习以为常的望文生义之说，经过清人的梳理之后，已经很难再成为严肃的学术话题；对于清人判为伪书的典籍，诚然有争论的空间，但若提不出强有力的理由，就很难再被随意使用。在这些方面，清代古典学与西方19世纪德国古典学的工作性质有惊人的相似之处。清人对《尚书》《周易》《诗经》《三礼》《春秋》等经籍的研究，对《庄子》《墨子》《荀子》《韩非子》《春秋繁露》等书的整理，在文字学、音韵学、版本目录学等方面的成就，都是后人无法绕开的，更何况《四库全书总目提要》成为古代学术的总纲。而民国以后的古典研究，基本是清人工作的延续和发展。

我们不妨说，汉、宋两大古典学传统为中国的古典学研究提供了范例，清人的古典学成就则确立了中国古典学的基本规范。中国今日及今后的古典学研究，自当首先以自觉继承中国"三次古典学时代"的传统和成就为己任，同时汲取现代学术的成果，并与西方古典学等参照比较，以期推陈出新。这里有必要强调，任何把古典学封闭化甚至神秘化的倾向都无助于古典学的发展。古典学固然以"语文学"（philology）的训练为基础，但古典学研究的问题意识、研究路径以及研究方法等，往往并非来自古典学内部而是来自外部，晚近数十年来西方古典学早已被女性主义等各种外部来的学术思想和方法所渗透占领，仅仅是最新的例证而已。历史地看，无论中国还是西方，所谓考据与义理的张力其实是古典学的常态甚至是其内在动力。古典学研究一方面必须以扎实的语文学训练为基础，但另一方面，古典学的发展和新问题的提出总是与时代的大问题相关，总是指向更大的义理问题，指向对古典文明提出新的解释和开展。

中国今日正在走向重建古典学的第四个历史新阶段，中国的文明复兴需要对中国和世界的古典文明做出新的理解和解释。客观地说，这一轮古典学的兴起首先是由引进西方古典学带动的，刘小枫和甘阳教授主编的"经典与解释"丛书在短短十五年间（2000—2015）出版了三百五十余种重要译著，为中国学界了解西方古典学奠定了基础，同时也为发掘中国自身的古典学传统提供了参照。但我们必须看到，自清末民初以来虽然古典学的研究仍有延续，但古典教育则因为全盘反传统的笼罩而几乎全面中断,以致今日中国的古典学基础以及整体人文学术基础都仍然相当薄弱。在西方古典学和其他古典文明研究方面,国内的积累更是薄弱,一切都只是刚刚起步而已。因此,今日推动古典学发展的当务之急,首在大力推动古典教育的发展,只有当整个社会特别是中国大学都自觉地把古典教育作为人格培养和文明复兴的基础,中国的古典学高深研究方能植根于中国文明的土壤之中生生不息茁壮成长。这套"古典与文明"丛书愿与中国的古典教育和古典研究同步成长!

2017年6月1日于北京

献给我挚爱的Bianca

目 录

序 言 i

第一章　索福克勒斯英雄（一）　1

第二章　索福克勒斯英雄（二）　43

第三章　安提戈涅（一）　98

第四章　安提戈涅（二）　144

第五章　菲洛克忒忒斯　183

第六章　俄狄浦斯在克洛诺斯　228

参考文献　257

人名与主题索引　261

书中所涉希腊词索引　276

译后记　279

序 言

本书的六个章节根据我于1963年春天在伯克利担任萨瑟讲席教师时的演讲扩充而来,此次能够出版,我深感荣幸。在前两章中,我将尝试分析索福克勒斯悲剧英雄的文学现象,而在之后的四章中,我将对《安提戈涅》(*Antigone*)、《菲洛克忒忒斯》(*Philoctetes*)与《俄狄浦斯在克洛诺斯》(*Oedipus at Colonus*)做一些具体的解析。

在这里,我也很高兴向来自各方的帮助致以谢意:感谢约翰·西蒙·古根海姆基金会(John Simon Guggenheim Foundation)于1957年提供的研究员职位,耶鲁大学(Yale University)及波林根基金会(Bollingen Foundation)于1959年提供的差旅资助,感谢雅典学院(Athens College)于1961—1962年间的热情接待,以及美国雅典古典研究学院(The American School of Classical Studies in Athens)给予我使用图书馆的特权,我曾在那里度过许多刻苦又幸福的早晨,感谢加利福尼亚大学(University of California)的邀请,使我得以与其师生进行有价值的交流。最后,感谢海伦·沃德曼(Helen Wadman),微姬·祖尼可(Vicki Zupnik),桑德拉·克罗厄尔（Sandra Crowell）以及所有付出时间将这份令人恼火的手稿打字录入的人们。

伯纳德·M. W. 诺克斯
于华盛顿
1963年11月

第一章　索福克勒斯英雄（一）

"悲剧"这一戏剧形式的现代概念将某个中心角色的存在视作理所当然，他的行为与苦痛是全剧的重心——我们称之为"悲剧英雄"。对于我们而言，一部没有丹麦王子的《哈姆雷特》是难以想象的。悲剧英雄的人物形象源自文艺复兴和新古典时期悲剧对塞内卡（Seneca）的继承，亦即希腊悲剧的遗产。[1]与之相关的文学理论，无论对错，[2]都声称以亚里士多德的《诗学》为根据，其中一个著名的片段对许多批评家而言，似乎都暗示了悲剧要展示的是一个单独角

---

[1] 在这个问题上，维斯（E. M. Waith）的著作《赫拉克勒斯式英雄》（*The Herculean Hero*）是文献材料方面重要的扩展。尤其见48，63，88，104。

[2] 约翰·琼斯（John Jones）在他的《亚里士多德论希腊悲剧》（*Aristotle on Greek Tragedy*）中相当有效地论证道（11-20）："我们将悲剧英雄引进了《诗学》，然而他在其中并没有一席之地。"（13）他举了一个很好的例子来证明我们将悲剧英雄引入了埃斯库罗斯的本不存在这一概念的悲剧里。然而关于《阿伽门农》，他说道："我们将主角孤立起来的批评理论中，是有些错误的。"（82）继而阐释戏剧及三联剧，"基于埃斯库罗斯将阿特柔斯家庭（house）的问题戏剧化的意图"（90）。戏剧的主题是"家"（*oikos*），而非"英雄"（hero）。这是一本充满了新的观点并很有挑战性的著作，围绕这些观点将展开许多讨论。

色的"反转"。[3]亚里士多德作出这样的假设是自然而然的，因为他对于悲剧的观点主要立足于伦理。而道德选择的问题，能够通过这种方式最明确合宜地呈现出来。[4]他所援引的观点在公元前5世纪的悲剧中有坚固的基础。这一时期的许多悲剧，尤其是《俄狄浦斯王》(*Oedipus Tyrannus*)——这部悲剧被他明确视作悲剧艺术最完美的例子——的确将重心放在一个单独的角色身上。这种展示出唯一主角进退两难的困境的戏剧方式，事实上似乎是索福克勒斯的创造。[5]无论如何，他的技巧都非常有特色，我们可以毫不夸张地、公正地说，自他的时代起，欧洲悲剧的主流是"索福克勒斯式的"。正是索福克勒斯向我们展示了我们所认知的"悲剧英雄"[6]（即使希腊人从未使用这一术语）。

---

[3] 亚里士多德《诗学》，I453e。
[4] 见杰拉尔德·F. 厄尔斯（Gerald F. Else），《亚里士多德的诗学争论》(*Aristotle's Poetics: The Argument*)，304-307中精彩的讨论。"亚里士多德的'现实'世界，"他说道："也就是他的诗意世界，这是一个我们日复一日所熟知的世界：在这里，我们通过'美德'努力奋斗以获得幸福，有时成功，有时失败。我们之所以成为'我们'，都是因为那些我们所作出的选择——那些我们做到了或失败了的选择。神或命运不会闯入这迷人的世界。"（306）"因为诗是生命的画像，与《诗学》契合的内容将会出现在其他的作品里，这些作品将会涉及'现实'的范围：《修辞学》，《政治学》，尤其是《伦理学》。"（Cf. 73）
[5] 读者会立刻拒绝承认《被缚的普罗米修斯》是一部此类型的戏剧，他在本书45-50的讨论中被提到。（凡此均指原书页码，即本书边码。——编者注）
[6] 与之最接近的是泰奥弗拉斯（Theophrastus）极具吸引力的表达方式（凯贝尔 [G. Kaibel]，《古希腊喜剧残篇I》[*Comicorum Graecorum Fragmenta* I]，57）：悲剧是英雄命运中的危机（τραγῳδία ἐστιν ἡρωικῆς τύχης περίστασις）。在亚里士多德那里（例如，《形而上学》[*Mete.*][转下页]

甚至是后人为索福克勒斯的作品定下的剧名，都表明了古代世界对他戏剧的这一特色的认可。我们不知道是谁确定了这些剧名，也不知道它们在何时被确定下来，[7]然而它们明确地反映出一些对其戏剧本质的常见——以及总体而言，早期的——印象。在尚存的七部悲剧中，有六部因主角而得名；唯一的例外是《特拉基斯妇女》(*Trachiniae*)，只有这部剧在歌队出场后不明确以一个作为主角的悲剧英雄为基础。埃斯库罗斯（Aeschylus）尚存的七部悲剧的剧名则呈现出一幅截然不同的画面：前五部是《祈援女》(*Suppliants*)，《波斯人》(*Persians*)，《阿伽门农》(*Agamemnon*，毫无疑问，没有人会认为他是一个悲剧英雄)，《祭酒人》(*Libation Bearers / Choephori*) 和《复仇女神》(*Eumenides*)。第六部《被缚的普罗米修斯》(*Prometheus Bound*) 的命名完全合乎情理，并确实向我们展现了一个强大的英雄和绝对主角（即使他不是一个人，而是神），然而这部悲剧与埃斯库罗斯其他的

[接上页] 364b, I4, Pr. 942b, 27)，这句话最后一个词意思是"风的方向的改变"，所以在此也许表示类似于亚里士多德的"反转"（peripeteia）和"进行交流的人"（metabolē）的概念；在晚期希腊语中，这通常表示"危机，至关重要的情况"。讨论详见康拉德·茨格勒（Konrat Ziegler）在 *Pauly-Wissowa*, *Tragoedia* 上的文章 Die Definition des Theophrastos（2050）。近期的讨论见琼斯，276；厄尔斯，386—388。《大词源学》(*Etymologicum Magnum*)，764.1 中有一个类似的定义：悲剧是对英雄生平与言辞的戏剧模仿（τραγῳδία ἐστι βίων καὶ λόγων ἡρωικῶν μίμησις）。

[7] 出现在阿里斯托芬（Anistophanes）那里的剧名（例如，《蛙》, 53, 1021, 1026；《地母节妇女》, 770, 850）向我们展示出，在公元前5世纪的最后25年中，人们很容易通过剧名识别一部戏剧。并且这些剧名很有可能是通过亚里士多德的作品保留下来。

第一章　索福克勒斯英雄（一）

剧作都太不相同，这本身就很成问题；正如基托（H. D. F. Kitto）关于欧里庇得斯（Euripides）《赫拉克勒斯的孩子们》（*Heraclidae*）所说的，这是一部"应作为讨论对象，而非讨论基础"的悲剧。[8]这一定是埃斯库罗斯晚期的作品（甚至比许多学者认为的还要晚），因为其中展现出索福克勒斯对他的影响，正如《俄瑞斯忒亚》（*Oresteia*）的确采用了第三个演员。[9]另一部尚存的埃斯库罗斯悲剧以一种非常"埃斯库罗斯式"的方式关注处于悲剧性两难境地的个体：悲剧的大部分都在详细描述人物以及对忒拜（Thebes）的最后一次进攻时双方斗士的盔甲。在早先阿里斯托芬《蛙》（*Frogs*）的时期，这部悲剧不以《厄忒俄克勒斯》（*Eteocles*）之名为人所知，而叫作《七将攻忒拜》（*Seven against Thebes*）。

这两位剧作家剧名类型的不同，毫无疑问仅仅是他们在方法与观点上的根本性差异的表征。就这一点而言，现存的每一部埃斯库罗斯悲剧，除《波斯人》以外（这是唯一一部诗人在剧中选择了历史而非神话主题的悲剧），都是三联剧中的一部。而索福克勒斯的悲剧则每部都自成一体。[10]索

---

[8] 基托，《希腊悲剧文学研究》（*Greek Tragedy, A Literary Study*），188, n. 3。
[9] 这位读者再次在本书45–50中被提及。
[10] 伊克苏尼区（Aexone）的一则铭文（出版于1929年）记录了一部索福克勒斯的三联剧，这部剧讲述了忒勒福斯（Telephos）的故事。正如阿尔宾·莱斯基（Albin Lesky）在《海伦的悲剧印记》（*Tragische Dichtung der Hellenen*）138中提到的，索福克勒斯很可能还有其他的三联剧。"我们只能说，大致而言，索福克勒斯为了单独剧目抛弃了三联剧的形式。"莱斯基关于忒勒福斯三联剧的讨论，见135–136。

福克勒斯对三联剧形式的抛弃,几乎可以被视作革命性的一步。原因在于:即使三联剧已经不再是酒神节设立之初剧作家必须遵守的规则,而成了一种例外,酒神节仍长期继续要求同一个剧作家必须连续上演三部悲剧;这反过来暗示了,连续的三联剧才是他本应该使用的创作形式。[11]究竟是索福克勒斯革命性的一步导致了悲剧英雄的诞生,还是这革命性的一步是"悲剧英雄"这一概念的结果,这个问题并不比"先有鸡还是先有蛋"更容易回答,我们仅仅能够确定它们是紧密相关的。剧作范围的缩小使悲剧剧目能够从三部减少

---

[11] 这是一个大有争议的问题。然而不幸的是,证据几乎都散佚了。这个观点建立在我们所拥有的唯一证据上:在索达(Souda)的公告中,索福克勒斯"开始实践单独的剧目之间,而非三联剧之间的竞争"(πρῶτος ἦρξε τοῦ δρᾶμα πρὸς δρᾶμα ἀγωνίζεσθαι ἀλλὰ μὴ τετραλογεῖσθαι)。这个观点至今存疑:不仅因为埃斯库罗斯的《波斯人》显然不是三联剧的一部分,也因为索达的公告极其晦涩,几乎令人难以理解。然而《波斯人》显然与其同时期的主题、与三联剧的形式相互对立,除非埃斯库罗斯写出一部关于波斯战争的完整三联剧——这毫无疑问是史无前例的(作为独立的剧目至少都有先例,即使是某一部生不逢时的),再者,他还能以萨特(Satyr)的剧目选择什么样的主题呢?索达公告无疑并非像许多人所声称的那样令人费解。这只是指明了一个事实:三部独立戏剧取代了相互关联的三联剧,这改变了悲剧竞赛的本质。尽管在此之前,裁判们需要评判的实质上是由三个不同诗人完成的三部长剧(三联剧在诞生之初规定三部戏剧必须表现同一个故事。——译者注);而现在,裁判们需要考虑如何分别评判同一个诗人的三部质量大不相同的独立的悲剧,然后才能给他们颁奖。例如给《俄狄浦斯王》颁了二等奖的裁判们,很可能就是受到了这样的影响——与《俄狄浦斯王》一起参赛的另外两部索福克勒斯悲剧不如他的竞争对手们的作品。裁判们不能再在完整的两部三联剧间做比较,从而进行裁判;而必须分别评判每部戏剧。这也就是索达的公告中 δρᾶμα πρὸς δρᾶμα 向我们展示的意义。

到一部，无论这对于剧作家以个体面对生命中的最大危机来展示悲剧困境的决定而言是原因还是结果，范围的缩小都使之成为可能。

毫无疑问，正是索福克勒斯推动了这一革新。他以三部单独的剧作取代相互联系的三联剧的革命性的一步，事实上也能以其他的方式进行。对索福克勒斯而言，弃用三联剧形式，以及专注于唯一英雄的悲剧困境的独立剧作，成为一个硬币的两个不同面向，但它们本不必如此相关。对欧里庇得斯而言，从三联剧形式中解脱，意味着他拥有了更多的可能性，可以尽情发挥，进行更多大胆的尝试。他模仿索福克勒斯，然后写出了《美狄亚》(*Medea*)。在这部剧中，主角确实控制了全局，然而欧里庇得斯本也可以采用像《希波吕托斯》(*Hippolytus*)一样的方式，将四个同样重要的角色之间纠结复杂的关系搬上舞台。[12] 事实上，《美狄亚》因其索福克勒斯式的关注点，对欧里庇得斯而言也是不同寻常的——剧作家并未在其他尚存的作品中重复这种模式。即使是如《安德洛玛刻》(*Andromache*)、《赫卡柏》(*Hecuba*)、《愤怒的赫拉克勒斯》(*Heracles Furens*)和《厄勒克特拉》(*Electra*)，这些在文本结构组织与悲剧张力上都与《美狄亚》及索福克勒斯类型相近的作品，"坚定地专注于主角"这一索福克勒斯的特征，也正在以多种方式慢慢消

---

[12] 见诺克斯 (B. M. W. Knox), "欧里庇得斯的希波吕托斯"(The Hippolytus of Euripides), *YCS* 13, 3–6。

失。[13]这并不是因为欧里庇得斯认为这是一种失败的表现形式而弃之不用，正如基托教导我们的，欧里庇得斯尝试创作一些不同的东西，就像他在诸如《特洛伊妇女》(Troades)、《腓尼基的妇女》(Phoenissae)和《俄瑞斯忒斯》(Orestes)等戏剧中明确表现出的那样。如《伊翁》(Ion)和《海伦》(Helen)这样的戏剧，对于那些被我们称为悲剧的问题根本不在意。在《酒神的伴侣》(Bacchae)中，是酒神狄奥尼索斯（Dionysus）而非彭透斯（Pentheus）主导了全局。

这些都是形式上的考虑，但还有其他方面的思考：即使这些思考并不完全脱离形式（仅仅在低级的艺术中，形式和内容才能被明确地区分开来），也为纯粹的形式术语之外的讨论留下了余地。索福克勒斯的单部戏剧可以被视作观察人类存在的媒介，这从根本上将其与埃斯库罗斯的作品区分开来，同时，单部戏剧也正需要这种索福克勒斯为之寻觅的特定形式。在埃斯库罗斯的三联剧中（通过《俄瑞斯忒亚》，我们得以依稀看见其他作品的宏伟构想），时间的向前流动（οὑπιρρέων χρόνος）不仅揭露了一系列通过连续几代人展示出来的人类行为的因果关系，也揭示出了所有这些事件与神

---

[13] 这无疑是摒弃了将《埃阿斯》与《安提戈涅》视作"双联画"式悲剧的流行分类方式。在《埃阿斯》中，即使是英雄死后，舞台的全局仍由他的尸体掌控着——这是接下来所有场景的唯一讨论主题（见诺克斯，"索福克勒斯的《埃阿斯》"[The Ajax of Sophocles], HSCP 65, 1-2）。在《安提戈涅》中（见74, 75），克瑞翁下决心之后的崩溃和低声下气的投降使安提戈涅的英勇得到了极大的安慰。在悲剧的结尾，他的惩罚则是她（安提戈涅）对神的祈祷实现。

的意愿和行动密不可分的、最终阐明了的关联。角色们的行动是整个大局的有机组成部分,这行动在一个极具想象力的世界中有其生命力,历史掠过其上,为我们提供了一个视角以思考舞台上的苦痛,并通过赋予它意义给我们以安慰;在这里,人类被卷入巨大的事件中,这对他们而言是难以理解的。人们或近或远地被神提醒或鼓励,被审判或保护。人类的苦痛,在一个全知的视角下是有意义的,甚至有其善意的目的,这是人类进步的代价。暴力,正如埃斯库罗斯让他的歌队唱的那样,从某种程度上来说是神的恩典。[14]

然而,索福克勒斯的悲剧排除了未来的可能性,而对未来的想象也许有助于淡化当下的黑暗与恐惧:《特拉基斯妇女》并没有提及那个被折磨囚禁的英雄最终的神化,他只是在舞台上极度痛苦地胡言乱语,《厄勒克特拉》仅仅模棱两可地提到了弑母的结局,[15]《俄狄浦斯王》唯留下一个被玷污了的自瞎双眼的英雄,以及对他的未来黑暗而绝望的暗示。这也以其典型方式切断了人与神之间的紧密联系。雅典娜(Athena)只在埃阿斯(Ajax)愤怒时出现,并且只为了嘲笑和揭穿他;只当菲洛克忒忒斯(Philoctetes)在他自己的意志下作出了阻止特洛伊(Troy)陷落并证伪预言的决定时,赫拉克勒斯(Heracles)才出现在他面前;在其他的情

---

[14] 埃斯库罗斯《阿伽门农》,182:"你所感恩的恶魔。"(δαιμόνων δέ που χάρις βίαιος)
[15] 最近的讨论见伊万·林福思(Ivan Linforth),《索福克勒斯悲剧中厄勒克特拉的时日》(Electra's Day in the Tragedy of Sophocles),121 ff.。

况下，神意都是冷漠而令人费解的：神谕似乎总模棱两可，对人的鼓励似乎不会实现，给祈求的人们带去的，似乎是与他们所求截然相反的东西。

我们从来都没能像在埃斯库罗斯的作品中那样，在索福克勒斯的戏剧中意识到英雄行为的复杂本质以及他的行为在一系列事件中的位置，这一系列事件横跨了过去与未来几代人；也从未能意识到他们的行动与神之间的关系——决定了这一系列事件发展顺序的，正是神意。索福克勒斯的英雄在一片空白的恐惧中，在一个既没有未来给予慰藉，也没有过去给予指引的当下中行动，必须为其行为及后果承担全部的责任——这是在时间与空间中的孤立所强加给他的。确切地说，也正因此，索福克勒斯的英雄才能如此伟大；他们行动的根据仅在于他们本身；他们行为的伟大也仅是他们自己的功劳。索福克勒斯向我们展示的，是第一次为我们所识认的"悲剧英雄"的形象：他不被神所支持，也不顾人的强烈反对而作出决定；这个决定源自他个体本质最深层的"本性"（*physis*），之后便盲目地、凶猛地、英勇地坚持着，甚至直到自我毁灭。

欧里庇得斯的例证再一次强化了这一点。除美狄亚（Medea）外，典型的欧里庇得斯式英雄总是忍受多于行动。赫拉克勒斯、彭透斯、希波吕托斯（Hippolytus），以及其他众多人物都表现为"受害者"而非"英雄"。索福克勒斯笔下的角色因自身的行为和对命运的不妥协，对其悲剧性的结局负有责任。然而在欧里庇得斯悲剧中，不幸的到来则一向无常而盲目，它一般不来自同伴对英雄的顽固不化作出的反应，而来自于神本身：阿弗洛狄忒（Aphrodite）在戏剧开场前就宣告了希波吕托斯的死亡判决，赫拉（Hera）将疯狂植入赫拉克勒斯的心中，狄奥尼索斯亲自引诱彭透斯，使他悲惨可怖地死于其母之手。欧里庇得斯拒绝了索福克勒斯式悲剧英雄特有的独立状态；在他的悲剧中，人又一次存在于一个无法决定自身行为的世界中；神再次登上了舞台。然而此时，神残忍地介入人的生活，只为将世事置于他们的意愿之下，而他们的意愿也不再如埃斯库罗斯笔下那般及时揭示出神意的仁慈。希波吕托斯与菲德拉（Phaedra），赫拉克勒斯，彭透斯，以及神意的其他众多受害者，正如他们明确表现出来的那样，他们积蓄力量只是为了自身的成长以及在人类诸多苦难中维护自己受伤的自尊心。[16]神的行为不能再被称为"恩典"，而是暴力。人们亦不能从历史的角度赋予苦难意义。遍体鳞伤的受害者们在这无情世界中唯一可以得到的安慰是，他们是有尊严的。正如忒修斯（Theseus）对赫拉克勒斯所说："高贵的人无所畏惧地忍受着神降下的灾难。"[17]

在埃斯库罗斯与欧里庇得斯关于人类处境的观点之间，在希望与绝望的两极之间，索福克勒斯创造了另一个悲剧世界：身在其中，人必须为自己的英雄行为负责，有时这一行为使他通过苦难获得胜利，但更多的时候将他引向深渊。这

---

[16] 欧里庇得斯《希波吕托斯》，5–8，47及以下；《酒神的伴侣》，1347；《特洛伊妇女》，69及以下；《愤怒的赫拉克勒斯》，840及以下。
[17] 《愤怒的赫拉克勒斯》，1227–1228。参照《特洛伊妇女》，726及以下。

既意味着失败也意味着胜利，苦难与荣耀是一个不可分割的整体。索福克勒斯使那些不愿接受人类发展局限的杰出个体与这些局限斗争，在失败中他们获得了一种别样的成功。他们的行为是完全自主的；神作为英雄所挑战的界限的守卫者是无责且置身事外的。然而我们总能在英雄行动的每次反转中，在对话与诗歌的每一行中感受到神的存在。在一些神秘诗歌中，例如当埃阿斯或俄狄浦斯（Oedipus）作为僭主正在与神斗争时，我们甚至能隐约感觉到神对反抗英雄的关心与尊敬胜过了那些顺从神意的普通人。索福克勒斯并非哲学家，他对神人关系的构想只通过戏剧展现在我们面前，既神秘又有力；我们唯一能说的只是神似乎也能认识到人的伟大。即使雅典娜的愚弄有些刻薄，但她几乎将发狂的埃阿斯视作一个平等的对象，而宙斯（Zeus）也回应了他最后的祷告；赫拉克勒斯使菲洛克忒斯屈服，但不出一言损伤他的体面；安提戈涅（Antigone）行为的正当性在她死后得到了神的发言人提瑞西阿斯（Tiresias）的认可；厄勒克特拉（Electra）也最终得到了她的胜利。即便是身处忒拜的俄狄浦斯，在最绝望的那一刻也隐约知道神为他预留了特殊的命运，戏剧的结尾亦是他受邀与神一道的场景。在索福克勒斯的戏剧中，神意较埃斯库罗斯的版本更加暴力与神秘，即使与人类的发展毫无关系，但它的存在确证了索福克勒斯悲剧中的平衡与克制在欧里庇得斯式的绝望困境中明显的缺席。

吉尔伯特·默里（Gilbert Murray）称埃斯库罗斯为悲剧的"创造者"，但索福克勒斯的原创性即便不那么耀眼张扬，也不容置疑。他不仅舍弃了三联剧的形式，首先引进了第三个演员，还创造了我们今日所认识的悲剧形式：英雄个体对抗他的命运，他行动的自由也意味着全部的责任。这三个"创造"当然是一致的。对英雄生命中戏剧性的巨大危机的集中表现不仅需要单独的剧目，也需要第三个演员；它不能像在高昂的抒情诗中那样从容不迫地发展剧情，如《祈援女》和《阿伽门农》中的一些情节，而必须投入到行动之中，并维持极快的推进速度。无论是《埃阿斯》（Ajax）开场中迅捷的情节展示，《菲洛克忒忒斯》中心场景的急速推进，还是《俄狄浦斯王》最后真相揭示的疯狂速度，都因第三个演员的出现而得以实现。

单独的剧目作为一种新的媒介，将关注点放在英雄个体的悲剧困境上，并在技术上因第三个演员的开场介绍而更具说服力。索福克勒斯用这种媒介来展现戏剧的重要节点，尽管人物及故事情节是多种多样的，但这些戏剧性的关键时刻竟展现出令人惊讶的相似性。在现存剧目中，有六部（《特拉基斯妇女》毫无疑问是此间例外）中的英雄都面对可能（或必然）到来的灾难与妥协之间的抉择，而接受妥协意味着对他的自我认知、他的权利与责任的背叛。英雄拒绝妥协，随后他的决定会受到质疑，人们或友好地劝慰，或恐吓，或施加实质上的阻力。但他并不因此放弃；他真诚地面对自我，面对他的本性——他那由父辈处继承，并成为其安身立命之本的"本性"（nature）。六部作品的戏剧张力全都来源于这个决定：来源于埃阿斯决心就义而非屈服，来源于安提戈涅对兄长、厄勒克特拉对父亲毫不动摇的忠诚，来源于菲洛克忒忒斯对前往特洛伊充满怨恨的拒绝，来源于俄狄浦斯在忒拜对了解拉伊俄斯（Laius）之死和他自己身世全部真相的执拗坚持，来源于俄狄浦斯行将就木之际对葬于阿提卡土地的执念。在每部戏剧中，英雄都要承担来自各方面的压力。埃阿斯先是为塔美莎（Tecmessa）的请求所困，随后又陷入自我怀疑的怪圈，他如此雄辩地阐释妥协的理由，以至于人们都相信他会让步。安提戈涅被迫面对妹妹伊斯墨涅（Ismene）的恳求，面对克瑞翁（Creon）的恐吓，面对歌队的强烈反对，被困在墓中，却没有得到任何她捍卫的神赞同的迹象。俄狄浦斯王遭遇先知提瑞西阿斯的沉默、伊俄卡斯忒（Jocasta）妥协的建议与她最终绝望的恳求，以及最后一刻放牧人痛苦的祷告。后来，他在克洛诺斯（Colonus）还面临忒修斯的强烈反对，歌队的嫌恶，克瑞翁的咒骂、恐吓与暴力，以及他儿子的恳求。厄勒克特拉被迫面对与妹妹的争执，面对母亲的恐吓，同时歌队又要求她克制自己的行为，然而最致命的是俄瑞斯忒斯（Orestes）死亡的消息——他是她唯一的希望。菲洛克忒忒斯遭受奥德修斯（Odysseus）的恐吓与暴力，但同时也受到涅俄普托勒摩斯（Neoptolemus）和歌队友好的劝慰。他们都在来自社会、朋友与敌人的巨大压力面前保持坚定的态度。索福克勒斯式的英雄及他的处境在这样一幅画面中被完美地描绘了出来：最后一幕中，盲老人被比作"北边的海角，被风暴从每个角落击打"（πάντοθεν βόρειος ὥς τις ἀκτὰ / κυματοπλήξ χειμερία

第一章 索福克勒斯英雄（一）

κλονεῖται,《俄狄浦斯在克洛诺斯》,1240-1241行)*。正如海角一样,英雄迎着风暴的击打岿然不动。[18]

在现存的六部戏剧中,索福克勒斯以同样的方式塑造

---

[18] 当然,这种看待索福克勒斯英雄及其处境的观点并不新颖,尤其卡尔·莱因哈特(Karl Reinhardt)在《索福克勒斯》(*Sophokles*)中及塞德里克·H.惠特曼(Cedric H. Whitman)在《索福克勒斯:关于英雄人文主义的研究》(*Sophocles: A Study of Heroic Humanism*)中精妙而令人信服地表达了相似的观点。更早以前,C. R. 波斯特(C. R. Post)在"索福克勒斯的戏剧艺术"(The Dramatic Art of Sophocles, *HSCP*, 23, 71—127)中将索福克勒斯的戏剧(除《特拉基斯妇女》,83外)描述为具有"相同的框架……从一开始,主要人物就以钢铁般的意志为标志,以一个明确的目标为中心;对索福克勒斯而言,戏剧在一定程度上包括了一系列考验,这些考验按照剧情发展的高潮顺序排列,英雄的意志受其影响并因此获得胜利"(81)。但这种模式太过僵化,"考验"的"高潮顺序"很难证明。G. M. 柯克伍德(G. M. Kirkwood)在《索福克勒斯戏剧研究》(*A Study of Sophoclean Drama*)"悲剧英雄的特征"(169-180)一章中尝试进行"综合",他尤其重视英雄的"高贵出身"(εὐγένεια)的概念。乔治·梅奥蒂(Georges Méautis)在《索福克勒斯,悲剧英雄研究论文》(*Sophocle, Essai sur le héros tragique*)中也提出关于索福克勒斯英雄主义的一般概念,虽然他宣称以希腊宗教中的"英雄"为根据,但自始至终都用基督教术语表达观点。在他的评论中,"复活"(résurrection, 35, 225, 243, 244, 251),"暗夜"(la nuit obscure, 87, 129及其他各处),"苦难"(le calvaire, 133, 134),"灵魂的夜晚"(la nuit de son âme, 133),"荆棘制成的冠冕"(la couronne des épines, 211)等词句比比皆是。这本书有许多值得学习的内容,但坚持索福克勒斯作品与基督教存在相似之处的做法有时会使剧作家透不过气来。对安提戈涅与海蒙(Heamon)的评论(202)是一个很好的例子:"我们可以明确地感觉到,这对爱侣将会像《神曲》中的弗朗西斯卡与她的爱人一样重聚。"以及另一个概括性的例子(293):"埃阿斯,俄狄浦斯和赫拉克勒斯必须经受痛苦、遗弃和孤独的十字架,才能到达那明亮的玫瑰色的复活之地,这玫瑰色是但丁作品中天堂的象征。"

* 本书中《俄狄浦斯在克洛诺斯》的译文参考《索福克勒斯悲剧五种》,罗念生译,上海人民出版社,2016年。在此基础上有所改动。——译者注(凡以此星号标注的均为译者注,全书同。——编者)

出英雄的角色，并将他们置于相同的处境中。这个角色也许戴着年轻女人的面具（事实上出现过两次），也许以一个凶狠丑陋的士兵形象出现，或是一个有勇有谋的统治者，一个被虐待的病中流浪汉，一个盲眼的肮脏老乞丐，但在所有这些面具之后，基本上都是同种类型的英雄。英雄以同样的固执面对相同的处境，但这并不是全部，在每部剧中，英雄及其对手们用于表达自己的语言都遵循着同种模式。

当然，并没有任何一种定义能够囊括这六部戏剧的多样性和生命力，以及不同英雄的独特性与鲜活的个性；这里讨论的仅仅是一种在这六部戏剧中反复出现的模式，这种涉及角色、处境及语言的模式非常突出，可以被称作索福克勒斯悲剧的典型特征。我现在将在细节方面尝试构建这种模式，因为没有具体的例证，这种说法就不能被严肃地看待。仅仅对角色的分析并不足以支持这种说法，因为在此之前，构建典型索福克勒斯式角色的尝试容易受到反对意见的攻击：将对索福克勒斯戏剧角色的阐释作为构建的基础，过于主观且难以捉摸。[19]这种说法必须基于我们所拥有的唯一客观根据——索福克勒斯文本的措辞本身。我们必须通过大量的引文来证明这一点，这是因为太多的索福克勒斯悲剧研究理论以在其所作的戏剧中非常罕见的

---

[19] 各种文学批评见证了对索福克勒斯式角色的分析惊人的多样性。

用词为基础。[20]在这一领域，评论家必须像旧时的传道士一样，一字一句地引用文本；他的理论成立与否取决于其与文本的联系，这些词句是在狄奥尼索斯剧场上演过的戏剧留给我们的全部遗产。

英雄的决定，他行动的决心，犹如礁石对抗着徒劳的恐吓与劝说的巨浪，总是以强硬的、不妥协的措辞表达出来。"我所寻求的冒险精神（ζητητέα, 470）必须能够向我父亲展示我并不是一个胆小的儿子。""出身高贵的人必须生得高贵也死得高贵（καλῶς τεθνηκέναι）。你已经听到所有我能说的了。"（479-480）"其他的武器与我合葬。"（τεθάψεται, 577）"但我将离去。"（εἶμι, 654）"我将要走，到我必须去的地方。"（εἶμ᾽ ... ὅποι πορευτέον, 690）"我必须尽快开始。"（ἀρκτέον, 853）因此埃阿斯说他决心赴死。动词的分词作形容词（verbal adjective）的用法，是一种表达未来时态必要性的方式，尤其表现了不容置疑的语气——这些都是英雄采取行动的决心的特点。安提戈涅在表达她的决心时，显得简

---

[20] 例如"审慎"（σωφρσύνη）一词，自 J. T. 谢泼德（J. T. Sheppard）的《索福克勒斯的〈俄狄浦斯王〉》（*The Oedipus Tynannus of Sophocles*）中的章节"审慎"（Sophrosyne）(lix-lxxix) 起，就成为索福克勒斯批评理论中的惯用词。虽然在欧里庇得斯的作品中颇为常见，但"审慎"并没有在现存的索福克勒斯戏剧中出现，甚至"节制"（σώφρων）与"健全之思"（σωφρονεῖν）都相对罕见；除此之外，这些词一般用来指英雄不该拥有的品质而非他们应该拥有的——详见诺克斯（2），16-17。相似的例子还有在惠特曼书中大量出现的"美德"（ἀρετή）一词（也可参照穆尔［John A. Moore］《索福克勒斯与美德》[*Sophocles and Aretê*]）实质上在索福克勒斯的作品中也相当罕见（共在现存戏剧中出现六次，仅限于《埃阿斯》《特拉基斯妇女》及《菲洛克忒忒斯》）。

洁而坚决。"你尽管成为你决定成为的那种人吧，"*她对伊斯墨涅说，"但是我要将他埋葬。"（θάψω，72）"即使我为此而死，也是件光荣的事。"（καλόν...θανεῖν，72）[21]"我将与他同在"（κείσομαι，73）；"我将永远躺在那里"（κείσομαι，76）。几行之后，"我现在就要去（πορεύσομαι，81）为我最爱的哥哥起个坟墓"。因此俄狄浦斯在忒拜决定要找到杀害拉伊俄斯的凶手时也说："我要重新弄明白。"（φανῶ，132）[22]这是他固执地坚持做的事，对各种恳求充耳不闻，直到全部真相赤裸裸地展现出来。"没有人能够说服我不去了解真相。"（οὐκ ἂν πιθοίμην，1065）"手握这样明显的证据，我不可能不发现我身世的秘密。"（οὐκ ἂν γένοιτο，1058）"必须由我做主，"在争执中他对克瑞翁这样说道（ἀρκτέον，628），[23]随后，

---

[21] 参考《安提戈涅》，97，"光荣地死去"（καλῶς θανεῖν）。
[22] 比较《俄狄浦斯王》：138，"我将清除污染"（ἀποσκεδῶ）；145，"我要彻底追究"（δράσοντος）；265，"我将竭力作战，……我将达到目的"（ὑπερμαχοῦμαι, ... ἀφίξομαι）。（本书中《俄狄浦斯王》的译文参考罗念生译本：《索福克勒斯悲剧五种》，罗念生译，上海人民出版社，2016年。在此基础上有所改动。——译者注）
[23] 爱德华·施维茨尔（Eduard Schwyzer）在《希腊语语法》（*Griechische Grammatik*）第二卷中将其（409）译作"必须得到服从"（oboediendum est）——他认为是"不及物的"（参阿方索·戴恩［Alphonse Dain］与保罗·麦尚［Paul Mazon］的《索福克勒斯》［*Sophocles*］第二卷，同上）。然而在语法上并没有必要将其视作 ἄρχεσθαι 而非 ἄρχειν 的一种形式。 如果欧里庇得斯（《伊菲革涅亚在奥利斯》［*Iphigenia at Aulis*］，1033）笔下的克吕泰涅斯特拉（Clytemnestra）可以说"由我做主"（ἄρχε），那么俄狄浦斯就可以说"我必须做主"（ἀρκτέον）。杰布（Jebb）对这个释义的维护是有说服力的。
* 本书中《安提戈涅》的译文参考罗念生译本：《索福克勒斯悲剧五种》，罗念生译，上海人民出版社，2016年。在此基础上有所改动。

在可怖的真相大白的边缘,"我一定要听。"(ἀκουστέον,1170)对厄勒克特拉而言,正如她解释的那样(355行及以下),对父亲的哀悼是对抗凶手的一种行为方式,并且强调她对此决不放弃。"只要我还能看到群星与日光,我的眼泪就不会停止(οὐ...λήξω, 103)。""只要我还活着,就决不会停止这些疯狂的悲伤。"(οὐ σχήσω, 223)当得知俄瑞斯忒斯去世的假消息时,她宣称决心以更加不妥协的方式继续她的哀悼和反抗示威。"从现在开始,我决不会再踏进这所房子,与他们生活在一起,我宁愿倒在这扇门边,孤苦伶仃地度过这一生。"(εἴσειμ᾽... αὐανῶ, 817–819)她对她的妹妹说,"我不会跟随你"(οὐ ... μὴ μεθέψομαι, 1052),她曾在一次回绝中用过这种表达强调的未来否定形式。[24]"我已经决定了。"她这样说道(δέδοκται, 1049),当克律所忒弥斯(Chrysothemis)拒绝对她提供帮助,她"必须独自行动"(δραστέον, 1019)。菲洛克忒忒斯也做了决定(δέδοκται, 1277)。"比我所能表达的还要坚决。"当问题摆在他面前时,他这样回答道。[25]而且他非常坚定地拒绝前往特洛伊。"决不(οὐδέποτέ γε, 999)。即便我将遭尽灾祸。""决不,决不(οὐδέποτ᾽ οὐδέποτ᾽, 1197),即使是众神之王对我降下闪电。""决不,"(οὐδέποθ᾽, 1392)他对涅俄普托勒摩斯重复

---

[24]《厄勒克特拉》,1029:"你不必忍受我的哀悼。"(οὔ ποτ᾽ ἐξ ἐμοῦ γε μὴ πάθῃς τόδε)
[25] 参照《菲洛克忒忒斯》,1274:"我想从你这里知道你是否决定要留在这里继续忍受。"(πότερα δέδοκται σοι μένοντι καρτερεῖν)

说道,"我决不愿见到特洛伊。"在克洛诺斯的盲老人如此出其不意又强烈地宣布他的决心,以至于与他对话的人完全震惊了。"我决不会离开这个地方。"(οὐχ ... ἂν ἐξέλθοιμ᾿, 45)"这是什么意思?"充满疑惑的克洛诺斯人问道,他还以为这是一个卑微的请求。老人的语气变得更加坚决。"他们永远也别想控制我。"(οὐκ ... μὴ κρατήσωσιν, 408)他提到忒拜人并再一次说道:"他们决不能把我抓到手。"(οὐ ... μὴ λάχωσι, 450)

即使以这样决绝且令人生畏的措辞表达出来,英雄的决心仍然受到考验。对下定决心的英雄而言,最难抵抗的是他所爱之人的恳求。塔美莎以她的爱及他们的儿子之名恳求埃阿斯。"可怜可怜你的儿子吧,我的主。"(510)她紧切又绝望地恳求着。"我请求你。"(λίσσομαι, 368)"我哀求你。"(ἀντιάζω, 492)"我跪下来求你。"(ἱκνοῦμαι, 588)埃阿斯确实被感动了,正如我们从他那著名的演说中知道的那样——"我同情她"(652),但所有这些恳求都没能使他改变主意。克律所忒弥斯也这样哀求过厄勒克特拉("我求求你"[λίσσομαι],428;"我恳求你"[ἀντιάζω],1009),但效果甚至更差。伊俄卡斯忒不能与俄狄浦斯争论,因她大胆地对他隐瞒自己刚刚知道的真相,于是她哀求他不要再追查自己的身世:"我恳求你,不要这样。"(λίσσομαι, μὴ δρᾶν τάδε, 1064)此前歌队也请求王再考虑一下他对克瑞翁的死刑惩罚:"考虑一下吧,我们恳求你。"(λίσσομαι, 650)波吕涅刻斯(Polynices)联合他的妹妹恳求他的盲父亲作为乞援人（ἱκετεύομεν，1327）加入他那一方，与他弟弟为敌。[26]

然而，人们通常使用说理与恳求的形式来攻关英雄的决心，诉诸理性而非感性。改变英雄心意的尝试被称为"建议"（παραινῶ）或"劝诫"（νουθετῶ）。"即使我还不够资格给你建议。"（παραινέσω，1181）当安提戈涅试着劝说她的父亲听从他儿子的建议时，她这样说道。"我怎能怀疑一个友好地给了我建议的人的话？"（παρῄνεσεν，1351）菲洛克忒忒斯这样说道。当他拒绝涅俄普托勒摩斯的最终恳求时，又重复了一次："你给了我这个糟糕的建议。"（αἶνον αἰνέσας,1380）[27] 伊俄卡斯忒也是这般徒劳地尝试着"建议"俄狄浦斯（παραινοῦσ᾽，918）。[28]

---

[26] 也可参照《俄狄浦斯在克洛诺斯》，1309："求神的人"（λιτὰς）。
[27] αἶνον："建议"，杰布的观点是正确的。《利德尔–斯科特–琼斯希腊文·英文辞典》（*LSJ*）将αἶνος词条下的这一段中的用法解释为"故事"，而将αἰνέω词条下的这一段的用法解释为"建议"。但涅俄普托勒摩斯讲了什么"故事"呢？韦德纽斯（W. J. Verdenius）在《谟涅摩叙涅》（*Mnemosyne*）（IV, XV, 4, 1962, 389）中说道："涅俄普托勒摩斯并没有给出建议，他表达了一种意图（1373, βούλομαι）。"但这太吹毛求疵了，涅俄普托勒摩斯的整段话就是一个建议。韦德纽斯提出的阐释——"暗有所指的故事""有隐含意义的故事"——依旧不能证明涅俄普托勒摩斯所说的内容在任何意义上可以被称为"故事"，并且需要更进一步的解释，即"所说的话"（αἰνέσας）是按"说谜语"（αἰνίσσομαι）的意思来使用，"正话反说"，因此韦德纽斯引用埃斯库罗斯《阿伽门农》，1482（参见 Eduard Fraenkel, Aeschylus *Agamemnon*, 同一出处，以及注释2）。
[28] 在《俄狄浦斯在克洛诺斯》的1370中，"建议"由συμβουλεύειν一词描述；在《菲洛克忒忒斯》的1321中，"提出建议的人"由σύμβουλος一词描述。

有时措辞则为语气更强烈的劝诫：斥责，警告，告诫，纠正。"其他人也有不孝的儿子，"安提戈涅对她的父亲说道，"和暴风骤雨式的怒火，但他们听从劝告（νουθετούμενοι，1193），亲友们的爱改善了他们的性情。""你先听我说，然后再斥责我。"（νουθέτει，593）俄狄浦斯稍早前对忒修斯这样说道。"即使是这样，你仍责备我。"（νουθετεῖς，1283）菲洛克忒忒斯在涅俄普托勒摩斯最后的恳求后愤怒地哭诉道。随后涅俄普托勒摩斯这样回答："你厌恶任何以友好的方式告诫你（νουθετῇ，1322）的人。"也正因此厄勒克特拉受到她妹妹的指责。"所有这些你从她那里学会的对我的指责（νουθετήματα，343）。"*厄勒克特拉对克律所忒弥斯说。"你没有权利指责我。"她对她的母亲说。当克律所忒弥斯拒绝了她攻击埃癸斯托斯（Aegisthus）的计划时，她说："你的斥责（νουθετεῖς，1025）表明你将不会与我一道行动。"

建议或劝诫是一种理性的恳求。"考虑一下，再想一想。"（φρόνησον，49）伊斯墨涅对她的姐姐说道。随后又说："认真思考。"（σκόπει，58）"考虑这个。"（σκέψαι δὲ τοῦτο，584）克瑞翁对俄狄浦斯王说。"再考虑一下吧，我们求求你。"（φρονήσας，649）歌队对他说。随后伊俄卡斯忒请求他："考虑一下。"（σκόπει，952）"现在正是好好想一想的时候

---

* 本书中《厄勒克特拉》的译文参考罗念生译本：《索福克勒斯悲剧五种》，罗念生译，上海人民出版社，2016年。在此基础上有所改动。

了。"（φρονεῖν，384）克律所忒弥斯对厄勒克特拉说。[29]"好好考虑一下。"（φρόνησον εὖ，371）歌队对埃阿斯说。涅俄普托勒摩斯将他的士兵留给菲洛克忒忒斯，寄希望于他能够"更好地想一想"（φρόνησιν ... λῴω，1078），并且士兵们重复地说："你可以有更好的主意。"（λῴονος ἐκ δαίμονος，1099）[30]忒修斯严厉地要求盲老人"考虑"（σκόπει，1179）是否该听从他儿子的建议，而安提戈涅则在忒修斯失败后继续用相同的话劝阻俄狄浦斯（ἀποσκόπει，1195）。

说服是一种理性的争论方式，πείθω（说服）一词及其中动态形式（middle form）πείθομαι（意为更强烈的"服从"）出现在英雄与敌或友的每次冲突中。"你不会被说服吗？"（σὺ δ' οὐχὶ πείσῃ；592）当埃阿斯离开营房并决心自杀时，塔美莎对他这样说。而克律所忒弥斯在与厄勒克特拉的第一次争执中对她一字不差地说了同样的话（σύ δ' οὐχὶ πείσῃ；402）。"我求你听我的劝吧。"（πιθέσθαι，429）她对她的姐姐再次说道。随后，一直全心全意支持厄勒克特拉的歌队此时也站在克律所忒弥斯这边，用同样的话反对厄勒克特拉独自行动的决定："听听劝吧。"（πείθου，1015）同样的，俄狄浦斯王也被催促着接受劝告：来自提瑞西阿斯——"如果你

---

[29] 也请参照《厄勒克特拉》，529，1048，1056。
[30] 参照《俄狄浦斯王》，1066："我这么说是为你好。"（τὰ λῷστά σοι λέγω，伊俄卡斯忒）对此俄狄浦斯回答（1067）："你说这是为了我好，但我已经为此困扰很久了。"（τὰ λῷστα τοίνυν ταῦτά μ' ἀλγύνει πάλαι）也请参照《菲洛克忒忒斯》，1381。

能被我说服"（ἢν ἐμοὶ πίθῃ, 321）；来自歌队——"听听劝吧"（πιθοῦ, 649）；以及来自伊俄卡斯忒绝望的最后恳求——"还是听听劝吧"（ὅμως πιθοῦ μοι, 1064）。

相关的 ἀπιστέω（拒绝劝告，违抗）一词专门用于安提戈涅。"你们不得祖护违抗命令的人。"（τοῖς ἀπιστοῦσιν, 219）克瑞翁对歌队说，不久之后安提戈涅被守卫带上台。"你是因为违背了国王的命令而被他们押来的？"（ἀπιστοῦσαν, 381）歌队问她。而且克瑞翁也将她称为"城里唯一抗命的人"（ἀπιστήσασαν, 656）。对她的劝说是明确的，她的违抗也一样毫无疑问。她不可挽回的抗命行为本身已经将这些话变得无足轻重了。正是伊斯墨涅说"我会服从"（πείσομαι, 67），而克瑞翁在最后也说了同样的话（πείσομαι, 1099）。奥德修斯在开场中说，菲洛克忒忒斯"永远都不会被说服"（οὐ μὴ πίθηται, 103），因此他理所当然地一定会受骗。当菲洛克忒忒斯听说奥德修斯将会说服他去特洛伊时，他表现出轻蔑的怀疑。"他真的……发誓说他要来劝说我起航前往阿开奥斯人（Achaeans）之所？"（πείσας, 623）"除非我死了，从哈德斯（Hades）那里再回到人间，才会被他说服。"（πεισθήσομαι, 624）他继续说道。随后，意气风发的奥德修斯对他说："你必须服从。"（πειστέον, 994）当他不为武力所动时，涅俄普托勒摩斯尝试说服他，但也没有更好的效果。"我被你说动过一次。"（πεισθεὶς λόγοις, 1269）菲洛克忒忒斯愤怒地说。"我倒希望你曾被我的话说服。"（πεισθῆναι, 1278）涅俄普托勒摩斯说。

随后，在明白一切都是徒劳之际——"我似乎一点也没有说动你"（πείθειν... μηδὲν，1394），克瑞翁来到克洛诺斯，"说服这个人"（πείσων，736）。"听我的劝。"（πεισθείς，756）他随后对俄狄浦斯说道。但俄狄浦斯不为所动。他对克瑞翁说："如果你不能说服我和在场的这些人，那我就太开心了。"（πείθειν，803）而后，他的女儿安提戈涅（πιθοῦ，1181）和他的儿子波吕涅刻斯（πιθέσθαι，1334）使用了同样的表达。

英雄，正如他在朋友与敌人眼里那样，需要吸取教训，需要被教育。歌队对厄勒克特拉说："如果你们能够吸取教训，会从她的话里获益。"（μάθοις，370）克律所忒弥斯对她的姐姐说："你根本不会吸取教训。"（μάθησις，1032）"听着，并且从我身上吸取教训。"她又说了一次（ἄκουσον... μαθοῦσα，889）。"你根本不想得到一点教训。"（διδαχθῆναι，330）她告诉厄勒克特拉，但厄勒克特拉激烈地拒绝了她的教诲。"别教我成为背叛亲人的人。"（μή μ' ἐκδίδασκε，395）"听明白了再下判断。"（μαθών，544）在忒拜，克瑞翁对俄狄浦斯这样说，但俄狄浦斯回答道："你说话很狡猾，我这笨人听不懂。"（μανθάνειν，545）"听我说下去，就会知道……"（μαθ'，708）随后，伊俄卡斯忒对他这样说道。在悲剧的结尾，在深深的屈辱中，自瞎双眼的绝望的俄狄浦斯对歌队说："别说这件事做得不妙，别劝告我……"（μή μ' ἐκδίδασκε，1370）埃阿斯在他那伟大的演讲中说道："我们应该学着尊敬阿特柔斯之子（Atridae）。"（μαθησόμεσθα，667）但他先前更有自知之明："只有傻瓜才想着能在这么晚的时候教育我的天性。"（παιδεύειν，595）"在你知道事情的真相之前不要抱怨……"（πρὶν μάθῃς，917）涅俄普托勒摩斯对菲洛克忒忒斯说。"什么教训？"（μάθημα，918）英雄问道。他并不能从任何凡人身上吸取这个教训。涅俄普托勒摩斯恼怒地对他说："我的好人呀，学着别太夸大你的不幸。"（διδάσκου，1387）

在理性与感性的恳求背后，在建议与说服背后，人们对英雄真正的要求是"放弃"（yield）。"放弃"（εἴκειν，及其复合形态）是索福克勒斯悲剧处境的关键词，这个词出现在六部戏剧中所有重要的攻关英雄决心的语境中。[31]

这似乎是索福克勒斯最中意的词，他不仅是唯一一个使用不定过去时形式（aorist formation）εἰκαθεῖν的剧作家，[32]并且几乎只有他将这组词用于描述对戏剧英雄的要求。在埃斯库罗斯的作品中，这种用法只出现在《被缚的普罗米修斯》中，[33]而这部戏剧的用词与埃斯库罗斯其他的作品相

---

[31] 我在读到汉斯·迪勒（Hans Diller）精彩的文章"索福克勒斯戏剧人物的自我意识"（Über das Selbstbewusstsein der sophokleischen Personen, *Wiener Studien*, LXIX, 70-85）之前就已经完成了这些讲稿。这篇文章预见了我对此以及其他几个关键处的观点，它将在接下来的注释中不断出现。

[32] 参照艾兰特-简特（Ellendt-Genthe）《索福克勒斯词库》（*Lexicon Sophocleum*），柏林，1872，该词条下："其他的悲剧作家拒绝使用这个词"（ceteri tragici ep verbo abstinuerunt）。

[33] 埃斯库罗斯《被缚的普罗米修斯》，320："你不向灾难屈服。"（οὐδ' εἴκεις κακοῖς）参照索福克勒斯《菲洛克忒忒斯》，1046；《安提戈涅》，472。埃斯库罗斯笔下其他的例子可见歌队（《祈援女》，202），卡桑德拉（《阿伽门农》，1071），以及《阿伽门农》中歌队的一曲到另一曲（1362）。关于埃斯库罗斯的用词分析参见迪勒，73-74。

差甚远；[34]在欧里庇得斯的作品中，把这个词用于攻关英雄决心的语境的只有《希波吕托斯》：乳母劝菲德拉屈服于对希波吕托斯的激情（"阿弗洛狄忒将温柔地对待屈服于她的人"，τὸν μὲν εἴκονθ' ἡσυχῇ μετέρχεται, 444），即使此处并不直接与人物对话，菲德拉更不是悲剧的"英雄"。[35]

这是一个在希腊诗歌中有着很长历史的词，在荷马那里有"退却"（retreat）的意思。"退却"的本意，即"在敌方面前撤退"，在其引申义"屈服，允许"（concede，permit）中明显地体现出来。通过《安提戈涅》的一个著名片段，我们可以清楚地看到这个词在索福克勒斯悲剧中的含义。海蒙正尝试着说服他的父亲留安提戈涅一命："试看那洪水边的树木怎样低头，保全了枝儿（ὑπείκει, 713）；至于那些抗拒的树木却连根带枝都毁了。同样的，那把船上的帆脚索拉紧不肯放松的人（ὑπείκει μηδέν, 716），也把船弄翻了。到后来，甲板在下，龙骨在上，船就那样航行。让步吧（εἶκε, 718），请你息怒，放温和一点吧。"

这是一个典型的对索福克勒斯英雄的恳求，请求他们放弃、让步、屈服。"她不知如何屈服于不幸"（εἴκειν δ' οὐκ

---

[34] 见本书45–50关于《被缚的普罗米修斯》的"索福克勒斯式"特色的具体讨论。

[35] 除此之外，在欧里庇得斯的作品中，"屈服"一词只出现在无关紧要和偶然的语境下（《愤怒的赫拉克勒斯》，300；《伊翁》，637；《祈援女》，167；《海伦》，80；《赫拉克勒斯的孩子们》，367。以及"屈服" [ὑπείκω]，《俄瑞斯忒斯》，699；《伊菲革涅亚在奥利斯》，140；《伊菲革涅亚在陶里斯》[*Iphigenia in Tauris*]，327）。

ἐπίσταται, 472），歌队在同部剧中这样说安提戈涅。他们说对了，这是一件她不知该怎么做的事，正如所有的英雄一样。"他说了很严厉的话，没有人应该对不幸屈服。"（φάτιν…κοὐχ ὑπείκουσαν κακοῖς, 1046）歌队就菲洛克忒忒斯对奥德修斯残酷命令的回答这样说道。随后，当菲洛克忒忒斯带着他的骄傲与愤怒讨论涅俄普托勒摩斯给他的提议时，用了同一个词。"那么，我应该屈服？"（ἀλλ᾽ εἰκάθω δῆτ᾽; 1352）"你要我怎么让步？"（εἰκάθω, 651）当歌队请求俄狄浦斯王重新考虑克瑞翁的死刑时，他这样回答。但当他对此作出让步时，克瑞翁却这样对他说："你让步时如此可恨。"（στυγνὸς μὲν εἴκων, 673）[36] 当俄狄浦斯被要求与他的儿子谈谈时，他对忒修斯哭喊："不要强迫我在这件事上对你让步。"（τάδ᾽ εἰκαθεῖν, 1178）"看在我们的面上，让哥哥来吧。"（ὕπεικε, 1184）安提戈涅说道，然后又重复："你还是答应我们的请求吧。"（εἶκε, 1201）他不愿听波吕涅刻斯说话，不过还是对他的恳求让步了。波吕涅刻斯说："请你

17

---

[36] 在对英雄"让步"的要求之外，还有《俄狄浦斯王》，625："你不愿对我屈服，不愿信任我？"（ὡς οὐκ ὑπείξων οὐδὲ πιστεύσων λέγεις）这是克瑞翁说的话。"信任"（πιστεύσων）一词如果出自俄狄浦斯之口，意思上说不通，但若是克瑞翁的话，就很恰当（参照603–604）；624的"嫉妒"（φθονεῖν）一词就俄狄浦斯说的话而言很合适——他在382已经控诉过克瑞翁是一个"善妒之人"（φθόνος）。文本此处肯定漏了一行。文本行数的分配根据刘易斯·坎贝尔（Lewis Campbell）的《索福克勒斯，戏剧与残篇》（*Sophocles, Plays and Fragments*）。俄朗多尼亚（I. Errandonea）在《索福克勒斯悲剧》（*Sofocles Tragedias*）中采用了这个版本，基托也在他最近的索福克勒斯译作《索福克勒斯的三部悲剧》（*Sophocles, Three Tragedies*）中采用了这个版本（68，以及注释）。

平息你对我的强烈愤怒。"(μῆνιν … εἰκαθεῖν, 1328)"我请求你答应我。"(παρεικαθεῖν, 1334)但俄狄浦斯以一段可怕的诅咒作为回答。"看在神的份上,让步吧。"(ὕπεικε, 371)歌队对埃阿斯说。随后,在他那伟大的演讲中,他谈到了屈服。"我们应该学会屈服于神(θεοῖς εἴκειν, 667)……无论是奇异之事,还是经久不衰的事物都屈服于权威。"(ὑπείκει, 670)[37]但埃阿斯并没有让步。厄勒克特拉也没有。"即使你将所有的奇珍异宝都送给我,我也不会对他们屈服。"(ὑπεικάθοιμι, 361)她对她的妹妹说。克律所忒弥斯徒劳地再次用同样的话力劝她"屈服于掌权者"(τοῖς κρατοῦσιν εἰκαθεῖν, 396, 1014)。[38]

英雄不肯让步。在回绝他人的请求时,英雄使用另一个索福克勒斯悲剧处境中典型的词:ἐᾶν(使其独处,容许,准许)。"就让我这么焦虑痛苦着吧。"(ἐᾶτέ μ' ὧδ' ἀλύειν, 135)当歌队尝试缓和安提戈涅为阿伽门农(Agamemnon)的恸哭时,她这样说道。俄狄浦斯对克瑞翁喊道:"出去,

---

[37] 也请参照《埃阿斯》,1243,阿伽门农对透克罗斯(Teucer)说:"即使失败也不屈服。"(οὐδ' ἡσσημένοις / εἴκειν)
[38] 建议者使用的一个类似的词是θέλω("愿意",更倾向于"同意"而非"渴望",见 *LSJ*,ἐθέλω 词条下)。参照《俄狄浦斯在克洛诺斯》,757,克瑞翁对俄狄浦斯说,"你就同意回到祖国,回家来吧"(θελήσας ἄστυ καὶ δόμους μολεῖν);《俄狄浦斯王》,649,歌队对俄狄浦斯说,"你就同意让步吧"(πιθοῦ θελήσας);《菲洛克忒忒斯》,1343,涅俄普托勒摩斯对菲洛克忒忒斯说,"你就心甘情愿地让步吧"(συγχώρει θέλων);《厄勒克特拉》,330,克律所忒弥斯对厄勒克特拉说,"你不愿吸取教训吗"(κοὐδ' … διδαχθῆναι θέλεις)。

让我一个人待着。"(οὔκουν μ᾽ ἐάσεις, 676)之后,这个被命运击打到崩溃但却仍保持着英雄气概的人对克瑞翁说:"就让我住在山上吧。"(ἀλλ᾽ ἔα με ναίειν, 1451)"当你知道我要说什么时再责备我,但现在先让我说。"(τανῦν δ᾽ ἔα, 593)俄狄浦斯在克洛诺斯对忒修斯说。在同段对话中他又重复了这个词:"让我独自承受我作出的决定吧。"(ἔα μ᾽ ἐν οἷσιν ἠρξάμην, 625)"让我住在这里吧。"他对克瑞翁说(ἡμᾶς δ᾽ ἔα ζῆν, 798)。同样的,当他走向他那神秘的死亡时说道:"别碰我,让我自己找一个葬身之处。"(ἐᾶτέ με, 1544)菲洛克忒忒斯也这样对涅俄普托勒摩斯说:"无论是什么灾祸,都让我承受吧。"(ἔα με…, 1397)[39]安提戈涅也用了这个词:"就让我和我的愚蠢担当这可怕的命运吧。"(ἀλλ᾽ ἔα με, 95)[40]

要求英雄屈服从来就不是易事。事实上,英雄根本油盐不进,他听不进任何劝告。"去跟那些听你的人说去吧。"(τοῖς ἀκούουσιν, 591)当塔美莎恳求埃阿斯不要自杀时,他对她这么说道。"他从来不听我说话。"(λόγων ἀκοῦσαι, 1070)埃阿斯死时,墨涅拉奥斯(Menelaus)说。"好人应该听从掌权者。"(κλύειν, 1352)驳斥奥德修斯对埃阿斯的辩护时,阿伽门农这样说道。墨涅拉奥斯说了同样的话:"不听从首领是恶人的行为。"(κλύειν, 1072)κλύειν与ἀκούειν这两个词通常在索福克勒斯作品中有"臣服于权

---

[39] 参照《菲洛克忒忒斯》,817。
[40] 参照《埃阿斯》,428,754。

威，顺从"的意思——准确地说，就是与英雄的天性相悖的品质。因此，克律所忒弥斯一面为自己对克吕泰涅斯特拉虚伪的屈服辩护，一面教导她的姐姐应该如何行事，说了这样一番自相矛盾的话："如果我想获得自由，就必须听从无处不在的权力。"（ἀκουστέα, 340）因此克瑞翁认为，当城邦任命一人掌权时，"人们必须对他事事顺从"（κλύειν, 666）。伊斯墨涅建议她的姐姐："我们必须听从这些事，以及比这些更为令人痛苦的。"（ἀκούειν, 64）然而这两个词本身并不总意味着"屈服"，问题通常在于怎么才能让英雄听进劝告。"正像你质问我那样，现在你也该听我的质问了。"（ἀντάκουσον, 544）克瑞翁对俄狄浦斯王说。紧接着又说道："你好好听着我接下来要说的。"（ἄκουσον, 547）"听我说，"（'πάκουσον, 708）伊俄卡斯忒说，"听这个人说，并且当你听的时候，好好想一想。"（ἄκουε ... κλύων, 952）英雄根本不愿听劝。"谁听到这些话不会发火？"（κλύων, 340）当提瑞西阿斯回避问题时，俄狄浦斯这样说。随后他又说："从他那里听到这样的话简直叫人不能忍受。"（κλύειν, 429）"看在神的面上，听我的劝吧，也许你能得到点教训。"（ἄκουσον, 889）克律所忒弥斯对厄勒克特拉说。菲洛克忒忒斯不会听从奥德修斯："我宁愿听我的死敌——蛇——的劝。"（κλύοιμ', 632）涅俄普托勒摩斯知道要把菲洛克忒忒斯必须知道的事说出来并非易事："你听的时候，不要发怒。"（μὴ θυμοῦ κλύων, 922）当他最后一次尝试着说服菲洛克忒忒斯时，作出了相同的恳求："听我说"（λόγους δ' ἄκουσον，1267），"听劝"（ἄκουσον，1316）。"听我的劝，回家吧。"（κλύων，740）在克洛诺斯，克瑞翁对俄狄浦斯说。当俄狄浦斯意识到请求与他谈谈的是波吕涅刻斯，他称"所有人中，他的话听起来最令我难受"（κλύων，1174）。"你不能听一听吗？"（ἀκούειν，1175）忒修斯说。"为什么听他说话会使你如此痛苦呢？"（κλύειν，1176）安提戈涅也重复这一点。"听听他说话有什么害处呢？"（ἀκοῦσαι，1187）他们都是一样的。人们恳求他们一定要听，即使他们照做，对那些言辞也是充耳不闻。[41]

英雄不会听从劝告，但是他们从人们的话中足以知道自己正受到攻击。他们的反应剧烈又迅速。尝试劝说他们并非易事。当塔美莎劝说埃阿斯为了她和孩子不要自杀时，他用了一种即使对敌人而言都太过刺耳的语言回应："滚出去。哪里来的回哪里去……你已经说得太多了……你简直愚蠢。"当然，埃阿斯是个野蛮的战士，但安提戈涅作为公主对她的妹妹并没有温和多少："你打算做什么人就做什么人吧——我要埋葬哥哥。""别为我担惊受怕了，好好安排你自己的命运吧。""你可以这样推脱。但我要埋葬我深爱的哥哥。""如果你要表现得让我恨你。"随后，当伊斯墨涅极其不安地尝试着要与安提戈涅共进退时，她甚至遭到了更轻蔑的对待：

---

[41] 建议者"徒劳地"（μάτην）劝说英雄。参照《菲洛克忒忒斯》，1276，"你所说的一切都没用"（μάτην γὰρ ἂν εἴπῃς γε πάντ' εἰρήσεται）；1280，"你的话将毫无用处"（πάντα γὰρ φράσεις μάτην）。以及《俄狄浦斯王》，365，"这将是徒劳的"（ὡς μάτην εἰρήσεται）。

"不要把你没有亲自参与的事往自己身上揽。""救救你自己吧！即使你逃过这一劫，我也不羡慕你。""你选择了活下去。"伊斯墨涅问得真诚又令人怜悯："失掉了你，我的生命还有什么可爱的呢？"然而却遭到了粗鲁的回答："你问克瑞翁吧，既然你孝顺他。"她现在像对待敌人一样对待她曾想与之携手的妹妹，事实上，她之前告诉过伊斯墨涅，让她向掌权者告发自己。"你要是保持缄默，不向大众宣布，那么我就更加恨你。"厄勒克特拉对她的妹妹克律所忒弥斯也一样不宽容："我憎恨你（στυγῶ, 1027），因为你是一个怯懦之人。""你真卑鄙（κακή, 367），你这个背叛了你的父亲和家族的人。"[42] 如安提戈涅一样，厄勒克特拉也像对待敌人一样对待她的妹妹，只因她妹妹不肯加入她那不顾一切的行动："你去把这件事全都告诉你的母亲吧。"（1033）在忒拜的俄狄浦斯也是一个听不进劝的人。正如俄狄浦斯所说，提瑞西阿斯刻意的沉默甚至能激怒一块石头，然而他的怒火超过了先知所能预见的最坏情况，这也的确刺激先知透露了本该隐藏的秘密。俄狄浦斯称提瑞西阿斯为"卑鄙者中最卑鄙的"（κακῶν κάκιστε, 334），随后克瑞翁也遭到了同样的斥责："你存心与我为敌。"（546）"别告诉我你不是个卑鄙之徒。"（κακός, 548）"你生来就无耻。"（κακός, 627）[43]

---

[42] 参照《安提戈涅》，38："否则，你就要背叛你祖先的血脉。"（εἴτ᾽ ἐσθλῶν κακή）

[43] 也参照《俄狄浦斯王》，582："正是这体现了你的背叛。"（κακὸς ... φίλος）

当他同意撤销对克瑞翁的死刑判决时,并没有表现出少了一分憎恶:"这个人,无论他在哪里,都会身负我的憎恨。"(στυγήσεται, 672)接着,他如埃阿斯一样吼道:"滚出去。"即使弓已经还给了他,菲洛克忒忒斯依旧没有什么和解的意愿:"你想把我出卖给我的敌人。""你会用你的那些话毁了我,我了解你。"涅俄普托勒摩斯对他的描述非常准确:"你仇恨所有为了你好而责备你的人。"(στυγεῖς, 1323)在克洛诺斯的俄狄浦斯也是一样。克瑞翁的恳求不仅遭到了同样的辱骂(他称他为"卑鄙之徒",κακόν, 783),而且受到了恶毒的诅咒;波吕涅刻斯的恳求则招致勃然大怒与父亲的诅咒,连用词都一模一样("无耻之徒"[κάκιστε], 1354;"卑鄙者中最卑鄙的"[κακῶν κάκιστε], 1384)。[44]甚至连忒修斯都被卷进他的怒火:"你听了我的身世,**再**责备我。"(593)他们全都以同样骇人的方式对待建议与反对意见,[45]即便友好的建议也同样遭到蛮横的拒绝与充满敌意的恐吓。[46]他们的格言是:"不与我相合的,就是敌我的。"(He who is not with me is against me. [《马太福音》12:30。——译

---

[44] 也参照《俄狄浦斯在克洛诺斯》,1173:"国王啊,我的儿子是一个可恨的人。"(παῖς οὑμός ὦναξ στυγνός)

[45] 建议者们话中的"责备"(μέμφομαι,《厄勒克特拉》,384;《俄狄浦斯王》,337;《菲洛克忒忒斯》,1309)与"斥责"(ψέγω,《厄勒克特拉》,551;《俄狄浦斯王》,338)两个词描述了英雄对待他们的态度。

[46] 参照《菲洛克忒忒斯》,1323:"你仇恨他,像对待敌人一样对待他。"(στυγεῖς, πολέμιον δυσμενῆ θ' ἡγούμενος)《俄狄浦斯王》,546:"我发现你是我的敌人。"(δυσμενῆ γὰρ καὶ βαρύν σ' ηὕρηκ' ἐμοί)《安提戈涅》,93:"你会变成我和死者的敌人。"(ἐχθαρῇ μὲν ἐξ ἐμοῦ)

者注])

尝试改变或阻碍他们会激起他们的怒火，他们都是愤怒的英雄。早在老俄狄浦斯到达咒骂他的儿子这一愤怒的顶点之前，这部剧中早已有了太多的怒火。"你的愤怒最使你受苦，也正是活该。"（ὀργῇ χάριν δούς, 855）克瑞翁对盲老人说道。伊斯墨涅告诉他，神谕提到忒拜人的战败，因为"当他们站在你的坟地上的时候，你的魂灵会发怒"（τῆς σῆς ὑπ' ὀργῆς, 411）。老人向他儿子展示出来的暴怒首先表现在拒绝与他对话，其次表现在使人回忆起凶狠的阿喀琉斯（Achilles）之怒的 μῆνις 一词（μῆνιν, 1328；μηνίεις, 1274）——这个词在之前的剧中（《俄狄浦斯王》，699）用于描述俄狄浦斯王对克瑞翁的愤怒。菲洛克忒忒斯也对涅俄普托勒摩斯充满怒火，当后者将弓还给他时，说："你现在没有理由对我生气。"（ὀργὴν ἔχοις ἄν, 1309）安提戈涅对伊斯墨涅、克瑞翁、歌队的怒火显而易见："你刚愎自用的脾气会毁了你。"（αὐτόγνωτος... ὀργά, 875）歌队对她说道。"我明白，"厄勒克特拉对歌队说，"我明白，我很清楚我自己的激情。"（οὐ λάθει μ' ὀργά, 222）"没什么好愤怒的，看在神的份上。"（πρὸς ὀργήν, 369）歌队随后对她说道。克律所忒弥斯告诉她："控制你的脾气。"（κατάσχες ὀργήν, 1011）歌队之前提到她"过于激烈的怒火"（ὑπεραλγῇ χόλον, 176），雅典娜用了同样的词形容埃阿斯的愤怒——"他被愤怒战胜"（χόλῳ βαρυνθείς,

41)。[47]对于在忒拜的俄狄浦斯之怒，没什么太多可谈的；意为"愤怒"的ὀργή一词以不同的形式在不到两百行中出现了整整七次。[48]

对其他人而言，英雄的愤怒、英雄执拗的脾气看起来是"考虑不周"的。克律忒弥斯两次要求她的姐姐不要"考虑不周地"（ ἐξ ἀβουλίας, ἀβουλία, 398, 429）哀悼父亲。伊俄卡斯忒将俄狄浦斯与克瑞翁愤怒的争吵称为"不明智的"（ἄβουλον, 634）。安提戈涅讽刺地用了这个词来形容自己的行为："就让我和我考虑不周的行为来担当这可怕的命运吧。"（τὴν ἐξ ἐμοῦ δυσβουλίαν, 95）因此，奥德修斯称埃阿斯"不理智"[49]（δυσλόγιστος, 40），虽然在此之后，用他自己的说法，他完全有能力进行深入的思考和算计（λογίζεσθαι, 816）。然而英雄的脾气似乎常常使他们无法正确地行事，对周遭的世界而言，这该被更强烈的措辞谴责，如"盲目、不明智、疯狂"（ἄνους, ἄφρων）。伊斯墨涅告诉她的姐姐，过度的、不寻常的行为是没有意义的（νοῦν οὐδένα, 68），并以称她"不明智"（ἄνους, 99）作结。克瑞翁随后也对她用了同样的词（ἄνουν, 562）。在她被逮捕时，歌队担心她被"疯狂"（ἀφροσύνη, 383）所蒙蔽，随后认为她满嘴蠢话（λόγου τ᾽ ἄνοια, 603），胆大包天。《埃

---

[47] 参照《埃阿斯》，744。
[48] 参照《俄狄浦斯王》，807。
[49] 艾兰特–简特将其解释为"不可理解的"（unbegreiflich）显然是错误的，"判断失误的、不理智的"（*LSJ*）才是正确的意思。

阿斯》中被信使举报的先知卡尔卡斯（Calchas）谈到了"盲目的人"（κἀνόητα σώματα，758）。当然，他指的就是埃阿斯，几行之后，我们知道埃阿斯证明了自己的"不明智"（ἄνους，763）：他"疯狂地"（κἀφρόνως，766）[50]拒绝了父亲有益的建议。克律所忒弥斯反对厄勒克特拉单枪匹马攻击埃癸斯托斯，在争执的最高潮对她喊道："有点头脑吧！"（νοῦν σχές，1013）歌队除了告诫厄勒克特拉应该"听"妹妹劝外，还表达了他们的观点：人能够拥有的最好的东西就是先见之明与智慧的头脑（νοῦ σοφοῦ，1016）。克瑞翁对俄狄浦斯王说："如果你认为毫无意义的任性的固执（τοῦ νοῦ χωρίς，550）是一种珍贵的品质。"随后在克洛诺斯，他对老俄狄浦斯冷嘲热讽道："像你一样的蠢脑子。"（ὅτῳ γε νοῦς ἴσος καὶ σοὶ πάρα，810）英雄甚至可以被称作"愚蠢"（μῶρος）。即便和蔼如忒修斯，在为俄狄浦斯对他自己的亲人的愤怒所震惊时，也狠狠地用这话责备他："你简直愚蠢。"（ὦ μῶρε，592）安提戈涅知道克瑞翁认为她很愚蠢（μῶρα δρῶσα τυγχάνειν，469），并抢在他之前先用这话骂了他（μώρῳ μωρίαν ὀφλισκάνω，470）。[51]

然而对英雄脾气的谴责既是道德上的，也是智识上的。对朋友与敌人而言，英雄的情绪似乎"过于无畏，鲁莽，傲慢，大胆"（Τόλμη，θράσος）。"你有胆量违反法律吗？"

---

[50] 参照《埃阿斯》，355："考虑不周"（ἀφροντίστως）。
[51] 《安提戈涅》，220，"没有人会疯狂到渴望死亡"（οὐκ ἔστιν οὕτω μῶρος ὃς θανεῖν ἐρᾷ），向我们展示了歌队对安提戈涅的看法。

(ἐτόλμας, 449) 克瑞翁对安提戈涅说,安提戈涅明白,在克瑞翁眼中,她"大胆得可怕"(δεινὰ τολμᾶν, 915)。[52] "即便最无畏的人,看到死亡都要逃跑。"(χοἰ θρασεῖς, 580) 克瑞翁提到安提戈涅时说。歌队说她"到了鲁莽的极端"(ἐπ᾽ ἔσχατον θράσους, 853)。因此,俄狄浦斯说埃阿斯谋杀首领的企图"胆大又莽撞"(τόλμαις … καὶ φρενῶν θράσει, 46),透克罗斯说埃阿斯的自杀行为"极为鲁莽"(τόλμης πικρᾶς, 1004)。耐心耗尽的涅俄普托勒摩斯告诫菲洛克忒忒斯不要在他的不幸中"变得鲁莽"(μὴ θρασύνεσθαι κακοῖς, 1387)。"你将无法逃脱这鲁莽的傲慢所带来的后果。"(θράσους / τοῦδ᾽, 626) 克吕泰涅斯特拉对她的女儿说。克律所忒弥斯问她的姐姐她怎么能"竟用这样的勇气将自己武装起来"(τοιοῦτον θράσος, 995)。埃癸斯托斯以为俄瑞斯忒斯已死时,对厄勒克特拉的失败幸灾乐祸道:"你从前是那样鲁莽。"(τὴν ἐν τῷ πάρος χρόνῳ θρασεῖαν, 1446) 他们的措辞有时甚至更为激烈:像个野兽一样"野蛮"(ἄγριος);"粗犷,凶残"(ὠμός);"坚硬"如铁(σκληρός)。[53] "你变得凶残了。"涅俄普托勒摩斯对菲洛克忒忒斯说(σὺ δ᾽ ἠγρίωσαι, 1321)。提瑞西阿斯挑动俄狄浦斯,激起他所能及的"最狂暴的怒火"(ἥτις ἀγριωτάτη, 344),安提戈涅对克瑞翁的反驳引发了歌队对她"天性倔强凶残,一如其父"的评论

---

[52] 参照《安提戈涅》,248。
[53] 在《埃阿斯》,1361 和 1358,"固执"(σκληρός)是"能屈能伸"(ἔμπληκτος)的对立面。

(ὠμὸν ἐξ ὠμοῦ πατρός，471），埃阿斯不断地被描述成一个"凶残"的人（205，885，930），并乐于用这个词来形容自己（548）。波吕涅刻斯说起他父亲"刻薄而猛烈"（σκληρά，1406）的咒骂；克瑞翁在想到安提戈涅时，谈到"太倔强的脾气"（σκλήρ᾽ ἄγαν，473）。

有一个词适用于他们所有人，适用于形容他们的性格和行动：δεινός，"奇怪的，糟糕的，可怕的"。"目不忍睹，耳不忍闻。"（δεινὸς μὲν ὁρᾶν, δεινὸς δὲ κλύειν，141）歌队在看见盲俄狄浦斯在欧墨尼得斯（Eumenides）圣林中时唱道。菲洛克忒忒斯被歌队描述成"奇怪又令人害怕的旅人"（δεινὸς ὁδίτης，147）。[54] 安提戈涅明白克瑞翁认为她埋葬哥哥的企图"诡异又鲁莽得惊人"（δεινὰ τολμᾶν，915）。在《俄狄浦斯王》中，克瑞翁提到俄狄浦斯对他的控诉中用了"糟糕"一词（δειν᾽ ἔπη，512），并告诉伊俄卡斯忒，俄狄浦斯想当然地认为他有权利对他做"可怕的事"（δεινὰ .../ δρᾶσαι，639）。厄勒克特拉对歌队说："在奇异又骇人的情况下，我被迫做了不寻常而可怕的事，这是不得已而为之。"（δείν ἐν δεινοῖς ἠναγκάσθην，221）埃阿斯被歌队称作"骇人，卓越，充满原始力量的埃阿斯"（δεινὸς μέγας ὠμοκρατής，205），他对雅典娜说的话被称为"惊人之语"（δεινὸν ... ἔπος，773）。[55]

---

[54] 参照《菲洛克忒忒斯》，219。
[55] 参照《埃阿斯》，650。

他们是"不同寻常而骇人的"(δεινοί),因为他们没有均衡协调的意识,也没有适度行为的能力。歌队对厄勒克特拉说:"你的哀悼超过了限度,你哭得太多了。"(ἀπὸ τῶν μετρίων ἐπ' ἀμήχανον, 140)她之后用了一个类似的词为自己辩解,称她的苦难和她遭受的罪恶是没有止境的(τί μέτρον κακότατος ἔφυ; 236)。歌队一开始同情菲洛克忒忒斯的处境,因为他的"不公平"(οἷς μὴ μέτριος αἰών, 179)的命运,但后来他们责备他的固执,对他严厉地说:"表现得适度一点吧。"(μετρίαζ´, 1183)然而这正是英雄无法做到的。他们和他们的行为是"过度,不寻常而强烈的"(περισσός)。[56]"过度而盲目的人"(περισσὰ κἀνόητα σώματα, 758)是先知卡尔卡斯对埃阿斯的评价,并且歌队尝试着安抚厄勒克特拉,说她并不是唯一一个失去亲人的人。"这人间不只你一人遭受痛苦,可是你的悲哀和宫里的姐妹们比起来,未免有些过分。"(πρὸς ὅ τι σὺ τῶν ἔνδον εἶ περισσά, 155)伊斯墨涅对安提戈涅说:"意想不到的行为是没有意义的。"(περισσὰ πράσσειν, 68)克瑞翁把安提戈涅关在坟墓中时,也稍作引申地用了同样的词:"让她明白,向死者致敬是白费功夫。"(πόνος περισσός, 780)

对这种不可救药的本性,人们只能希望英雄们能够及时意识到什么是对他们有益的。这也是发生在英雄与他的建

---

[56] 参照安提丰(Antipho Soph.)《残篇》,132:... βίος ... οὐδὲν ἔχων περισσὸν οὐδὲ μέγα καὶ σεμνόν, ἀλλὰ πάντα σμικρὰ καὶ ἀσθενῆ。

议者之间每一次冲突的惯例模式：建议者希望或威胁英雄会随着时间的流逝得到教训，改变他固执的想法，"认识"事情的真相。这个概念通常通过"明白"（γιγνώσκω）一词的未来时或不定过去时的形式（γνώσομαι，γνῷ等）表达出来，这两种形式包含"意识到错误，认识到不讨喜的真相"的意思。[57]在克洛诺斯，克瑞翁感到十分惊讶，在他统治忒拜这么多年的时间里，盲老人竟然都没有吸取任何教训："似乎哪怕是时间，都没能让你变得聪明一点。"（οὐδὲ τῷ χρόνῳ φύσας ... φρένας，804）但随后，他又将希望寄托在时间上："随着时间的流逝，我知道，你会明白到这一点的。"（χρόνῳ γὰρ ... γνώσῃ τάδε，852）安提戈涅在他拒绝与波吕涅刻斯交谈时，也说了一样的话："你会明白，坏脾气会产生多么坏的结果。"（γνώσῃ，1197）在《俄狄浦斯王》中，克瑞翁对王也说了同样的话："但随着时间，你一定会明白的。"（ἐν χρόνῳ γνώσῃ，613）当克瑞翁将安提戈涅关起来时，他预见到安提戈涅或在坟墓中死去，或"最终明白，向哈德斯的国土致敬不过是白费功夫"（γνώσεται γοῦν ἀλλὰ τηνικαῦθ'，779）。"好好看清你的处境吧。"（γνῶθ' εὖ γνῶθ'，1165）歌队对菲洛克忒忒斯唱道。当涅俄普托勒摩斯离开时，也希望时间能够改变他的心意。他对歌队说："等等，我们用了这么长的时间准备出海的船只……也许他在此期间改变了主意。"（χρόνον τοσοῦτον ... φρόνησιν ... λώῳ，1076及以下）

---

[57] 见诺克斯（2），17及注释。

"这么长久的时间,都不能令你得到一点教训。"克律所忒弥斯对她的姐姐说(ἐν χρόνῳ μακρῷ διδαχθῆναι, 330)。很久之后,她又告诉姐姐:"明理些吧!即使已经晚了。"(ἀλλὰ τῷ χρόνῳ ποτέ, 1013)因为反对攻击埃癸斯托斯,她在与姐姐的争吵中说:"日后会有长久的时间来判断这件事。"(χὠ λοιπὸς χρόνος, 1030)然而时间站在厄勒克特拉这边。在胜利的时刻,她重复这句嘲讽之语来引诱埃癸斯托斯:"时间已经使我获得了智慧,对强者表示屈服。"(τῷ γὰρ χρόνῳ, 1464)当埃阿斯陈述撤退与屈服的情况时,他以这些著名的话开头:"无数漫长的时间将黑暗的事物带向光明,将光明的事物带向黑暗。"(ὁ μακρὸς ... χρόνος, 646)"我们怎么会不明白必须遵守纪律呢?"他随后说道(πῶς οὐ γνωσόμεσθα σωφρονεῖν; 677)。歌队被他的话误导,回应道:"漫长的时间使一切都凋零……埃阿斯已经为他的冲动后悔。"(ὁ μέγας χρόνος ... Αἴας μετανεγνώσθη θυμοῦ, 717)

然而,教育英雄的希望总是落空,他从不改变。俄狄浦斯王确实意识到他对克瑞翁的态度并不公正(1420-1421),但直到悲剧的结尾,他都保持着原样:像开场时一样专横跋扈,即便在最后,当他已不再是忒拜王时,向克瑞翁提出的请求也听起来像发号施令一般。[58]埃阿斯在他关于时间是如何主宰人的命运的演说中慷慨激昂,最后却公然违抗;为了延续永恒的仇恨,埃阿斯充满激情地赴死,即使在

---

[58] 参照诺克斯,《俄狄浦斯在忒拜》(*Oedipus at Thebes*), 191-193。

冥府都不悔改。安提戈涅，即便在黑暗的牢狱中也不认为她表现出来的对死者的敬意有什么错误，她上吊自杀，并因此彻底毁灭了她的敌人克瑞翁。在胜利的时刻，厄勒克特拉仍不忘嘲讽那称她会从时间中得到教训的预言。菲洛克忒忒斯，在涅俄普托勒摩斯给了他时间"好好考虑"的情况下，反转局势，并以劝说涅俄普托勒摩斯放弃劫掠特洛伊的梦想、将他带回俄塔（Oeta）老家作结。在克洛诺斯的俄狄浦斯，开场时以一个顺从、卑微又无力的老人的形象出现，正如他所言，最终从时间中（7）吸取了教训；然而在结尾，俄狄浦斯却在他那神秘的、由神指引的死亡前宣告了敌人的落败与他儿子将死于亲人之手的预言。

时间及其改变的必然正是索福克勒斯的英雄所抗拒的；这正是他真正的敌手，全知全能的时间是我们所有人的主宰，正如俄狄浦斯告诉忒修斯的那样，时间消解一切人类事物，人的身体，人的智慧，人的劳作，人的思想。时间是我们人类存在的条件与框架，与时间作对是"知其不可为而为之"。然而在索福克勒斯那里，正是通过拒绝接受人的界限，人性实现其真正的伟大。这种伟大的实现不借助于神的帮助与鼓励，而是通过英雄在面对困境、苦难与死亡时对其本性的忠诚；这胜利完完全全地属于人类，但同时受到神的认可，神以他们独有的遥远而神秘的方式为这胜利感到欣慰。

第二章　索福克勒斯英雄（二）

对于那些需要面对他的人而言，例如朋友、敌人，英雄似乎很不理智：他大胆得骇人，油盐不进，固执又愤怒，几乎到了疯狂的地步；只有时间能够治愈他。但对英雄而言，他人的看法并不重要。他对自我认知的忠诚，以及这自我认知强加给他的行动的必要性都比其他所有的考量来得重要。

英雄的自我认知各有不同。安提戈涅用"高贵的出身"（εὐγένεια, 38）[1]、"对名誉的渴望"（κλέος, 502）、"对众神的敬畏"（εὐσέβεια, 924, 943）来为自己对抗公共意见与城邦的行为进行辩护。厄勒克特拉对自己的看法与安提戈涅类似，她也用了相同的词："出身高贵"（εὐγενής, 257），"名誉"（εὔκλεια, κλέος, 973, 985），"敬畏神"（εὐσέβεια, 250）。埃阿斯也声明自己"出身高贵"（εὐγενῆ, 480）[2]，并为自己失去荣誉（εὔκλειαν, 436, 465）感到痛心，尽管他并

---

[1] 在"高贵的出身"（εὐγένεια）一词及索福克勒斯英雄的问题上，参见柯克伍德，177–180。
[2] 塔美莎（520及以下）通过对"出身高贵"（εὐγένεια）一词的不同理解反对他的论点。关于这一问题，参见柯克伍德（105–106），他支持这个观点；以及梅奥蒂（29–30），他强烈反对这个观点。

没有提到对神的敬畏。[3] 俄狄浦斯王忠诚于他的自我认知：他是一个行动者[4]，真相的揭示者（132），解谜人（393及以下）。并且在克洛诺斯，他认为自己实现了阿波罗（Apollo）的神谕，因此神满足了他对忒拜及其儿子复仇的渴望。菲洛克忒忒斯的报复也不怎么正当，他不打算去特洛伊只是因为这对他仇恨已久的敌人会有帮助。[5]

起因也许有所不同，但英雄们的精神状态都是一样的；他们被激情驱使，这是来自灵魂的愤怒（θυμός）。根据柏拉图的观点，θυμός一词源自θύω[6]，意为涌动、肆虐，这个词通常被用来形容风、火与海。这是英雄们身上的主导元素，强烈的激情使他们无法诉诸理性。[7] 他们并非做事不经大脑；相反，俄狄浦斯是一个绝顶聪明的人，即使埃阿斯也能雄辩而强有力地讨论生与死的问题。然而他们并不**愿意**听从理智；相反，他们遵从内心深处的激情本性。"你这个傻瓜，"忒修斯对俄狄浦斯说，"激情（θυμός，592）并非不幸中的优势。"也许激情并没什么好处，但这也是无法克制的。

---

[3] 《埃阿斯》，710及以下：歌队被埃阿斯的言辞误导，庆祝他重拾（πάλιν，711；αὖ，712）对神的敬畏（εὐσέβεια [σέβων, 713]）。
[4] 参照《俄狄浦斯王》，145及参见诺克斯（3），14及以下。
[5] 《菲洛克忒忒斯》，1384。因此，埃阿斯（465及以下）不愿死在与特洛伊人的战斗中，因为这会使他的敌人阿特柔斯之子得利。
[6] 《克拉底鲁篇》，419e。*LSJ* 亦收录了这个词源。H. 弗里斯克（H. Frisk）在《希腊词源词典》（*Griechisches etymologisches Wörterbuch*）中说道："然而，θύω的一些次要复合形式可能影响了其含义。"
[7] 《柏拉图定义》（*Platonic Definitions*，415e）将θυμός解释为猛烈，急速得让人反应不过来（ὁρμὴ βίαιος ἄνευ λογισμοῦ）。

俄狄浦斯先前曾用"沸腾一般"(ἕξει, 434)与"失去控制"(ἐκδραμόντα, 438)来形容他的激情,这激情现在仍旧猛烈。克瑞翁严厉地说,只有死亡能够终结俄狄浦斯的愤怒与激情(θυμός, 954)。[8] 克瑞翁说安提戈涅就像"一匹烈马"(θυμουμένους, 477),并且克瑞翁与提瑞西阿斯都提到俄狄浦斯的"怒火"(θυμός)。"你想大发脾气就发吧。"先知对他说道(θυμοῦ, 344),并且克瑞翁说他"当你超过激情的界限时,就变得严酷"(θυμοῦ περάσῃς, 674)。[9] "埃阿斯,"歌队在不知情的情况下唱道,"已重拾了对神的敬畏。"(μετανεγνώσθη / θυμοῦ, 171)"当你听见的时候,请不要发怒。"(μὴ θυμοῦ, 922)涅俄普托勒摩斯对菲洛克忒忒斯说。厄勒克特拉也被她的妹妹告诫不要"太过愤怒"(θυμῷ ... χαρίζεσθαι, 331),歌队也说她"过于愤怒的灵魂"引起了"新的战火"(δυσθύμῳ ... ψυχᾷ, 218–219)。

英雄们情绪激昂的本性被一种他们共有的感受激怒:他们感到自己被无礼地对待(ἀτίμως)。英雄们对自身价值的感受来源于他人的认同,他们对此感到愤怒;他们被剥夺了 τιμή——并不完全是"荣誉"(honor)的意思,"荣誉"在英文中的含义尤为考虑到成就,而更倾向于单纯的"尊重"

---

[8] 参照《俄狄浦斯在克洛诺斯》,768、1193、1198。
[9] 参照莱斯基(1),122,关于俄狄浦斯王的"怒火"(θυμός)的论述:"希腊人称为怒火的行为特征是随时准备爆发……怒火误导了俄狄浦斯王的智慧,使他认为克瑞翁和提瑞西阿斯正密谋反对他的统治。但同样来自怒火的还有超凡的勇气——这使他坚定不移地往足以摧毁自己的目标走去。"

（respect），基于人的个体权利及声誉的考量。在对英雄处境的描写中，"受辱"（ἄτιμος）一词是一个反复出现的特征。带着七艘船自愿加入前往特洛伊队伍的菲洛克忒忒斯对阿特柔斯之子的行为十分愤怒，他说道："他们无礼地把我扔到了岸上。"（ἄτιμον，1028）因此，埃阿斯在愤怒中哭喊道："我将毫无体面地长眠于此。"（ἄτιμος，426）"我将在希腊人的漠视中死去。"（ἄτιμος，440）当他发狂以为自己已将敌人杀死时，他吹嘘："这些人再也不能无礼地对待埃阿斯了。"（οὔποτ᾽ ... ἀτιμάσουσ᾽ ἔτι，98）克洛诺斯的俄狄浦斯在被剥夺了曾许诺给他的庇护之所后，让歌队不要对他"不尊重"（μηδέ ... ἀτιμάσῃς，286）；之后他声称自己被"极其无礼地"（οὕτως ἀτίμως，428）驱逐出忒拜，并且他还诅咒他的儿子们，这样他们也许能学会"不要无礼地对待他们的父亲"（μὴ 'ξατιμάζητον，1378）。[10]安提戈涅告诉伊斯墨涅，克瑞翁"毫不尊重地"（ἀτιμάσας，22）对待她们的哥哥，[11]之后提瑞西阿斯告诉克瑞翁，他"卑鄙无礼地"（ἀτίμως，1069）将一个活着的人关在坟墓里。俄瑞斯忒斯对他姐姐的形象非常震惊，她看起来是如此地"遭逢侮辱，受到摧残"[12]（ἀτίμως ... ἐφθαρμένον，1181），在杀死克吕泰涅斯特拉后，他告诉厄勒克特拉，她的母亲那凶狠的灵魂再也不能"侮辱她了"（μηκέτ᾽ ... ἀτιμάσει ποτέ，1427）。即便是成功

---

[10] 参照《俄狄浦斯在克洛诺斯》，49。
[11] 参照《安提戈涅》，5："没有羞辱与侮辱"（οὔτ᾽ αἰσχρόν οὔτ᾽ ἄτιμον）。
[12] "ruthlessly misused"是杰布的翻译。

而有权威的国王,在一开始就位于万人之上的俄狄浦斯,也控诉提瑞西阿斯对他"不尊重"(ἀτιμάζεις, 340),并且提到克瑞翁意欲"无礼地"(ἄτιμον, 670)驱逐他出境的所谓阴谋。之后,随着他深入调查可怕的真相,俄狄浦斯开始害怕真相大白后他会失去人们的尊敬。他这样安慰自己:"我应该不会被无礼对待。"(οὐκ ἀτιμασθήσομαι, 1081)

对英雄的行为、人格与态度缺乏尊重并不是最糟糕的,更令他们无法忍受的是对此毫无保留的表露:嘲讽,讥笑。即使英雄并不亲身经历这一切,他也能在绝望沉思的时刻想象出来。[13]菲洛克忒忒斯为他可能是自己的敌人——阿特柔斯之子(γελῶσι, 258)、奥德修斯(γελᾷ μου, 1125)和涅俄普托勒摩斯(γελώμενος πρὸς σοῦ, 1023)——的笑柄而感到困扰。埃阿斯最大的折磨就是他总认为自己的敌人在嘲笑他没能成功杀死他们[14](οἴμοι γέλωτος, 367; ἐπεγγελῶσιν, 454),尤其是奥德修斯(πολὺν γέλωθ', 382)。歌队(198, 959, 1043)与塔美莎(969)作为埃阿斯的支持者总在不停抱怨相同的问题。厄勒克特拉在为俄瑞斯忒斯的死亡恸哭之时,想到敌人的嘲笑也困扰不已(γελῶσι, 1153),并且她确实看到母亲脸上的笑容(ἐγγελῶσα, 807)。[15]安提戈涅转

---

[13] 参照梅奥蒂(57):"庸俗的嘲笑,人群的讽刺是悲剧的基本要素,是塑造悲剧英雄的必要条件之一。"
[14] 参照《埃阿斯》,382批注(Σ Aj.):"这格外使他苦恼:在他恨的人面前显得可笑。"(τοῦτο μάλιστα αὐτοῦ ἅπτεται, τὸ τῷ ἐχθρῷ καταγέλαστον εἶναι)
[15] 也请参照《厄勒克特拉》,277,1295。

向歌队哭道:"你是在讥笑我。"(οἴμοι γελῶμαι, 839)俄狄浦斯王在失势时害怕受到克瑞翁的嘲讽,即使克瑞翁大度地表示自己并无意为之(οὐχ ὡς γελαστής, 1422),但随后他还是没忍住嘲笑与挖苦(1445)。[16]只有在克洛诺斯的骇人的盲老头那里是一个例外,他不断咒骂,也预言;他既不害怕,也不引起人们的嘲笑。[17]

世人的不敬与嘲弄更是将英雄牢牢锁在他们灵魂怒火的深处,使他们心中充满对所谓罪魁祸首的激烈怨恨,英雄认为正是这些人使他们受尽折磨。怒火促使英雄报复、诅咒他们的敌人。埃阿斯在最后的演讲中呼唤厄里倪厄斯(Erinyes)惩罚阿特柔斯的儿子们,随后,他的怒火越烧越猛,要求复仇女神报复整个希腊军队,不留一人(835-844)。厄勒克特拉也一而再再而三地呼唤了复仇女神,要她们为她那被杀害的父亲和她自己报仇(122及以下,参照276,491),在克洛诺斯的俄狄浦斯也在他对克瑞翁和他儿子的诅咒中求助于欧墨尼得斯。守卫告诉克瑞翁,安提戈涅诅咒那些阻碍她埋葬哥哥的人,并且在最后,她并不确定神是否站在自己这一边;如果神认为她有罪(925),她将接受命运;但与此同时,她仍恳求着,如果克瑞翁是有罪

---

[16] 杰布对克瑞翁的描述(xxix)——"典型的苏格兰性格"——实在太宽容了。然而梅奥蒂在相反的观点上也走得太远了;他提到"冷酷"(froide cruauté, 133),"趋于完美的残酷"(un dernier raffinement de cruauté, 136)。

[17] 然而波吕涅刻斯认为,他与他的父亲都会受到厄忒俄克勒斯的嘲笑(κοινῇ καθ' ἡμῶν ἐγγελῶν, 1339)。

的，愿他遭的罪恰等于他加在她身上的不公正的惩罚（927-928）。菲洛克忒忒斯的咒骂甚至从一部剧延续到另一部剧；他多次诅咒阿特柔斯之子与奥德修斯（315，791，1019，1035，1040，1112及以下），两次咒骂涅俄普托勒摩斯（962，1286）。[18] 在忒拜的俄狄浦斯因这骇人的命运而诅咒那个救了他性命的人（1349及以下）。对他们中的绝大多数人而言，能想到的最可怖的诅咒就是他们的敌人也经历自己所遭受的一切。安提戈涅希望克瑞翁"不遭到比他加在她身上的不公正的惩罚更大的灾祸"（927-928）。菲洛克忒忒斯祈求神让奥德修斯与阿特柔斯之子切身体会他的病痛（791及以下）与他常年的遭遇（1114），并祈求让阿特柔斯之子也像他一样被抛弃在荒岛，怒火中烧，并且只有像他们留给他那样的少量食物（275）。[19] 埃阿斯祈祷阿特柔斯之子将如他一般死于他们自己之手（840及以下），并且在克洛诺斯，俄狄浦斯因诅咒克瑞翁将拥有与他一样的老年而疯狂地激怒了后者（869-870）。

英雄是个孤独的人物；他总是独自一人（μόνος），被众人抛弃（ἐρῆμος）。孤立作为固执的后果常常被描述成索福克勒斯英雄的标记。正如克瑞翁在支持他的歌队面前说

---

[18] 他喊道："诅咒之神宙斯。"（πρὸς Ἀραίου Διός，1181）参见杰布对宙斯这一称谓的注释。ἀρά（灾祸，毁灭）一词，也参见《菲洛克忒忒斯》，1120；《厄勒克特拉》，111；《俄狄浦斯在克洛诺斯》，154，865，952，1375，1384，1389，1406，1407。
[19] 也请参照《菲洛克忒忒斯》，314-316。

的那样，只有安提戈涅一人持这种看法（μούνη，508）；她是"唯一一个"（μόνην，656）在这城邦中违抗他的人；她最终被孤零零地活埋（μόνη，821，参照887，919，941；ἐρῆμος，773）。厄勒克特拉独自一人哀悼父亲并与她的母亲对抗（μούνη，119）；在她决定要承担俄瑞斯忒斯的责任并袭击埃癸斯托斯时（μόνη，1019；μόνα，1074），她甚至更为孤独。在忒拜的俄狄浦斯切断了他与提瑞西阿斯的联系，随后又赶走了克瑞翁，他最终被歌队（873及以下）与伊俄卡斯忒（1071）抛弃，但仍坚持独自寻求真相。而在克洛诺斯，他先是拒绝了歌队赋予他的荣誉（226），后被忒修斯责备（592），又受到克瑞翁的恐吓（874及以下），最后，在孤独地赴死之前（ἐρῆμος ἔθανες，1714），俄狄浦斯以对儿子的诅咒为自己的尘世生活作结。埃阿斯一生都是个独自行动、独自战斗的人（μόνος，29，47，294，1276，1283），并且在生命的最后一刻，他为自己找到了一个人迹未至的地方（ἀστιβῆ，657），[20] 在那里独自死去。毫无疑问，英雄中最孤独的要数菲洛克忒忒斯：他先是被抛弃在一个荒岛上独自一人生活了快十年（βροτοῖς ἄστιπτος，2），除了长久地忍受他人施加的肉体上的孤独（μόνος，172，183，227，286；ἐρῆμος，228，265，269，1018），他现在还得忍受自己有意选择的精神上的孤独

---

[20] 参照《菲洛克忒忒斯》，2："人迹未至"（ἄστιπτος）。《俄狄浦斯王》，126："人迹未至的小树林"（ἀστιβὲς ἄλσος）。

(μόνος，954；ἐρῆμος，1070）。

英雄不只被人孤立，他也抛弃了神，或者说，他感到被神抛弃。埃阿斯明白雅典娜是他的敌人，"众神恨我，"（457）他说，"我再也不欠他们什么。"（590，参照397及以下）俄狄浦斯王轻视阿波罗神谕的预言（964），并将自己视作"幸运之子"（son of Chance，1080）。菲洛忒忒斯在面对他所钦佩的阿开奥斯人接二连三的死亡以及他所仇恨的人的胜利时，认为众神"卑鄙又邪恶"（κακούς，452，参照1020）。即使是完全相信诸神会为她的父亲复仇的厄勒克特拉，在得知俄瑞斯忒斯的死讯时也动摇了。当歌队呼唤宙斯的雷电与光明的太阳神时，厄勒克特拉开始控诉，歌队提醒她注意言行："不要说鲁莽的话。"（830）[21] 安提戈涅在最后怀疑诸神是否站在她这一边："我这不幸的人为什么还要仰仗神明？"（922）并且，即使是在克洛诺斯的俄狄浦斯，虽然确信他已经到了命中注定的安息之地，仍表现出对天堂的怨恨。伊斯墨涅告诉他，那些从前把他毁掉的神现在要把他扶起来，俄狄浦斯回答道："真可鄙，一个人年轻时把他打倒，年老时再把他扶起来。"（395）[22]

这孤立是如此彻底，以致英雄在他最绝望的时刻既不能与人，也不能与神，而只能与自然景物（landscape）交

---

[21] 这是杰布的解释。在"不要说鲁莽的话"（μηδὲν μέγ' εἴπῃς）这一句的问题上，参考《埃阿斯》，386，422。
[22] 也请参照《俄狄浦斯在克洛诺斯》，385-386中鄙夷的语气。

谈，自然景物是不变的存在，它不会背叛英雄。[23]当菲洛克忒忒斯对涅俄普托勒摩斯的恳求只得到了尴尬的沉默作为回应时，他对这座他已经爱上了的岛屿说话，正如他在优美的最后演说中展示出来的那样。"港口，岬角，山里的野兽，你们呀，我的伙伴们，锯齿状的岩石呀，我按照往日的习惯恳求你，除了你我不知道还能对谁说话……"（οὐ γὰρ ἄλλον οἶδ' ὅτῳ λέγω, 938）"你呀，夏热冬寒的石洞，我绝不离开你，我死时，你也会在场。"[24]（1081及以下）因此，埃阿斯将他最后的话说给太阳、光明、萨拉米斯（Salamis）的岩石、雅典人，说给溪流，说给平原，说给特洛伊的河流听，它们曾见证他在战斗中的辉煌。"永别了，养育了我的一切。这是埃阿斯最后的话。"（864）[25]厄勒克

---

[23] 在希腊文学中，对自然景物说话的第一个例子应为埃斯库罗斯的《被缚的普罗米修斯》88及以下（关于《被缚的普罗米修斯》的讨论，详见45-50）。沃尔夫冈·莎德瓦尔德（Wolfgang Schadewalt）在《独白与自我表达》（*Monolog und Selbstgespräch*）中谈道："大体而言，埃斯库罗斯只知道一种自我表达的方式：召唤诸神或某种非人格化的神力。"并这样解释普罗米修斯的独白："但即便是这种多变的独白形式，也要从对神力的呼唤开始，就像埃斯库罗斯的所有其他独白一样……剧作家允许他呼唤非人格化的神力，以慰藉他的孤独。在这种情况下，神力也与他同在。"这并没有什么说服力。正如莎德瓦尔德在同一段中指出的，普罗米修斯几乎从来不呼唤奥林匹斯诸神，但他对四大元素（旧时人们认为构成一切事物的土、风、火、水）的详细列举似乎暗示了他的表达的哲学背景而非宗教背景。对自然景物说话显然与埃斯库罗斯笔下其他的"独白"不同，并且它与索福克勒斯所写片段的相似性使它成为这部剧中的众多问题元素之一。

[24] 参照《菲洛克忒忒斯》，952，986，1087，1146。

[25] 参照《埃阿斯》，412及以下，418及以下。

特拉第一次出现时,对自然元素唱着悼歌(并且她告诉我们这不是她第一次唱悼歌:"许多次……悼歌"[πολλὰς ... ᾠδάς], 88):"神圣的阳光啊,与大地一同被阳光照射的天空啊。"(ὦ φάος ἁγνὸν / καὶ ... γῆς ἰσόμοιρ᾽ ἀήρ, 86及以下)在忒拜的俄狄浦斯,当他发现自己千辛万苦找到的真相使他成为这世界上最孤独的人,他对喀泰戎(Cithairon)山说话,对三条道路和幽谷说话,正是在那里他杀死了父亲(1391,1398及以下)。[26] 恰恰在安提戈涅被迫躺进她的活坟墓之前,就像她声称的那样,她被歌队嘲笑,她对城邦的溪流与树林说话(844及以下),随后,她又对那即将成为她婚礼厅的石牢说话("噢,坟墓,我的婚床,我的居所,我永恒的地牢"[ὦ τύμβος ὦ νυμφεῖον ὦ κατασκαφὴς οἴκησις], 891)。

在与常人世界彻底的疏离中,英雄背弃了生命本身,并且热烈地渴望死亡。这正是埃阿斯不断重复的情形,是他所有疯狂又充满忧思的演说的主题。他恳求歌队杀死他(361),呼唤宙斯实现他的祈祷,使他能够杀死他的敌人,然后自己再死去(387及以下),并且请求黑暗的化身厄瑞玻斯(Erebos)给他一个容身之所(394及以下)。他在理智

---

[26] 这正是莎德瓦尔德定义为"遥远的呼唤"(Rufe an Entfernte, 42)的情形,正如埃斯库罗斯《阿伽门农》,1157。但对一个盲人而言,近景或远景都只存在于想象中;俄狄浦斯对这些见证了生命中重要转折的地方说话。与此相似,在克洛诺斯(虽然他已经有了超自然的感知,知道自己将在那里死去,参照1590及以下),他说话的对象并非自然景物,而是"那微弱的光线"(φῶς ἀφεγγές, 1549)。

地考虑了所有的可能性之后，选择赴死（479），并在塔美莎那动摇了他、使他重新考虑的恳求之后，仍做了同样的决定（684及以下）。他"专注于死亡"（ὃς σπεύδει θανεῖν, 812），"爱上了死亡"（ὧν γὰρ ἠράσθη τυχεῖν … θάνατον, 967），他的心渴望着死亡（τοὐμὸν ὧν ἐρᾷ κέαρ, 686）[27]；在告别演说中，他说他视剑为自己最好的朋友（εὐνούστατον τῷδ' ἀνδρί, 822）。[28] 他呼唤死神（ὦ θάνατε θάνατε, νῦν μ' ἐπίσκεψαι, 854），邀请死神前来"监察"他的自杀。当然，考虑到埃阿斯骄傲的本性与他那攻击敌人时声誉扫地的落败，他完全想不到其他的可能性；然而，其他的索福克勒斯英雄也重复着他的话，即使他们的性情更温和，所处境况也不那么急迫。当厄勒克特拉相信俄瑞斯忒斯已经死去时，提到希望有人能"帮个忙"（χάρις, 821）把她也杀了；她没有活下去的欲望（τοῦ βίου δ' οὐδεὶς πόθος, 822）。当她决定独自行动时，歌队表扬她终于为自己的生活着想；她"并不在意死亡，她已经准备好放弃生命了"（οὔτε τι τοῦ θανεῖν προμηθὴς τό τε μὴ βλέπειν ἑτοίμα, 1078–1080）。当厄勒克特拉对着那她以为盛放着俄瑞斯忒斯骨灰的罐子过度悲伤时，她希望与他一起死去，好分享他的坟墓（1165及以下）。安提戈涅忽视了她正冒着死亡的风险，不仅用一句讽刺伊斯墨涅的话

---

[27] 在"爱"（ἐρᾶν）一词以及英雄脾气的问题上，也请参见《安提戈涅》，90，220；《俄狄浦斯在克洛诺斯》，436。

[28] 参照《俄狄浦斯在克洛诺斯》，1662："没有痛苦地离去"（εὔνουν διαστὰν … βάθρον）。

对死亡不予理会——"你称之为可怕的"（τὸ δεινὸν τοῦτο，96），还将这死亡视作她的荣誉（72）。她甚至告诉克瑞翁，她认为在应活的岁月之前死去是件"好事"（κέρδος，462），并且骄傲地提醒伊斯墨涅："你选择活下去，但我选择了死亡。"（555）在忒拜的俄狄浦斯是索福克勒斯英雄中唯——个强大而成功的人物（也是唯一一个符合亚里士多德定义的人物——有很高声望与好运的人），而当他发现自己可能是杀害拉伊俄斯的凶手时，也开始渴望死亡（βαίην ἄφαντος，832）；之后他叫人给他一把剑（1255），虽然他并没有自杀。在极度的痛苦中，他刺瞎了双眼，希望自己在婴孩时就已经死去（1349），并且恳求克瑞翁让他住在山上慢慢死去（1451）。菲洛克忒忒斯在疾病带来的一阵阵剧痛中，两次恳求别人将他杀死（749，800），并在意识到自己被奥德修斯困住时（1001），乞求歌队水手给他一把剑，一把斧头，或任何一种可以让他自杀的武器（1207）；并且当涅俄普托勒摩斯重新获得他的信任，尝试劝他做对自己最有益的事时，菲洛克忒忒斯责怪他那"可恨的生命"将自己留在这世界上（1348-1349）。他也像埃阿斯一样，亲自呼唤死神："噢，死神，死神呀，我一直呼唤你，为什么你还不前来……？"（ὦ θάνατε θάνατε, πῶς ἀεὶ καλούμενος …，796）俄狄浦斯到克洛诺斯等待死亡，因为他意识到那是他命定的安息之所。在舞台上的最后一刻，当他走向那渴望已久的结局，俄狄浦斯那快速又有把握的行动以及言语中的极度兴奋都向我们展示了一个与开场时步履蹒跚、思维混乱的老人截然不同的人。

英雄选择了死亡。这毕竟是他拒绝妥协后合理的结局。在人类社会中,生活是一种漫长的妥协;我们所有人若想生存下去,只能不断克制自己的愿望与欲望,满足他人的要求——这些要求可能是团体的法令,也可能是同伴的意见。我们大多数人或在儿时,或在之后的人生中以更大的代价学会这一课;那些没能学会的人最终都成了罪犯或疯人。但在索福克勒斯的悲剧中,英雄所面对的状况是:他若妥协,便无法保全自尊。屈服会成为精神上的自我摧毁,是对"本性"的背叛;英雄被迫在对抗与失去自我中作出选择。而索福克勒斯笔下的英雄,对自我认同、独立、个体存在的意识特别强烈。他们中的每一个都极其强烈地认识到自己与他人的不同,即他们的独特性。他们对自己作为个体的价值有深刻的认同,这激起了他们对不受世人尊重的愤怒。在英雄们一生的危机中,他们被朋友抛弃,被敌人包围,不被神支持;他们毫无依靠,唯有相信自己,相信他们对自身独特性及命运的认知。

我们必须着重强调这一点,因为许多现代的索福克勒斯批评都倾向于否认其合理性。对19世纪心理学分析的回应是非常必要并且值得期待的:19世纪心理学分析在对索福克勒斯(以及莎士比亚)角色的讨论中过度地进行深入分析,以至于到最后,竟然能严肃地讨论文本中不存在的感受与动机;因此,我们必须通过对一部充满想象力的戏剧人物传记的推理来"重建"（reconstructed）文本。[29] 钟摆已经摆回来了，当然，它一开始就摆回得太远（维拉莫维茨［Vlrich von Wilamowitz］的著作很有影响力，他倾向于否定角色的凝聚力）；但这仍未能完全使其自我摆正。在一些最隐晦和最具想象力的现代批评家的作品中，普遍的趋势仍是抚平索福克勒斯角色的尖锐特质，并且完全去除戏剧角色

---

[29] 参见沃尔多克（A. J. A. Waldock）在《悲剧作家索福克勒斯》（*Sophocles the Dramatist*）中关于"文本的谬误"（the documentary fallacy）既风趣又有力的讨论。这一章节非常有意思，但当沃尔多克开始研究索福克勒斯戏剧时，他成了所谓"戏剧的谬误"（theatrical fallacy）的受害者——他坚持认为索福克勒斯仅仅是一个戏剧工匠。由此，戏剧没有任何意义，它们不是"普世的"（universal）。《俄狄浦斯王》并没有任何意义，"他说道，"只不过是巧合引起的恐惧。"（168）"由戏剧（《厄勒克特拉》）引发的问题本质上是技术上，而非道德上的。"（193）"我们不该揪着一点不放。"他谈到《特拉基斯女人》时说。"毫无疑问，每部戏剧都应该有它的观点，但事实上，许多戏剧都没有。"（102）索福克勒斯只是个构建戏剧效果的天才。偶尔，当人们读到沃尔多克的观点时，会有一种他在谈论的不是索福克勒斯而是萨尔杜（Sardou）的感觉。《牛津戏剧通识读本》（*Oxford companion to the Theatre*）对萨尔杜的评论毫不留情："他所有作品都体现了同样的水平与同样贫乏的思想，任何主题在他笔下都失去了所有可能的深度，并成为一系列阴谋的简单堆砌。"然而沃尔多克笔下的索福克勒斯甚至比这还要糟糕："他连设计阴谋都有问题。"他"过度反转了《俄狄浦斯在克洛诺斯》的结局"（226），甚至在戏剧的中间部分也遇到了麻烦（219）。在《菲洛克忒忒斯》中，他接连不断地犯错：当他描写歌队时，他似乎"在某处对自己不寻常的疏忽显得很愧疚"（209）；那个水手乔装扮作商人的场景"戏剧效果并不好……是一个完全不可接受的行为"（204）；并且他的结构是如此糟糕，以至于在赫拉克勒斯出场之前"场面就已经陷入僵局——这一事实非常明显……肯定已经发生了什么令人绝望的事"（206）。《埃阿斯》则是另一部拙劣的作品，那雄心勃勃的演说简直是戏剧效果失败的典型："索福克勒斯无法解决这个问题，这是个名副其实的僵局。"（79）人们只会觉得奇怪，为什么沃尔多克要花费这么多的精力为一个他认为毫无价值的剧作家写一本书。

的现代概念。阿尔宾·莱斯基批判性的深刻见解以及非常出色的研习或许使他的作品成为最重要的索福克勒斯现代评论，长期以来，他都在隐晦而巧妙地讨论这个问题；他以赞同的态度援引两种看法，尝试寻找介于"类型"与"特征"这两种极端不同的对索福克勒斯人物的观点之间的平衡。第一种是威廉·洪堡（Wilhelm Humboldt）的观点，他认为索福克勒斯的人物塑造"过于个体与独特的一切都遭到厌恶与蔑视，并有意地被避开。他笔下的角色杰出却单纯的特征所呈现出来的是人类全体而非某一个体"。[30] 第二种则是格伯特·赛萨兹（Gerbert Cysarz）关于"古典世界对个性的概念"的看法："个性代替了仅仅只是有趣的特征，行为准则取代了怪诞与奇异。"[31] 这两种观点初看起来都很有吸引力；它们似乎将索福克勒斯与欧里庇得斯的人物完全区分开来，把索福克勒斯的角色置入帕特农神庙的雕塑所体现出的古典的理想框架中。它们是以下两方面微妙妥协的产物：一方面是从戏剧本身构建被莱斯基视作"马赛克式的多元人物肖像"而摒弃的错误尝试；另一方面则完全相反，索福克勒斯的英雄们，如同蒲柏（Pope）笔下"大多数的女人"一样，"根本没有个性"。[32] 然而这还不够。"人类全体而非某一个

---

[30] 莱斯基（1），143。

[31] 阿尔宾·莱斯基，《希腊悲剧》（*Die griechische Tragödie*²），162。

[32] 在这一思想学派中，智识上最傲慢的是苏里格（W. Zürcher）的《欧里庇得斯戏剧中的人物描写》（*Die Darstellung der Menschen im Drama des Euripides*）。他谈道（10）："出于历史观念的原因，索福克勒斯不可能构想出一个真实的角色。"（由维克多·艾伦伯格［Victor Ehrenberg］［转下页］

体"（Nicht der einzelne sondern der Mensch），这一定义不仅不足以囊括埃阿斯那冥顽不灵的对暴力的美化——这暴力将他带向了自杀的必然结局，也无法解释俄狄浦斯对他儿子的可怕诅咒以及安提戈涅最后的话——对许多批评家而言，安提戈涅这最后的演说恰恰展示了赛萨兹所摒弃的"孤立与怪诞"（Apartheit und Bizarrerie）。此类看法几乎没有给独特性不可或缺的核心地位留下余地，而总的来说（安提戈涅的演说非常准确地证明了这一点），这一独特性正是英雄们挑战世界的意志的唯一来源。〔33〕

　　索福克勒斯的英雄完全清楚地意识到这独特性、这差异明显的个性。甚至可以说，他们执意坚持这一点。埃阿斯毫不怀疑他与希腊首领之间的不同。他声称自己是"一个在特洛伊看来，希腊人中独一无二的人"（οἷον οὔτινα Τροία στρατοῦ δέρχθη，423-425）。他也毫不怀疑阿喀琉斯，一个和他自己一样的反抗者，已经意识到了他的优越性（441及以下）。他无比确信自己的正义与伟大，甚至当大祸临头，他被自己在发疯时折磨和虐待过并因而受伤的野兽们包围时，他对自己年幼的儿子仍只有这样一个希望：他应该像他的父亲一样。"他必须马上适应他父亲那严酷的方式，他必须在本性上像他的父亲一样。我的儿，希望你比你的父亲更

　　［接上页］在《索福克勒斯与伯里克利》[Sophocles and Pericles]，51中引用，"出于历史观念的原因"是艾伦伯格加上的。）
〔33〕琼斯在对《厄勒克特拉》与《祭酒人》的比较中非常深刻地讨论了他称为"索福克勒斯作品中戏剧个体个性化"的问题。

幸运，但在其他的所有方面和他一样。"（τὰ δ' ἄλλ' ὁμοῖος，551）随后，埃阿斯告诉塔美莎，如果她认为她能够"教育他的性格"，那她就太愚蠢了（ἦθος ... παιδεύειν，595）。并且其他人也意识到了他的特质。塔美莎说："他的死令我痛苦，令他的敌人满意，但对他自己而言则是喜悦。"（αὐτῷ δὲ τερπνός，967）"他已经得到他所期盼的了——那渴望已久的死亡。"（ἐκτήσαθ' αὑτῷ，968）"你已经听到所有我要说的了。"对埃阿斯第一次表现出他赴死的决心以及他在演说结尾这令人不快的话，歌队回答："没有人会说你这言语不真实，因为它来自你的心底。"（ὑπόβλητον λόγον[34] ... ἀλλὰ τῆς σαυτοῦ φρενός，481-482）这番话"符合他的个性"。

厄勒克特拉在索福克勒斯英雄中最善于自我分析，她非常清楚地意识到自己的独特性；她有时会为自己骇人的举止而感到羞愧（254，616及以下），但她也对自己独立的精神而感到非常骄傲。她从不落下任何一个机会强调自己与妹妹的不同："你是这样摇尾乞怜，你的话和我性格不相投。"（οὐκ ἐμοὺς τρόπους λέγεις，397）"我可不愿在这种律法下生活"（τούτοις ... τοῖς νόμοις，1043），当克律忒弥斯劝她谨慎行事时，她这样回答。她鄙视妹妹，因为她不做自己——"你责备我，"她说道，"是她教你的，你说的话没有一个字是你自己的。"（ἐκ σαυτῆς，344）俄狄浦斯王也明白自己非

---

[34] 参照《俄狄浦斯在克洛诺斯》，794："这不诚实的嘴"（ὑπόβλητον στόμα，俄狄浦斯对克瑞翁说）。

凡的个性和能力,他称自己为"人人都知道的俄狄浦斯"(ὁ πᾶσι κλεινὸς Οἰδίπους καλούμενος, 8)。他提醒提瑞西阿斯,连先知都束手无策的斯芬克斯(Sphinx)之谜,最终由一个未经训练的外行人解决了:"但是我无知无识的俄狄浦斯来了,征服了它。"(ἐγὼ μολών ὁ μηδὲν εἰδώς, 396及以下)当伊俄卡斯忒离开时,希望他永远都不会发现自己究竟是谁,他骄傲地声明自己的本性和身份:幸运之子。"有这样的出身,我绝不会成为另一个人,也绝不会不追查我身世的秘密。"(οὐκ ἂν ἐξέλθοιμ᾽ ἔτι ποτ᾽ ἄλλος, 1084-1085)即便是在发现真相和自瞎双眼的煎熬中,他仍坚持这是他个人的责任。"是阿波罗……使这些凶恶的灾难实现……但刺瞎了这双眼的不是别人的手,而是我自己。"(ἔπαισε δ᾽ αὐτόχειρ νιν οὔτις ἀλλ᾽ ἐγώ, 1331-1332)随后,他将自己视作一个分裂的个体,要留给某种神秘的命运。"疾病或别的什么都害不死我。若不是为了骇人的罪恶,我不会从死亡里被人救活。"(1455及以下)安提戈涅也极其保护自己的独立性,并很容易被对自己个性的冒犯激怒,无论这冒犯是真实的,还是她幻想出来的。[35]她将克瑞翁的律令视作对她的人身攻击。她对伊斯墨涅说:"这是克瑞翁针对你我宣布的命令,要我说,特别是针对我。"(λέγω γὰρ κἀμέ, 32)并且像厄勒克特拉一样,她强调自己与妹妹的每一点不同。"你愿意成为什么样的人,就成为什么样的人吧,但是我……"(ἀλλ᾽ ἴσθ᾽ ὁποῖα

---

[35] 参照惠特曼,88:"她明白自己的独特之处。"

σοι δοκεῖ..., 71）安提戈涅对伊斯墨涅说："你选择生，但是我选择死。"（555）她随后为自己埋葬波吕涅刻斯的企图辩解，但她辩解的内容是如此奇怪，以至于许多学者怀疑其真实性；她实际上是"她自己的准则"（αὐτόνομος, 821），正如歌队说的那样。菲洛克忒忒斯，作为一个靠智慧在荒岛上独自生活了十年并怨愤着自己错误的人，非常明白自己的特性。他为自己的勇气和忍耐感到骄傲，正是这两种品质使他在艰难中存活下来（ὥς τ᾽ ἔφυν εὐκάρδιος, 535），[36] 并且也意识到他在这些品质上的独特性。"除了我之外，没有人能够看到我所遭受的痛苦。"他对涅俄普托勒摩斯说（οἶμαι γὰρ οὐδ᾽ ἂν ὄμμασιν μόνον θέαν / ἄλλον λαβόντα πλὴν ἐμοῦ τλῆναι τάδε, 536-537）。当他的弓被骗走时，他愤怒地哭喊："即使我身体健全，他也不会带我走，更别提我现在伤成这样，除非他被骗了。"（947-948）菲洛克忒忒斯看得出来，这个骗他的年轻人的行为并非出于真心，反而是与他本性相悖的；"做自己"（ἐν σαυτοῦ γενοῦ, 950），他对这个年轻人说。最后一次会面，当他获知真相，明白他的敌人对他犯下的错误，认识到必须与他们并肩作战时，他的怨恨超过了一切。他问自己的眼睛："你怎么能看着我与阿特柔斯之子联合起来？"（1354-1355）在克洛诺斯的俄狄浦斯，那个从一开始时就认输了的谦卑老人，根本就没有什么个性，突然变得如此愤怒，即便是他的朋友和女儿都为他那命令式的

---

[36] 埃阿斯也用这个词来形容自己（364）。

预言以及报复性的咒骂感到震惊；他不满足于将自己称作拯救者，不仅倔强地捍卫自己要死在阿提卡土地上的决心，还强硬地为自己过往的骇人行为辩解；用他自己的话说，他事实上就是一个"有着骇人血统"的人（αἰνὰ φύσις, 212）。

他们都有着极其强烈又棘手的个体独立意识；他们不受控制，没有人有权力支配他们或将他们奴役，他们是自由的。厄勒克特拉抱怨的是她被敌人"控制了"（κἀκ τῶνδ᾽ ἄρχομαι, 264），她被他们用武力奴役了（τοῖσδε δουλεύω βίᾳ, 1192）。俄瑞斯忒斯是她获得自由的希望，但他的死讯意味着她必须"重新成为奴隶"（δεῖ με δουλεύειν πάλιν, 814），她恳求她的妹妹与她一同行动，"在将来成为自由的人"（ἐλευθέρα καλῇ, 970）。[37] 伊斯墨涅告诉她的父亲，忒拜人想把他埋葬在由不得他的地方（μηδ᾽ ἵν᾽ ἂν σαυτοῦ κρατῇς, 405），但是他反抗道："他们永远也不能把我抓到手。"（οὐκ ... ἐμοῦ γε μὴ κρατήσωσίν ποτε, 408）他随后恳求忒修斯："别让任何人有支配我的权力。"（μηδεὶς κρατείτω, 1207）安提戈涅被伊斯墨涅劝说"我们要服从强者的统治"（ἀρχόμεσθ᾽ ἐκ κρεισσόνων, 63），但她之后被克瑞翁描述为一个想要"给权威下命令"（τοὐπιτάσσειν τοῖς κρατύνουσιν, 664）的人，虽然她是别人的"奴隶"（δοῦλός, 479）。[38] 埃阿斯在他对投降的观点中，提到阿特柔斯是"统治者，所以

---

[37] 参照《厄勒克特拉》, 339, 1256, 1300, 1509。
[38] 参照《安提戈涅》, 517。

我们必须屈服于他"（ἄρχοντές εἰσιν, 668），但是没有什么比这更不符合他的想法了。透克罗斯再三声称埃阿斯并不服从阿特柔斯的命令；他是"首领本身"（αὐτὸς ἄρχων, 1234），他"服从自己的命令"（αὑτοῦ κρατῶν, 1099）。[39] 阿特柔斯自己也承认，他们永远无法统治他。"只有在他死后，我们才可能支配他。"（θανόντος γ' ἄρξομεν, 1068）"只要他还活着，就不会被我们控制。"（βλέποντος ... κρατεῖν, 1067）菲洛克忒忒斯面对奥德修斯毫不留情的"你必须服从"，猛然大叫"我生来就是一个奴隶，我知道，我不是自由的"（δούλους ... οὐδ' ἐλευθέρους, 995-996），并且尝试着从岩石上跳下去以结束自己的生命。

在英雄看来，这是介于自由或沦为奴隶的选择。在这些情况下，屈服是"不可容忍的"。在没有获得荣誉的情况下从特洛伊回家，对于埃阿斯而言是"无法忍受的"（οὐκ ἔστι ... τλητόν, 466）；死亡是更好的选择。菲洛克忒忒斯以相同的话回应奥德修斯的恐吓："简直无法忍受！"（ταῦτα δῆτ' ἀνασχετά; 987）随后，当他拒绝接受涅俄普托勒摩斯的论点时，他问自己的眼睛如何能"忍受"（ἐξανασχήσεσθε, 1355）看着自己与在特洛伊的敌人结盟。"如果我容忍（ἠνσχόμην, 467）哥哥死后得不到安葬，"安提戈涅对克瑞翁说，"这会让我痛苦到极点。"在克洛诺斯的

---

[39] 参照《埃阿斯》，1102，1107，以及483-484："向你的朋友们屈服吧，在这一问题上，他们有更好的选择。"（δὸς ἀνδράσιν φίλοις γνώμης κρατῆσαι）

俄狄浦斯说，他儿子的声音是他在这世上唯一需要带着极大的痛苦才能"忍受"的（ἐξανασχοίμην κλύων，1174）。在忒拜，他发现提瑞西阿斯的话"让人无法容忍"（ταῦτα δῆτ᾽ ἀνεκτά；429）。[40]

我们中的所有人，有时都会发现他人的建议或在某个情况下的要求是"无法容忍的"，也许与我们的意愿完全相悖。然而英雄却总是如此，对抗的必然结局即为死亡。索福克勒斯戏剧中包含如此多的自杀行为并非偶然。现存的七部埃斯库罗斯作品中，没有一例自杀行为（虽然祈援女扬言要自杀，并且埃阿斯在一部散佚的作品中确实自杀了）；现存的所有欧里庇得斯作品中，自杀行为只有四例。[41]然而在索福克勒斯的七部戏剧中就有不少于六次的自杀行为：埃阿斯，安提戈涅，海蒙，欧律狄刻（Eurydice），德伊阿妮拉（Deianira）以及伊俄卡斯忒；除此之外，还有在舞台上企图自杀的菲洛克忒忒斯，要剑自杀的俄狄浦斯王，以及在克洛诺斯的俄狄浦斯在开场祈求死亡，并在最后敏捷而愉快地赴死。世界如常，生命如常，它们拒绝让英雄们拥有做自己的

---

[40] 参照《俄狄浦斯在克洛诺斯》，883："这是暴力，但你们不必忍受。"（ὕβρις, ἀλλ᾽ ἀνεκτέα，克瑞翁对歌队说）在《菲洛克忒忒斯》411中，菲洛克忒忒斯问埃阿斯是如何容忍（ἠνείχετο）奥德修斯拒绝给涅俄普托勒摩斯他父亲的盔甲的。

[41] 菲德拉、《腓尼基的妇女》中的伊俄卡斯忒、《祈援女》中的埃文德娜（Evadne）以及《腓尼基的妇女》中的美诺埃克乌斯（Menoeceus）；虽然美诺埃克乌斯的死更像是为了拯救忒拜而牺牲，而非自杀。见斯坦福（W. B. Stanford）的《索福克勒斯，埃阿斯》（*Sophocles, Ajax*）中的附录E（"关于自杀的说明"），289–290。

自由，于是英雄们准备好放弃一切，而不是改变自己。

索福克勒斯的英雄为自己的生活方式设定前提。"你的父亲应该将你生在实行旧法的时代，"（ἐπὶ ῥητοῖς, 459）在欧里庇得斯的《希波吕托斯》中，乳母对菲德拉说，"如果你不认同当今的这些法律。"这话也适用于索福克勒斯的英雄。他们只会按照自己的规则生活。用伊斯墨涅对安提戈涅的话来说，他们"喜欢做一些不可能之事"（ἀμηχάνων ἐρᾷς, 90）。[42]

"脱离城邦（πόλεως）者，非神即兽（θηρίον ἤ θεός）。"这是亚里士多德在《政治学》（1253a）中的一句名言。在索福克勒斯的描述中，绝大多数的英雄都直接或间接地被拿来与野兽进行比较。正如奥德修斯和雅典娜在开场时描述的那样，埃阿斯展现给我们的形象是一个被追到巢穴（κυναγῶ 等，5，37；ἴχνη 等，6，20，32），或掉入陷阱（ἕρκη, 60）的野兽；埃阿斯不断地被描述成 ὠμός（野蛮、凶残，205，885，930），且他自己也欣然接受，并以此为荣（548）。[43]在安提戈涅暴力违抗克瑞翁的律令之后，歌队也用这个词来形容她（γέννημ' ὠμόν, 471）。菲洛克忒忒斯恳求受惊的涅俄普托勒摩斯和他的水手们不要被他"野蛮"的外表吓到（ἀπηγριωμένον, 226），随后涅俄普托勒摩斯告诉他，自己已经"变得凶残"（σύ δ' ἠγρίωσαι,

---

[42] 参照《厄勒克特拉》，140。
[43] 也请参照《埃阿斯》，322："就像公牛的咆哮"（ταῦρος ὣς βρυχώμενος）。

1321）。因此，提瑞西阿斯让俄狄浦斯发泄"你能激起的最凶猛的怒火"（ὀργῆς ἥτις ἀγριωτάτη，344），并且在同部剧中，歌队推测杀害拉伊俄斯的凶手的身份时（当然就是俄狄浦斯他自己），将他描述成一只在洞穴附近的树林中漫游的野牛（ὑπ᾽ ἀγρίαν ὕλαν ... πετραῖος ὁ ταῦρος，478）。克吕泰涅斯特拉像对一只逃出笼子的野兽一样对厄勒克特拉说："所以你又一次准备逍遥法外，到处漫游？"（ἀνειμένη μὲν ... αὖ στρέφῃ，516）[44]克瑞翁也对安提戈涅和她的妹妹用了同样的措辞："她们必须被绑起来，绝不能让她们跑了。"（μηδ᾽ ἀνειμένας，579）歌队唱到，埃阿斯是个"被献给可恨命运的受害者"（ἀνεῖται στυγερῷ δαίμονι，1214）。ἀνίημι一词字面上意味着像献祭用的野兽一样"被允许自由地闲逛"：人们给献祭用的野兽松绑，将它放入场地中吃草闲晃，直到献祭时刻来临。[45]克瑞翁预计将会突破安提戈涅的抵抗，并且在自己话中表达出了足够的自信："只消一个小小的马勒，再烈的马都会被驯服。"（477）并且他也提到，他的反对者们都是些不肯老老实实引颈受轭，服从他权力的人（291）。[46]

亚里士多德说，"非神即兽"。英雄们拒绝接受死亡强

---

[44] 也请参照《厄勒克特拉》，785（厄勒克特拉如一条蛇，参照《安提戈涅》531及以下）。
[45] 参照罗伯特·戈亨（Robert F. Goheen）《索福克勒斯的〈安提戈涅〉的意象》（*The Imagery of Sophocles' Antigone*），30，134。
[46] 相似的暗示见《俄狄浦斯在克洛诺斯》，950，1026；《菲洛克忒忒斯》，1005，1007。

加在人类身上的界限，他们违抗时间与命运的必然：一切都会改变，然而他们依然故我；这是对神的僭越。只有神是永恒不变的；正如俄狄浦斯对忒修斯说的，"世间的一切都被全能的时间困扰着"（《俄狄浦斯在克洛诺斯》，609）。埃阿斯两次被着重描绘成一个"不考虑自己作为凡人的局限性"的人（οὐ κατ' ἄνθρωπον φρονῶν，777，参照761）。安提戈涅被歌队指责，因为她企图将自己与那些"像神一样的人"相提并论（τοῖς ἰσοθέοις，837），并将自己比作那个厄勒克特拉也效仿并将其"算作是神"（σὲ δ' ἔγωγε νέμω θεόν，150）的尼俄伯（Niobe）。在忒拜的俄狄浦斯不断僭越地用神的腔调和语言说话，[47] 并且以称自己为"幸运之子"、十二个月份的兄弟以及时间（Time）的同辈作结（1080及以下）。在接近尾声时，菲洛克忒忒斯固执地拒绝前往特洛伊，通过这一决定，他似乎改变了历史的进程，篡改了神的预言，还阻挠了宙斯的意志；这迫使神化身为人，从天庭来到人间，将一切重归正轨。甚至不需提及忒修斯对在克洛诺斯的俄狄浦斯提出的问题中的暗示——"你遭受的为凡人所不能忍受的痛苦是什么呢？"（μεῖζον ἢ κατ' ἄνθρωπον，598）——我们也能感受到盲老人正在遭遇的是一些超出人类界限的灾难。

这不可思议而令人惊叹的个性在索福克勒斯六部悲剧

---

[47] 见诺克斯（3），159及以下。

的舞台上都占据了主导地位。[48]英雄一旦做了决定,便不可动摇:对建议、斥责或恐吓都充耳不闻,对暴力,即便是死亡本身的威胁也都毫不恐惧;随着他越来越孤立,到最后无人可语,只能与自然景物交谈,他也变得更加固执;英雄极其怨恨世界对他的失败表现出的不敬与嘲讽,他祈祷着复仇并诅咒他的敌人,正如他期待死亡那样;而死亡正是他一意孤行的结局,这是意料之中的。索福克勒斯的英雄是不寻常的人物,即使我们都很清楚,用亚里士多德的话来说,这一人物恰恰在索福克勒斯的戏剧中才"找到自己本然的形式"(found its natural form),我们应该从他前人的作品中寻找其来源。

据说现存最早的将悲剧英雄的形象展示给我们的戏剧是埃斯库罗斯的《七将攻忒拜》。[49]虽然毫无疑问厄忒俄克

---

[48]《特拉基斯妇女》不符合这一模式。虽然赫拉克勒斯确实也是英雄,但他较晚出现在舞台上,并且已经奄奄一息;这里并没有英雄的决定及行动(虽然出现了一些英雄惯用的表达:"固执的灵魂",ψυχὴ σκληρά,1260;"凶残的心",ὠμόφρονος,975;"忍受",ἑᾶτε,1004)。德伊阿妮拉则用了"反英雄"的惯用表达:"事实上,我不知道怎么和他生气"(θυμοῦσθαι μὲν οὐκ ἐπίσταμαι,543),"……是不该发怒的"(οὐ γάρ … ὀργαίνειν καλὸν,552),"我恨那些这么做的大胆女人"(τάς τε τολμώσας στυγῶ,583)。然而,当她决心赴死时,英雄的惯用表达又出现了:"我是这样决定的,如果他死了,我也随他一起去死"(δέδοκται … συνθανεῖν,719),"羞耻地活着是无法容忍的"(ζῆν κακῶς κλύουσαν οὐκ ἀνασχετόν,721)。

[49] 吉尔伯特·默里,《埃斯库罗斯:悲剧的创造者》(Aeschylus, The Creator of Tragedy),143:"不寻常的是,厄忒俄克勒斯非常符合亚里士多德对悲剧英雄的描述:高贵的个性中带着致命的缺点。"见基托(1),44,52。

勒斯（Eteocles）在整个行动中占首要位置，但在这部剧中很难找到索福克勒斯式概念的萌芽。除了戏剧中大部分对胜利者的描述根本不符合索福克勒斯意义上的行动之外，[50] 厄忒俄克勒斯并不处于索福克勒斯式的境况：他不必与他人的劝说和威胁对抗。事实上，他在悲剧的结尾才作出决定（与波吕涅刻斯作战），并且当歌队试图劝阻他时（677–719），他们所用的语言与在这种场景下索福克勒斯剧中典型的惯例毫不相关。[51] 在《祈援女》《波斯人》及《俄瑞斯忒亚》中也是如此，英雄的处境不甚相同，虽然存在许多言辞上的相似之处，[52] 但这两位剧作家既处于同一时代，又是竞争对手，他们的创作风格高雅又正式，都符合其戏剧类型。在现存戏剧中，他们还在一个例子中表现了相同的神话素材。[53] 最后，许多我们曾描述为索福克勒斯式表达惯例的词语都是这些戏剧中词汇共同的基本元素。考虑到以上这些因素，这些戏剧言辞上的相似之处甚至比我们预期的还要少。在这几部戏剧中，并没有一例完全相同之处；在现存的片段中，也没有一个场景可以体现索福克勒斯式的处境及其相关的语言。

---

[50] 这并不否认它是行动；参见基托对这一场景精彩的讨论（1），48及以下。

[51] 实际上只有一处："听这些妇女的劝吧。"（πιθοῦ γυναιξί, 712）

[52] 有趣的是，我们可以注意到《七将攻忒拜》的最后一幕（这一部分通常被视作剧作家以《安提戈涅》为基础后来添加的）展示了一个索福克勒斯式的处境（企图劝说安提戈涅遵从法令，1042-1053），然而实际上并没有任何索福克勒斯在此类情况下的表达惯例的迹象。

[53] 值得注意的是，《祭酒人》与《厄勒克特拉》的语言实际上并没有任何相似之处。

然而,埃斯库罗斯的另一部作品《被缚的普罗米修斯》却着实展示出了值得注意的与索福克勒斯悲剧的相似之处。虽然戏剧中大篇幅描述普罗米修斯为宙斯和人类效劳的场景,以及更为冗长的对伊娥(Io)过去、现在与未来的描述,并非索福克勒斯所构想的那种情节,但所有这些讲述及预言的戏剧框架却展示出与索福克勒斯的风格与剧作艺术惊人的相似之处。在这个例子中,就像菲洛克忒忒斯与在克洛诺斯的俄狄浦斯一样,英雄确确实实被固定在一个地方;行动的是一系列欺瞒他、劝说他或恐吓他的其他人。[54]这部剧的戏剧张力源于人们为打破英雄决心付出的努力及他们的失败。但相似之处甚至更为引人注目。索福克勒斯对这一处境的许多表达惯例都出现在《被缚的普罗米修斯》中,并且完完全全遵循索福克勒斯的用法;这是唯一一部这种类型的埃斯库罗斯戏剧。[55]

英雄被完全地孤立,甚至甚于菲洛克忒忒斯;利姆诺斯岛(Lemnos)有时还有偏离航线的水手们经过,[56]但普罗米修斯却被绑在荒无人烟、沙漠般的岩石间(ἐρήμου ...

---

[54] 莱斯基(1),77:"使一系列围绕着被动受罚的主角而展开的行动具有戏剧性是多么困难的一件事啊!"这也是对《俄狄浦斯在克洛诺斯》的精彩描述。关于这两部戏剧间的相似之处,参见亚当斯(S. M. Adams)《剧作家索福克勒斯》(*Sophocles the Playwright*),160-161。

[55] 因此迪勒(84):"在所有或几乎所有我们能够找到的埃斯库罗斯与索福克勒斯在自尊这一问题的措辞上的不同中,普罗米修斯选择了索福克勒斯式的表达。"

[56] 参照《菲洛克忒忒斯》,305。

ἀγείτονος πάγου, 270）[57]，在斯基提亚（Scythia）"无人居住的荒野"（ἄβροτον ... ἐρημίαν, 2）中。他受到惩罚，"这样他也许能得到一点教训"（ὡς ἄν διδαχθῇ, 10），"学会接受"（στέργειν, 11）宙斯至高无上的地位，他"也许会明白"（ἵνα μάθῃ, 62），虽然他是个智者（Sophistes），但比宙斯还是弱得多。当他的施刑者离开后，英雄对着自然景物说道："闪着光芒的天空，和煦的微风呀，河流、泉水、海浪那不计其数的涟漪与微光，大地，我们所有人的母亲呀，全知全见的太阳，我呼唤你们。"（88及以下）[58] 他因为想到敌人的愉悦而备受折磨（156及以下）；他但求（虽然之后他声称这是不可能的）一死，"只有当他将我丢到地下的塔耳塔罗斯（Tartaros），冥界之王哈德斯无边的国土"（152-155）。他宣称将誓死捍卫秘密，宙斯的命运取决于此，"我决不会屈服于他，泄露这个秘密"（οὔποτ᾽ ...

---

[57] 参照《菲洛克忒忒斯》，692对埃斯库罗斯《被缚的普罗米修斯》，2的注释。

[58] 琼斯（271-272），如莎德瓦尔德一样，他尝试着分辨这段与自然景物的对话和索福克勒斯的片段，但他的关注点有所不同。"普罗米修斯毫不迟疑地站在自然这边……尽管菲洛克忒忒斯对山洞和岛上的其他自然景物爱恨交织、耿耿于怀。对索福克勒斯的人物而言，通过自然，他们可以对自我进行全新的认识。"但他没有完整地引用埃斯库罗斯的片段；他忽视了最后一行"你们都来看看吧，我作为神，是如何受到神的折磨的"（ἴδεσθε μ᾽ οἷα πρὸς θεῶν πάσχω θεός, 92），这一行将自然景物，或我们可以说，将自然景物的元素与自我想象以最直接的方式关联起来——普罗米修斯呼唤它们是为了获得同情。琼斯似乎在前一句（"能言善辩的人物有能力并且常常倾向与宇宙对话"）暗示了其他埃斯库罗斯的人物也与自然景物对谈。但我没能找到例证。

καταμηνύσω, 175）——这一决心在行动的高潮中不断重复，措辞甚至更为挑衅（989及以下，1002及以下，1043及以下）。他提前拒绝了宙斯的劝说（πειθοῦς, 172），歌队说他"很鲁莽"（σὺ μὲν θρασύς, 178）以及"说话太随性"（ἄγαν δ' ἐλευθεροστομεῖς, 180）。他备受折磨地说："太不光彩了，太不敬了。"（οὕτως ἀτίμως, 195）并且告诉歌队，当宙斯决定彻底摧毁人类时，没有神会反对他，"但是我敢。"（ἐγὼ δ' ἐτόλμησ', 235）歌队建议他稳重行事，但他拒绝了他们："对那些置身事外不遭受折磨的人而言，给出建议或责备是件轻而易举的事。"（παραινεῖν νουθετεῖν τε, 264）另一个朋友俄刻阿诺斯（Oceanus）也建议他。[59]"我希望给你最好的建议。"（παραινέσαι γέ σοι θέλω τα λῷστα, 307-308）这一建议的措辞也很令人熟悉。"放下你现在的坏脾气。"（ἃς ἔχεις ὀργὰς ἄφες, 315）"你不要屈服于不幸。"（οὐδ' εἴκεις κακοῖς, 320）"像对待你的老师一样对待我。"（ἔμοιγε χρώμενος διδασκάλῳ, 322）英雄用一个索福克勒斯式的回答拒绝了让他"屈服"（οὐδ' εἴκεις, 320）的建议："别管这事了。"（καὶ νῦν ἔασον, 332）"还是顾着你自己吧。"他轻蔑地对俄刻阿诺斯说（σεαυτὸν σῷζ', 374），正如安提戈涅对她妹妹一样。[60]

---

[59] 当然，俄刻阿诺斯的目的在于劝他屈服："深思熟虑又闪烁其词的俄刻阿诺斯神"，莱斯基是这样称呼他的（1），77。当俄刻阿诺斯发现要普罗米修斯屈服不可能之时，他迅速接受了建议，很快离开了。

[60] 参照《安提戈涅》，83："还是考虑考虑你自己吧。"（τὸν σὸν ἐξόρθου πότμον）

英雄与建议者之间的冲突在普罗米修斯帮助人类的讲述中延续下来；在讲述中，戏剧性的行动停了下来；但在紧随其后的歌队颂歌中，他们又开始重新攻击普罗米修斯。他们责备他的"固执"[61]（ἰδίᾳ γνώμᾳ, 543）。随后，伊娥的场景又长时间地中断了戏剧性的发展，不过依然在她离开时达到了高潮。普罗米修斯使用了目前为止最强烈、最明确的措辞来重申他的决心，并反抗宙斯的权力（939）。赫耳墨斯（Hermes）立刻介入，恐吓并命令他屈服。在他们的对话中，受尽折磨的英雄希望看着他的敌人遭到与他所承受的一样的惩罚（χλιδῶντας ὧδε τοὺς ἐμοὺς ἐγὼ ἐχθροὺς ἴδοιμι, 972），[62]并且再次声明，宙斯的强迫或欺骗永远都不能使他改变心意。他早就已经下定了决心（πάλαι ... βεβούλευται τάδε, 998）。[63]赫耳墨斯恳求他"表现得理智一点"（ὀρθῶς φρονεῖν, 1000），并且告诉他不"听劝"的后果（ἐὰν μὴ τοῖς ἐμοῖς πεισθῇς λόγοις, 1014）。他以恳求普罗米修斯理智处事结束了对固执即将带给后者的新的骇人折磨的描述："好好考虑一下。"（φρόντιζε, 1034）"别将固执看得比忠告还重要。"（εὐβουλίας, 1035）歌队加入赫耳墨斯，重复这句话："他让你放聪明一点，听取忠告。"（τὴν σοφὴν εὐβουλίαν,

---

[61] "Self will"是史密斯（H. Weir Smyth）的翻译，参照《安提戈涅》，875："任性，倔强的性格"（αὐτόγνωτος）。
[62] 在同样语境下的"看见"（ἴδοιμι）参照《埃阿斯》，384："我想看着他……"（ἴδοιμι δή νιν...）《菲洛克忒忒斯》，1113："要是我能看着他"（ἰδοίμαν δέ νιν）。
[63] 参照11（δέδοκται）。

1038)"听听劝吧。"(πιθοῦ, 1039)但他不会听从。并且在被打入深渊之时,还发出了最后的反抗的怒吼:"我是被冤枉的。"(ἔκδικα πάσχω, 1093)

这里展现出来的是典型的索福克勒斯式英雄。《索福克勒斯生平》(*Life of Sophocles*)告诉我们,"他从埃斯库罗斯那里学会了悲剧"[64](παρ' Αἰσχύλῳ δὲ τὴν τραγῳδίαν ἔμαθε),这一分析似乎强烈地暗示了索福克勒斯在《被缚的普罗米修斯》中找到了他将发扬光大的悲剧模式的原型,这一原型的轮廓已经非常清晰了。

当然,这并不那么简单。《被缚的普罗米修斯》中与索福克勒斯人物、处境与语言的相似之处只在这一部埃斯库罗斯的剧中出现;我们不能在从埃斯库罗斯的悲剧到索福克勒斯的这样的大方向上来探究这一特殊形式的发展。就这一点而言,《被缚的普罗米修斯》似乎是老诗人作品中一个全新的出发点。这种情况当然是完全可能的——埃斯库罗斯毕竟是悲剧的创造者、一个伟大的创新者,但问题在于,似乎在所有其他方面,《被缚的普罗米修斯》也都与他本人的其他作品完全不同。尽管埃斯库罗斯眼界高远,但这部戏剧似乎超出了《俄瑞斯忒亚》《七将攻忒拜》《波斯人》与《祈援女》的背景环境。在词汇方面,在简明清晰的风格以及对意象的谨慎使用上,歌队颂歌变得很短,并且相对更不重

---

[64] "从……处"(παρά)一词的意思,参照色诺芬(Xenophon)《居鲁士的教育》(*Cyropaedia*),1.2,15。

要，这些都使得这部剧看起来不像是那个有着预言式隐晦风格、需要非常充分的解释的埃斯库罗斯的作品，例如弗朗克（Fraenkel）就用了满满832大页来注释1673行的《阿伽门农》。这部剧的内容也同样前后不一；只有当我们假设三联剧的其余部分向我们展示了至高无上的神的演变时，这部剧中对宙斯的描述才符合埃斯库罗斯的宗教观念——然而我们很清楚，这一想法很难得到古希腊思想，尤其是早期古希腊相关材料的支持。除此之外，这部剧似乎还对智术师及其对雅典思想的影响的相关观点有所了解；这一点不仅体现于在人们普遍认为"智者"等于"骗子"（trickster）的公元前5世纪后期把"智者"一词用在形容普罗米修斯上，并且正如学者最近指出的那样，[65] 还体现在对"做"（ἔργῳ）—"说"（λόγῳ）[66] 的反差使用上，这也是公元前5世纪后半叶的习惯用法，但其在该世纪前半叶的使用并没有得到证实。正如莱斯基在他权威的讨论中说的那样，[67] 所有这些都不足以证明埃斯库罗斯不是这部剧的作者，[68] 但这确实是个不能被轻易

---

[65] 见赫尼曼（F. Heinimann）《人法与本性》（*Nomos und Physis*），44，注释5。

[66] 《被缚的普罗米修斯》，336，1080。

[67] 莱斯基（1），77-82；也请参照《希腊文学史》（*Geschichte der griechischen Literatur*），284页。

[68] 关于否认埃斯库罗斯是这部剧作者的学者们，见威廉·施密特（Wilhelm Schmid），"《被缚的普罗米修斯》研究"（Untersuchungen zum Gefesselten Prometheus），*Tübinger Beiträger*，以及"《被缚的普罗米修斯》批评"（Epikritisches zum Gefesselten Prometheus），*Philologische Wochenschrift*，51，218；施密特、斯坦林（Schmid-Stählin）《希腊文学史》（转下页）

忽视的问题。

对这部用莱斯基的话说已经是"所有希腊悲剧中最成问题"的戏剧而言,与索福克勒斯悲剧惯例的相似之处[69]无疑又给它加上了一个新问题。在这个问题上,我们无法得到确切的答案,也无法达成一致;不止一个学者在这个问题上公开推翻自己的观点。每个读者都被抛回到那个似乎可以解释大多数情况的假设(鉴于这部悲剧与另外六部的差异,简单地将它归到埃斯库罗斯名下的做法本身就该被视作一个假设而非事实)。一个能同时解释这部戏的"索福克勒斯式"本质和一些其他有疑问的做法是:将这仅仅视作一个假设。

(接上页)第一章,3,281-307。很少有人对施密特的结论完全赞同(281),"无论是在内容上还是在语言上,都不符合埃斯库罗斯现存的六部作品"。但绝大多数学者都认为他的一些评论令人印象深刻。厄普(F. R. Earp)在《埃斯库罗斯的风格》(*The Style of Aescylus*)的87-88中拒绝接受施密特的理论,但承认"对写作风格,尤其对句子结构的研究证实了确有问题存在"(参照厄普,*JHS*,1945,11及以下)。最近,瓦尔特·詹斯(Walter Jens)对埃斯库罗斯作品中的轮流对白(Stichomythiy)进行了仔细的检查,在"希腊悲剧中的轮流对白"(Die Stichomythie in der frühen griechischen Tragödie,*Zetemata* 11)中将之视为一个整体:"所有这些都指向了一个结论,即很难说《普罗米修斯》出自《祈援女》与《俄瑞斯忒亚》的作者。我们很难解释为什么埃斯库罗斯这样一个如此严肃地执着于古老三联剧的作者却在《普罗米修斯》上如此明显地展现出索福克勒斯式单独剧目的倾向。"

[69] 当然,《被缚的普罗米修斯》与索福克勒斯戏剧的一些相似之处在关于作者真实性(Echtheitsfrage)的争议中已经得到了讨论;关于言辞上的效仿以及词汇的分析,见施密特"《被缚的普罗米修斯》研究"。柯克伍德提供了一个独立而有趣的确证(201):"《被缚的普罗米修斯》是唯一一部在歌队技巧上与索福克勒斯戏剧非常相似的埃斯库罗斯悲剧……"

这部作品有可能是埃斯库罗斯在写作生涯晚期，在索福克勒斯的戏剧创新的影响下完成的。[70]

关于《被缚的普罗米修斯》的创作时间也存在争议，正如其他一切围绕这部剧的相关问题。尽管梅特（Mette）基于残片181、320与334以及索福克勒斯《特里普托勒摩斯》（*Triptolemos*，公元前468年）中与《被缚的普罗米修斯》的相似之处，对其创作时间较早的推测看起来很有吸引力，但这部戏剧的创作时间越晚，越能解释它对智术师语言和思想的了解，尤其是普罗米修斯对人类进步的描述中清晰的普罗塔哥拉（Protagoras）元素。我们确实没法确定这类观点究竟是什么时候开始在雅典流行起来的，然而我们可以确定的是，《被缚的普罗米修斯》创作时间越晚，埃斯库罗斯就越有可能对它们进行深入的思考。创作时间最晚可能是在《俄瑞斯忒亚》（公元前458年）之后到剧作家在西西里（Sicily）去世之前（公元前456/455年）的这段时间。[71]如果这部戏剧是在这几年创作的，此时索福克勒斯的作品已经在狄奥尼索斯剧场上演了超过十年（自公元前468年起）。埃斯库罗斯接受了索福克勒斯的第三个演员，并运用在《俄

---

[70] 迪勒在他的总结句中也暗示了相似的观点（虽然他并没有明确表态）。"普罗米修斯身上体现出了索福克勒斯式的悲剧英雄特征，这些特征是由索福克勒斯首先搬上舞台的：英雄展现出自我意识，他的本性，他的使命和孤独，并对自身处境非常清楚。"

[71] 参照莱斯基（3），282："作品的创作时间可能更晚，但将其置于《俄瑞斯忒亚》之下，归到剧作家在西西里的居住时期的做法是值得我们注意的。"

瑞斯忒亚》中。现今越来越广泛地达成一致的观点是,[72]《被缚的普罗米修斯》在开场时也需要第三个演员。如果埃斯库罗斯能在这一点上向他年轻的竞争对手学习,那么他难道不能也采用索福克勒斯戏剧的其他特点吗?在简洁的对话、简短的歌队颂歌方面,尤其在英雄的性格、处境以及他表达这一处境的惯例方面,我们或许能看到埃斯库罗斯接受了另一种他在年轻的竞争对手作品中发现的新戏剧资源?

这只是一个提出的问题而非正式的结论,我们仍在黑暗中摸索。但即使《被缚的普罗米修斯》是索福克勒斯悲剧的发端,他的原创性仍是显而易见的:在普罗米修斯与索福克勒斯的英雄之间存在一个很重要的不同之处,这一不同影响了他们悲剧性本质的实质,即世间最大的区别。普罗米修斯是永生的,他不能死去。"你将会发现我的遭遇是难以忍受的,"普罗米修斯对伊娥说,"因为我注定的命运($πεπρωμένον$, 753)是——永远不死。"并且他自信地挑战宙斯,激得众神之父投掷雷霆,放出狂风,震动大地,并搅动大海,"无论他做什么,都不会将我置于死地"($εμέ\ γ'\ ού\ θανατώσει$, 1053)。神不必面对等待着索福克勒斯的人类英雄的终极尽头——死亡;那坠入未知黑暗中的一跃,即便最

---

[72] 莱斯基(1),79:"人们注意到爪牙之一的参与增加了舞台上的声音,所以必须使用第三个演员。"正如莱斯基指出的,在第一幕中使用一个假人来代表普罗米修斯会令第二幕很难呈现出来。也请参见莱斯基(3),284;基托(1),54。

勇敢的肉身也会本能地畏缩。[73]此间不同相当于《伊利亚特》(*Iliad*)中人之间的战争与神之间的战争的区别。当诸神互相争斗时，我们不能当真：对他们而言，最大的风险只是暂时的疼痛或失去他人的尊重（事实上，荷马对诸神之战的描述是整部《伊利亚特》中唯一滑稽轻松的画面）。[74]然而，当赫克托耳（Hector）在知道自己必死的重压下，无望地于特洛伊城门（Skaian gate）前抵抗时，当阿喀琉斯听见他的神马克桑托斯（Xanthos）预言他将随着赫克托耳死去，但仍义无反顾冲出去杀死了他的敌人时，真正的悲剧音符才被奏响。唯有死亡才能铸就英雄事迹，英雄主义与悲剧只属于有死之人。

再者，普罗米修斯与索福克勒斯英雄共有一个更为遥远的典范，这个典范来自埃斯库罗斯与索福克勒斯还是孩童时学习的诗歌中，是他们两代人所受教育的基础。这一典范在荷马史诗——尤其是《伊利亚特》中。命定阿喀琉斯[75]或是庸碌而长寿，或是短命却荣耀，他选择了后者；他的自尊因阿伽门农的辱骂、恐吓和压迫受到了伤害，他沉浸在自己的愤怒中，拒不出战，给他的前盟友与战友们带去了战败与死亡，并最终也为自己招致了毁灭。当他们恳求他发发慈

---

[73] 普罗米修斯也不畏惧时间。虽然这是折磨他的手段（23-25），但时间臣服于他，而不是他的主人；通过对未来的预知，他对时间的掌控胜于他那全能的敌人，那个人在他口中将会"从时间中得到教训"（981）。
[74] 参照莱斯基（3），87。
[75] 参见塞德里克·惠特曼，《荷马及英雄传统》(*Homer and the Heroic Tradition*)中精彩绝伦的第九章"阿喀琉斯：英雄的演变"。

悲，作出让步时，他的拒绝严厉而充满怨恨；即使是深得他敬爱的老福伊尼克斯（Phoinix）也无法动摇他的决心。他的怒火从阿伽门农转移到了整个希腊军团，他们的损失与战败只能激起他的嘲讽。他固执地拒绝向他们施以援手，这导致了帕特罗克洛斯（Patroclus）的死亡，并反过来也导致了赫克托耳的死亡；正如阿喀琉斯所知，当他杀了赫克托耳，他自己的死亡也将紧随其后。许多索福克勒斯英雄的处境、精神状态与行动的惯例都起源于此。

阿喀琉斯被"无礼地对待"（例如 ἄτιμος, 1.171, 9.648），他的激情（例如 θυμός, 1.192, 217）与愤怒（χόλος, 1.283, 9.260, 678; μῆνις, 1.1）使他对求援（λίσσομαι, 涅斯托尔 [Nestor] 说, 1.283）与对理性的呼唤（νόει φρεσί, 9.600）都无动于衷。他不会被说服（1.296, οὐ ... πείσεσθαι ... ὀίω, 9.345; οὐδέ με πείσει, 参照 386）；他不会屈服（1.294, ὑπείξομαι），他狂暴（9.629, ἄγριον）、骇人（11.654, οἷος ἐκεῖνος δεινὸς ἀνήρ）又"极难对付"（16.29, σύ δ' ἀμήχανος ἔπλευ）。他提醒福伊尼克斯不要与他争辩，"这样的话我不会恨你"（9.614, ἵνα μή μοι ἀπέχθηαι），安提戈涅对伊斯墨涅说了一模一样的话（93）；正如厄勒克特拉一样，如果他不能按照自己的方式生活，生命便对他毫无意义（18.90, οὐδ' ἐμὲ θυμὸς ἄνωγε ... ζώειν），他马上就接受了死亡，因为这正是其代价（18.98, αὐτίκα τεθναίην）。"现在我应该去……"他说道，"去找赫克托耳。"并且用了安提戈涅很久之后重复的话来总结他英勇却致命的选择："当我死时，将会长眠在那里。但是现在我应该要去赢得伟大的荣誉。"(κείσομ' ἐπεί κε θάνω· νῦν δὲ κλέος ἐσθλὸν ἀροίμην, 18.121)[76] 并且如索福克勒斯英雄一样,他用强烈的语气与不容置疑的措辞声明他的决心:

> 即便他把现有财产的十倍、二十倍给我,
> 再加上从别的地方得来的其他的财产,
> 连奥尔科墨诺斯(Orchomenos)或埃及的忒拜的财富一起——
> 在那个城市家家存有最多的财产,
> 忒拜共有一百个城门,每个城门口
> 有二百名战士乘车策马开出来——
> 即使赠送的礼物像沙粒尘埃那样多,
> 阿伽门农也不能劝诱我的心灵,
> 在他赔偿那令我痛心的侮辱之前。
>
> (《伊利亚特》9.379–386*)

他最终确实又加入了战斗,但并非出于对阿伽门农的屈服;这只是因为他的怒火转向了赫克托耳,他用同样刻薄的措辞

---

[76]《安提戈涅》: 73, "我将与他长眠地下,亲爱的人陪伴着亲爱的人"(φίλη μετ' αὐτοῦ κείσομαι); 76, "我将永远躺在那里"(ἐκεῖ γὰρ αἰεὶ κείσομαι); 502, "还有什么是比埋葬我的哥哥更荣耀的呢"(καίτοι πόθεν κλέος γ' ἂν εὐκλεέστερον…)。

* 荷马:《荷马史诗·伊利亚特》,罗念生、王焕生译,人民文学出版社,2003年。引文有改动。

拒绝了后者对葬礼的恳求：

> 即使特洛伊人为你把十倍
> 二十倍的赎礼送来，甚至许诺还可以增添，
> 即使达尔达诺斯（Dardanus）的儿子普里阿摩斯（Priam）吩咐用你的身体称量
> 赎身的黄金，也不可能……
>
> （《伊利亚特》22.349–352^{*}）

在恶毒的怒火中，阿喀琉斯沉迷于自尊心受到的侮辱。他对那些冤枉了他的、试图改变他主意的人充满怨恨，在他的固执所带来的毁灭性后果与他对死亡的接受中，尤其在极其精彩的第九卷中，三次对他决心的不同攻击都被他挡了回去——在以上所有场景中，我们都可以找到索福克勒斯式悲剧处境的典范甚至惯例。索福克勒斯也许将埃斯库罗斯的声明用在自己身上，即他的悲剧只是"从荷马的宴会上剪下的片段"。[77]

两位诗人都从同一个伟大的源泉获得灵感，但他们所呈现出来的成果却截然不同。埃斯库罗斯将荷马史诗中反复无常的诸神彻底变为慈善的力量，他们通过苦难将人与他的城邦（在《伊利亚特》中几乎不存在的事物）带向更高

---

[77] 阿特纳奥斯（Ἀθήναιος），《智者之宴》（Δειπνοσοφισταί），8.347e。

* 荷马：《荷马史诗·伊利亚特》，罗念生、王焕生译，人民文学出版社，2003年。引文有改动。

层次的理解与文明。《俄瑞斯忒亚》中的宙斯、阿波罗与雅典娜只在外在特征上使人想起他们在《伊利亚特》中的形象；埃斯库罗斯笔下的诸神是全新的创造，受到那诞生还不满二十年就在马拉松（Marathon）阻止了波斯军，并在十年后的萨拉米斯（Salamis）彻底击败了他们的雅典民主政治的思想与抱负的启发。然而，索福克勒斯的创作所展现出来的，却是这新旧两个世界似乎从未达成某种伟大的融合；他不遵循埃斯库罗斯式的英雄精神适应城邦实际环境的模式，而是回到了那个拒绝妥协，并在帐篷里生着闷气的阿喀琉斯。他的英雄们坚持自己个性的力量以对抗他们的同伴、他们的城邦，甚至是他们的神；在这些英雄身上，索福克勒斯在这样一个无论是社会性还是智识上都较埃斯库罗斯笔下的群体更高等的共同体中，再现了原始世界的孤独、恐惧与美好。

我们无法证明他这样的做法究竟出于何种原因，甚至连猜测都是冒犯；我们无法探索伟大艺术的深刻来源。但我们对索福克勒斯的了解中有一点非常重要，这一点看起来确实与他对将难以应付的英雄作为悲剧主角的偏爱有所联系，我们姑且可以说，这一点还可能因与他的悲剧概念相关而被提出。

这就是他的宗教。我指的并不是在这七部戏剧的基础上构建起来（虽然并不缺少巨大的困难）的奥林匹斯诸神以及他们对世界的掌控的概念。这一论点不仅让人觉得迂回而无效，还不可避免地过于主观，因为正如在戏剧中展示出来的那样,"索福克勒斯的宗教"在不同的观众眼中呈现出不同的面貌;它既被认为是恪守字面意思的虔诚原旨主义及智识上的人本主义两个极端,也被认为是介于两者之间的一切。关于戏剧所传达的宗教观点,似乎只有一点是不可否认的:索福克勒斯并不赞同埃斯库罗斯对宙斯的信仰,埃斯库罗斯的宙斯通过使人类受难,在混乱中凸显秩序,在暴力中展示正义,在冲突中彰显和谐。在索福克勒斯生活的年代,几乎没有什么能够支持这一理念。当他还年轻时,他曾在萨拉米斯海战胜利的庆祝活动中跳舞,这是希腊人联合起来战胜了波斯帝国的壮举,但就在中年,他眼看着这团结统一走向破裂:雅典与斯巴达之间日益增长的仇恨不可避免地导向了灾难性的战争,而他生命中的最后几年就在这恐怖的内战中度过。索福克勒斯戏剧中的奥林匹斯诸神令人难以捉摸,他们是戴着面具的人物;在大多数情况下,人类只可猜测他们的意愿,只能通过一种英勇反抗的信念将他们的意愿视作正义。

然而,奥林匹斯诸神只是他的宗教的一个方面。对这些神的崇拜是一件公事而非私事;他们与城市的联系如此紧密,连帕特农神庙里雅典娜塑像上的黄金都是"可拆除的",这些黄金连同雅典城其他的财产一道被算在伯里克利(Pericles)的战争专款中。作为雅典公民,索福克勒斯应该为这样一个城邦保护神感到骄傲和感激,但很难看到有任何人对她或宙斯表现出私人的宗教关系,亚里士多德认为,对宙斯的爱是一件荒谬的事。对奥林匹斯诸神的信奉并不足够；我的一个讲座前辈已经非常恰当地提到过，人们还需要一个"私人的宗教信仰"[78]——一些能够令他们与神进行更令人慰藉的、更亲密交流的宗教关系与习俗，而这是正襟危坐在神庙中的奥林匹斯诸神无法提供的。

我们知道索福克勒斯的"私人的宗教信仰"是什么。他致力于塑造对英雄的崇拜。正是他被城邦指派前往迎接从埃皮达鲁斯（Epidaurus）来到雅典的阿斯克勒庇厄斯（Asclepios），一个成神的英雄（据推测他有着圣蛇的形态）。事实上，我们的剧作家是英雄哈伦（Halon）崇拜的祭司（很不幸的是，关于这个英雄我们几乎一无所知，即使是他的名字也是一个充满争议的问题）。根据《生平》（*Life*）中的一件奇闻逸事，索福克勒斯建起了英雄"揭发者"赫拉克勒斯（Heracles the Denouncer）的神殿。[79]并且在他死后，他本人也作为英雄被同胞们封神：人们正式投票通过了每年一次的献祭，并且为敬奉他建起一座以"迎接者"代克西翁（Dexion）为名的英雄神殿，因为他曾迎接了英雄神阿斯克勒庇厄斯。[80]经考古发掘，这座神殿位于雅典卫城的西坡；考古学家通过一则碑文确定这就是索福克勒斯的神殿，这则

---

[78] 菲斯图吉尔（A. J. Festugière），《希腊人的私人宗教》（*Personal Religion among the Greeks*）。
[79] 《生平》（*Vita*），12。更多细节请参照 *ibid.* 11，17。
[80] 《大词源学》（*Et. Mag.*），256.6："（他们）为他（索福克勒斯）建立起一座神殿，将其称作代克西翁（迎接者），因为他曾经迎接过阿斯克勒庇厄斯。"

碑文也说明"迎接者"崇拜一直延续到了公元4世纪。[81]许多留存下来的记述片段在细节方面令人费解又充满争议，不过有一点是明确的：关于索福克勒斯参与英雄崇拜以及二者紧密联系的证据非常有力，几乎出自他的同时代。

正如我们的证据来源所明确指出的，埃斯库罗斯的"私人"宗教联系与他故乡的厄琉息斯（Eleusis）秘仪有关。[82]索

---

[81] 参见莱斯基（1），103。关于法令，见 *I. G.* II^2, 1252以及1253，这两则4世纪的铭文表彰了来自比雷埃夫斯（Pireaus）的两兄弟为"宗教联合会"（ὀργεῶνες）的服务，这是一个阿米诺斯（Amynos）、阿斯克勒庇厄斯与代克西翁三者崇拜的宗教团体。自1252的第16行起，非常明确的是，虽然这三个英雄在同一个"宗教联合会"中接受人们的祭拜，但代克西翁的神殿是一栋独立的建筑。

[82] 莱斯基对此有异议（1），50；他同意路德维希·拉德姆克（Ludwig Radermacher）在《阿里斯托芬的〈蛙〉》（*Aristophanes*' '*Frösche*'）269页中的观点，即埃斯库罗斯在《蛙》（886及以下）中对得墨忒耳（Demeter）的求助只是他对自己故乡本地神的祈祷而已，并不涉及厄琉息斯秘仪。这一观点很难令人接受。整部剧随处可见秘仪、冥府的新人们、谜一般的神——事实上，主歌队即是由加入冥府的新成员们组成的，享受着女神许诺给他们这些敬神者的美好生活。在这样一个戏剧性的背景下，埃斯库罗斯在对得墨忒耳的演说中——这一演说展现了他作为秘教诗人战胜了援引新神的对手——特别提及了秘仪，这肯定暗示了阿里斯托芬认为他是一个秘教新成员。而认为埃斯库罗斯没有入门的例子可以参考一段亚里士多德含义晦涩的笔记（*EN* 1111a），但其本身也并不解决问题。这个他因对神不敬，揭露秘仪（ἀπόρρητα）而受到审判的故事，按照莱斯基的说法，也许是一个"讲述得不坏的故事"（nicht schlecht bezeugte Geschichte），但关键的细节——他声称自己作为一个没有入门的人，对此一无所知——只出现在亚历山大城的革利免（Clement of Alexandria）的作品中（《杂记》[*Strom.*], II. 60）。亚里士多德的评论大概也只能让我们猜测（正如罗斯[H. J. Rose]在他的《希腊文学手册》[*Handbook of Greek Literature*]^4，伦敦，1951，148，注释61中暗示的那样）"埃斯库罗斯确实是秘教的新成员，但并不很明白秘仪中处于严格保密的部分和公开部分之间的区别（ἀπόρρητα, φανερῶς δρώμενα）"。

福克勒斯出生在克洛诺斯，那里坐落着英雄俄狄浦斯的坟墓，并且我们知道，剧作家的私人宗教是英雄崇拜。再也没有比这更令人吃惊的差异了——虽然这两种崇拜都与死亡相关，但厄琉息斯秘仪提供了一个超越了坟墓的幸福生活的愿景，而对英雄的崇拜则将关注点放在坟茔本身。厄琉息斯的宗教仪式是一个欢乐的场合——游行的队伍，桥上粗俗诙谐的逗乐，新成员们终于见证秘密揭晓的狂喜；而英雄崇拜的宗教仪式则是一个由恐惧与悲叹组成的严肃典礼——洒在坟冢上作为献祭的鲜血，一场在世的人不能参与的盛宴。厄琉息斯是对光明的揭示，而英雄只在太阳下山后的黑暗中得到敬拜。

崇拜者们在英雄的埋葬之处——实际的或推测的——敬奉他们，祭品是黑色的牺牲，鲜血倒入一条在地面上挖出的沟壑，英雄崇拜有许多不同的种类：迟暮的神，治愈的力量，历史人物，城市的创建人（真实的或想象中的），甚至是当地的小妖或地精灵。[83] 但他们中的大多数在另一意

---

[83] 最近，安吉洛·布莱里克（Angelo Brelich）的作品《希腊英雄》（*Gli Eroi Greci*），罗马，1958，在这一话题的大量文献上又添加了雄心勃勃的一笔。通过对古代来源以及现代阐释细致的检查，布莱里克在关于英雄崇拜相互矛盾、一团混乱的信息中找出顺序。他的目的是"查明英雄崇拜与英雄神话各个方面之间存在的有机联系"，"不论个别人物，描绘出英雄这一现象的形态学轮廓"（312）。他对英雄的定义值得一提："对这个人物而言，死亡有特别重要的意义；他与战斗、竞技、占卜及医术、成年礼或秘教入门仪式都有非常紧密的联系；他是城市的建立者，对他的崇拜是公民性的；他是同宗血亲团体的祖先和基础，原始人类活动的典范和代表；所有这些特性一方面展现出他的超凡的本性，另一方面似乎使他显得怪异，过于巨大，过于矮小，似兽非人，雌雄同体，拥有男性生殖器或在性方面反常或不足，爱好血腥的暴力、疯狂、（转下页）

义上也是英雄——希腊长篇故事,尤其是史诗中的著名英雄。这些人因为他们人格上令人惊叹的力量、他们获得的巨大成就、他们遭受的苦难,以及在大多数例子中他们激愤的怒火,似乎在生命的意义上超越了普通人的界限,甚至在坟茔中也能继续激起人们的恐惧与钦佩。他们的坟墓是神圣之所,是人间力量与繁荣的源泉;当他们的信仰被忽视时,也会成为世人灾难的起源。难以应付的脾气是大多数英雄与普通人的区别之处;他们的激情之强烈使得自己不仅与世人,甚至与神产生冲突,比起稍稍降低一点点骄傲的自尊心,他们宁愿大开杀戒并慷慨就义。即便是死,他们的怒火仍旧鲜活而可怕;对英雄的崇拜实质上是一个意在平息他们怒火的仪式,祭品被称作μειλίγματα,即"抚慰劝解的礼物"。尼尔森(Martin Nilsson)说道:"英雄崇拜比任何其他宗教崇拜都更具有辟邪的性质,诞生之始便是用来安抚那些愤怒的伟大亡灵的。"[84]而英雄本人除了对世界不屈不挠的怒火外,可

(接上页)欺骗、偷盗、渎圣,总的来说,他喜欢超越神不允有死之人超越的界限与分寸;因此他的人生,即便始于特权超凡的出身,但同时也被烙上了不合神法的印记,从一开始,就受到危急境况的威胁,即便完美地通过了艰难的考验,即便拥有难忘的姻缘,即便获得胜利,征服敌人,但局限于天生的不完美与不知节制的过度,他只能坠入失败和悲剧性的结局中。"就我所知,这令人印象深刻的句子是对定义希腊"英雄"的第一个尝试,并且引人注目的是,这个定义中的许多显著特征符合索福克勒斯戏剧英雄的人物形象。无论关于"形态学方法"有什么样的争议,布莱克的作品都具有极其丰富的内涵和启发性,并对这一话题的棘手问题有新的见解。

[84] 马丁·尼尔森,《希腊宗教史》(*A History of Greek Religion*),194。

能再也没有其他可对信众们说的了。"英雄，"尼尔森说道，"并不因他的奉献而得到认可，而是因为他有着非凡的力量，这力量并不一定用于行善。"英雄的主张"与道德或更高的宗教理念无关，只是赤裸裸地展示出权力或力量"。[85]

希腊人对这种天性的崇敬与恐惧有时导致了意想不到的结果，例如斯坦帕利亚岛的克莱奥迈季斯（Cleomedes of Astypalaea）——保萨尼亚斯（Pausanias）[86]与普鲁塔克（Plutarch）[87]都曾讲述过他的故事。克莱奥迈季斯是一个杰出的古希腊拳击运动员，在一场奥林匹克运动会上，他不幸将对手打死。裁判认为他"违反规则"（ἄδικα εἰργάσθαι），并且宣布他的获胜是无效的（ἀφῃρημένος τὴν νίκην）。他悲伤得发疯（ἔκφρων），然后回到了家乡。在那里，他袭击了一所有16个孩子的学校；他将支撑屋顶的柱子打倒，整个建筑塌了下来，孩子们全都被压死了。当愤怒的公民向他投掷石块，他逃到雅典娜的神殿寻求庇护。他躲进一个木箱中，盖上盖子。公民们同心协力，但仍无法打开这个箱子。当他们终于打破箱子上的木板，却发现无论是活着的克莱奥迈季斯还是他的尸体都不在里面。他们派代表去德尔斐神庙（Delphi）询问他的下落，阿波罗的女祭司回答："斯坦帕利亚岛的克莱奥迈季斯是最后一个英雄。你们要用牺牲敬

---

[85] 马丁·尼尔森，《希腊宗教史》（*Geschichte der griechischen Religion*），I，189–190。
[86] 《希腊志》，VI，ix，6–8。
[87] 《罗马名人传》之罗慕路斯（*Rom.*），28，4–6。

奉他，他已不再是一个凡人。"当斯坦帕利亚岛的公民们听到他是最后一个英雄时，他们一定感到轻松了许多，但他们还是按照阿波罗的指示为他建起了神坛，并且直到保萨尼亚斯写作的公元2世纪还令他受到敬奉。对古希腊人的想法而言，在激昂的自尊中有着某些近乎神性的东西，无论它多么无理，无论它造成了什么样的罪行。

这一希腊宗教观的不可思议的现象当然是一个古老的话题，但它在公元前5世纪（克莱奥迈季斯的故事发生在马拉松战役和萨拉米斯海战之间）及其后仍持续存在，尤其索福克勒斯还是英雄崇拜的祭司，这令它很难被视作一个简单的原始兽性的遗留物而被忽略。并且，在其他也保存英雄尸骨并敬奉安抚英雄狂暴灵魂的地中海国家，之后的几个世纪中也存在对圣徒坟茔与遗物同样的敬奉；再者，许多早期的圣徒也像英雄一样不可思议、难以应付和令人敬畏，并且也像英雄一样宁愿赴死也不屈服。英雄给古希腊人带来某种确证：一些被选中的人能够达到超乎常人的伟大境界，并且，有些人能够傲慢地抗拒那些其他人为了活着而遵从的必行之事。英雄们并非作为人们行为举止的榜样而受到敬奉，他不是真正的城邦公民或理想的城邦生活的向导。[88]但他的存在提醒着众生，人有时能够冲破公共意见、共同体行动甚至死亡的恐惧强加在我们意志上的枷锁，人可以拒绝侮辱与冷漠

---

[88] 柏拉图（《理想国》，391a–d）拒绝接受关于阿喀琉斯和忒修斯的故事；必须禁止诗人劝说年轻人，"英雄并不优于普通人"。

并不计后果地遵从自己内心的意志。

当然，英雄也有作为榜样的时候。比如在战争中，英雄的品质正是每个人都应具备的：将死亡视作轻于鸿毛之事；以及在精神的巨大危机中，当一个人一生的事业受到挑战与威胁，当忠诚于他生活的指导原则意味着遭受苦难甚至死亡时。作为一个耐心的哲学家，苏格拉底（Socrates）穷尽一生对道德定义的探索似乎与英雄们的事业南辕北辙；但当他在法庭上为自己辩护时，所援引的例子却是阿喀琉斯和埃阿斯。[89] 对一个哲学家来说，这是两个奇怪的权威——然而也没那么不可思议。他拒绝放弃神赋予他的使命，这展现出与英雄相似的固执，他嘲讽而不按常理出牌地提议应罚他享用奥林匹克获胜者的公费娱乐消遣，这展示出了他挑衅的自负，而这正是英雄习性的标志。在苏格拉底审慎地选择了死亡而非屈服时，他自己也加入了英雄们的行列。

因此，索福克勒斯与英雄崇拜的紧密联系似乎在他的悲剧英雄创作中占有一席之地，[90] 并且他的戏剧理所当然反

---

[89] 柏拉图，《申辩篇》(*Ap.*), 41b（埃阿斯），28c-d（阿喀琉斯）。有意思的是，当苏格拉底半引用半改述地提到阿喀琉斯对忒提斯（Thetis）的回答时，他加上了一个词，虽然在荷马的文本中没有找到，但却非常符合索福克勒斯悲剧的精神：形容词"荒谬的"（καταγέλαστος）。

[90] 亚当斯（135-136）提出了类似的建议，但他的着重点有所不同。他认为索福克勒斯是英雄崇拜"信仰的捍卫者"（*defensor fidei*）；他提到他"捍卫英雄的欲望"（135）并评论"他为必败的理想奋斗着"（136）。简·哈里森（Jane Harrison）则谈到（即亚当斯引用的内容），"索福克勒斯并不是一个成功的英雄……在自己的区域里，他完全被他迎接来的神淹没了"，这一评论基于对上文提到的法令完全错误的理解，（转下页）

映了这一想法。《俄狄浦斯在克洛诺斯》是一部神秘剧,处理的是俄狄浦斯从人到英雄的转变过程;[91]英雄的葬礼是《埃阿斯》最后一个部分的冲突。当然,在索福克勒斯有生之年,许多剧中的英雄都在雅典或其他地方受到这些宗教仪式的敬奉。[92]

然而,这一解释实质上不过是以不同方式重述了问题。在阿那克萨哥拉(Anaxagoras)与普罗塔哥拉的雅典,英雄崇拜对许多年轻人而言,肯定是一件蒙昧的过去令人尴尬的遗留物,在伯里克利的民主雅典,阿喀琉斯或埃阿斯反抗权威的习性与关于城邦中个人处境的全新民主的完美典范毫无关联;那么,索福克勒斯究竟为什么要担任英雄崇拜的祭司,并且为什么要使这些桀骜不驯、拒不合作的英雄在他的悲剧中大量出现?他们似乎从《伊利亚特》中走出来,以再次向朋友、敌人、城邦和神宣称他们的优越是无可争议的。至少有一点是确定的:索福克勒斯并无意像许多19世纪的批评家认为的那样,从历史学的角度重构英雄时代(因此他们频繁地引述他的"年代误植")。索福克勒斯的埃阿斯并不

(接上页)在这则法令中非常明确的是代克西翁的神殿是一座独立于阿米诺斯与阿斯克勒庇厄斯神殿的建筑。

[91] 参见乔治·梅奥蒂,《〈俄狄浦斯在克洛诺斯〉与英雄崇拜》(*L'Oedipe à Colone et le culte des héros*)。
[92] 俄狄浦斯在斯巴达、雅典的亚略巴古(Areopagus)、克洛诺斯以及维奥蒂亚(Boeotia)的厄特奥诺斯山(Eteonos),参照尼尔森(2),188;菲洛克忒忒斯在意大利(马卡拉[Makalla]及锡巴里斯[Sybaris]);埃阿斯在萨拉米斯、雅典以及其他地方。

真正是一个荷马英雄,正如莎士比亚笔下的理查德二世不是一个真正的14世纪君主(正如伊丽莎白女王很快地就意识到这一点)。[93]所有伟大的戏剧都必须在思想与情感方面具有当下性,必须对观众产生非常直接的影响;英雄必须像亚里士多德所说的,是"一个和我们一样的人",而非一个生硬的历史重构。索福克勒斯对阿喀琉斯式的性情与处境的迷恋并非来源于他对过去的兴趣,而是因为他深刻地相信,这种性情与处境是对他自身所处位置与时代悲剧性的两难境地真实而唯一可行的戏剧性表达。

我们只能在索福克勒斯作为公民、政治家和军人充分发挥作用的这一年里的重大事件中找到英雄的习性与伯里克利民主政治的辉煌成就和光明前景之间的联系。他的一生几乎跨越了雅典英雄传奇兴起的整个过程:英雄传奇所达到的高度令人惊叹,似乎整个雅典世界的统治及其灾难性的毁灭都在其股掌之间。

而生活在僭主政治统治下的埃斯库罗斯,这位马拉松战役的战士,看到的则是雅典民主政治的建立,他作为军人还参与了大胜波斯的战役;对他而言,未来充满了希望。在他去世前两年完成的《俄瑞斯忒亚》展示了人类的进步与发展,虽然盲目而狂暴,但仍旧是在严厉却仁慈的宙斯的神秘

---

[93] 在爱塞克斯(Essex)密谋造反时,他的同谋专门重新上演了这部剧。随后,一位古文物家向女王展示了一份理查德二世当政时期的文件,她对他说:"我才是理查德二世,你不知道吗?"参见尼尔(J. E. Neale)《伊丽莎白一世》(*Queen Elizabeth I*),第22章。

指引下从原始野蛮到文明开化的进步。这部三联剧的模式是两股针锋相对的力量，看似是不可调和的两个极端，最后却达成了和解，并且这一和解还奠定了一个更好的新政治或宗教制度的基础。在他的城邦越战越勇的民主制度中，埃斯库罗斯看到了他调和人类之间与诸神之间对立的原型；暴力被劝说取代，武力复仇被法庭替代，内战被集会辩论取代。虽然会有更多纠纷和新的对立需要调解，虽然人们需要忍受新的发展带来的未曾体验过的痛苦，但是这些冲突与苦难在埃斯库罗斯看来是具有创造力的——《阿伽门农》中歌队赞颂的诸神"狂暴的恩典"。

然而，在索福克勒斯心智成熟的阶段，他的时代与埃斯库罗斯的完全不同。那时，雅典的政治权力与物质财富已经达到了一个即使是对雅典的伟大未来[94]充满信心的埃斯库罗斯也未曾预料到的高度；但随着时间的流逝，未来愈发灰暗。雅典的帝国政策迫使那自由城邦间一开始基于希腊的自由而结成的同盟演变为专制、独裁的力量，即便是伯里克利也会将其比作僭主政治。[95]索福克勒斯本人也不止一次参与了对这些城邦的惩罚，它们一度是自由的盟友，而现在则沦为向雅典纳贡的附庸。[96]对雅典这一"暴君城邦"的

---

[94] 他的雅典娜预言了雅典将愈发伟大。《欧墨尼德斯》(*Eu.*)，853-854："随着时间的流逝，这些公民们将获得更大的荣耀。"(ούπιρρέων γὰρ τιμιώτερος χρόνος / ἔσται πολίταις τοῖσδε)
[95] 修昔底德《伯罗奔尼撒战争史》，2.63。
[96] 参见布鲁曼塔尔（Albrecht von Blumenthal）《希俄斯的伊翁》(*Ion von Chios*)，残篇8。

恐惧与憎恨与日俱增；对解放的呼喊再次遍及整个希腊，但这一次是为了从雅典手里解放诸城邦；年迈的索福克勒斯见证了漫长而致命的内战，并几乎看到了苦涩的结局。我曾在另外的场合谈到过，雅典本身，它英雄的力量，它对撤退与妥协的拒绝，都是索福克勒斯的俄狄浦斯王这一人物的灵感来源。[97]但正如我们看到的，俄狄浦斯与其他索福克勒斯英雄如出一辙。对这样一个英雄人物的选择，诗人作为一个剧作家在其职业生涯中对这一人物多年来的着迷，也许要更多地归功于他曾作为战士与政治家参与了这充满戏剧性的伟大英雄时代——小城雅典试图统治整个疯狂扩张的希腊世界，像推行它的艺术与思想一样，将其政治立场强加于整个希腊、岛屿、大陆，甚至在一次埃阿斯式的狂妄而冒险的远征中，波及富饶、强大又遥远的西西里。百折不挠、冥顽不灵、总能为对其自身优越性狂热的信仰找到新力量之源的雅典，随着索福克勒斯逐渐老去，终于将自己顽强而壮丽的前进轨迹推向了最终的灾难。它就像个索福克勒斯英雄一样，总喜欢做不可能之事。[98]在修昔底德（Thucydides）记录的最后一场演说中，伯里克利对希腊人说："你们必须意识到，

---

[97] 参见诺克斯（3），第二章。

[98] 关于用形容英雄的措辞将雅典拟人化的问题，参见欧里庇得斯《祈援女》，321-323："你知道在你的祖国因不听忠告而受到嘲讽时，她是多么凶狠吗？她通过自己艰苦的奋斗变得强大。"（ὁρᾷς, ἄβουλος ὡς κεκερτομημένη / τοῖς κερτομοῦσι γοργὸν ὄμμ' ἀναβλέπει / σὴ πατρίς; ἐν γὰρ τοῖς πόνοισιν αὔξεται）请参见欧里庇得斯《赫拉克勒斯的孩子们》199及以下对雅典人英雄精神的描写。

雅典拥有在众人之中最伟大的名声是因为它从不屈服于厄运（διὰ τὸ ταῖς ξυμφοραῖς μὴ εἴκειν, 2.64, 3），而在战争中，它比任何其他城邦都牺牲了更多的生命和劳力，因此成为历史上前无古人的最大强国，即使有一日我们失败了（因为世间的一切生来就走向衰败），但这样的强国将为后世永远铭记。"这段演说中的强调（"因为世间的一切生来就走向衰败"），用语（"从不屈服于厄运"）以及对失去荣誉的坦然接受（"将为后世永远铭记"）都与索福克勒斯的悲剧一模一样。

在所有这些史诗般宏大的事件与争议中，无论在战舰上还是在会议厅中，索福克勒斯都发挥了不小的作用；这是他的人生及行为的背景，这是他呼吸的空气。[99]雅典的伟大和它悲剧性的命运不仅在他的脑海中，更在他的心与灵魂、他为狄奥尼索斯剧场创作那些英雄人物时的全情投入中，他们都盛气凌人，并无一例外地走向同一条狂热的道路。

---

[99] 索福克勒斯不仅是伯里克利时期的将军（strategia），也在（之后？）与埃努斯（Aenei）的战役中担任这一职位（《生平》，9）。他还曾担任"提洛同盟"的财政总管之一（Hellenotamias），也曾在西西里战败后入选"十人委员会"（probouloi）；《生平》告诉我们，他频繁（ἐξητάζετο——未完成时）担任使节一职。

第三章　安提戈涅（一）

"听着，我告诉你，太顽强的意志最容易受挫折，你可以时常看见最顽固的铁经过淬火炼硬之后，被人击成碎块和破片。我并且知道，只消一小块嚼铁就可以使烈马驯服。"（《安提戈涅》，473及以下）这是克瑞翁对安提戈涅说的话。直到最后他都怀着这样自信的期待：安提戈涅的反叛情绪最终会被制服，她的反抗精神会被驯服。他错了。她至死不悔。克瑞翁才是那个意志被击碎的人——他才是屈服的那一个。

在这部剧中，共有两个有着英雄姿态的人物，但他们中只有一个是真正的英雄。与安提戈涅的至死不渝不同的是，克瑞翁屈服了。他那看似坚不可摧的决心崩溃了，这使得安提戈涅的英雄行为得到极大的宽慰，当她面对朋友和敌人的反对时，仍坚持自己的反抗立场，并从容地走向死亡。《安提戈涅》是一部引出了社会与宗教方面重大问题的悲剧，但它同时也通过这两个人物的对立，引人注目地展示了索福克勒斯英雄的真正本性。

当安提戈涅在戏剧开场第一次出现时，她就已经下定了决心。她要埋葬她的哥哥。她非常清楚自己这么做将冒着被石头砸死（36）的风险，但仍不为所动。她要求妹妹伊斯墨涅"与她合作"（εἰ ξυμπονήσῃς καὶ ξυνεργάσῃ，41）。因为她想"抬起"（κουφιεῖς，43）[1]哥哥的尸首。

伊斯墨涅试图劝说她，并以请求她理智一点开始："好好想想吧！"（φρόνησον，49）安提戈涅应该"好好想想"的是她们的父亲、母亲以及两个哥哥的死；现在只剩下姐妹俩，如果违抗克瑞翁，她们将会"死得比所有人都惨"（κάκιστ'，59）。这不只是浮夸之词。俄狄浦斯死时自瞎双眼，伊俄卡斯忒以上吊"结束自己的生命"（54），两个哥哥自相残杀，但姐妹俩冒的风险却是在公共场合受尽侮辱、丑态毕露地被石头砸死。而安提戈涅接下来提出的是与国家对抗。"如果我们违抗这道法令，那就是在拥有毋庸置疑的权力的当权者或投票结果面前不自量力……"（59—60）索福克勒斯精心挑选了这些词。"绝对的当权者"（τυράννων）一词强调了克瑞翁毋庸置疑的权力是城邦在紧急情况下赋予他的，与此同时，通过使用复数形式，笼统地表达了这一概念并减弱了对他是个"僭主"的暗示。"投票结果"（ψῆφον）一词则暗示了克瑞翁的公告并非他自己任性所为，而体现了一项经过深思熟虑的政策，我们会在后文看到，这一暗示是正确的；另外，通过这个词与民主的关联，也透露出克瑞翁所言代表了全体公民的意志。"权力"（κράτη）一词则是另

---

[1] κουφίζω一词的释义，参照《埃阿斯》，1411（也谈到一场葬礼），及《特拉基斯妇女》，1025（谈到死者的问题）。

一个笼统的概括性复数形式,强调了克瑞翁拥有整个城邦最大的权力,他的命令亦然。并且,"违抗这道法令"这句话使安提戈涅的企图成为犯罪。这些举足轻重的反驳一个接着一个。安提戈涅必须"考虑到"(ἐννοεῖν, 61)她们是女人,生来斗不过男子。最后一个论点再次提醒她们面对的是城邦的权力,但这一次的措辞着重表达克瑞翁赤裸裸的力量而非他的正当性:"我们在强者的统治下。"(ἀρχόμεσθ' ἐκ κρεισσόνων, 63)伊斯墨涅继续强调服从的必要性(ἀκούειν, 64):她们要服从的不仅是这道法令,甚至还有更严厉的命令。伊斯墨涅会祈求下界鬼神的原谅,但她的立场是明确的:"我要服从当权的人。"(πείσομαι, 67)"不自量力的行为根本没有意义。"(νοῦν οὐδένα, 68)这段话很清楚地表现了安提戈涅所面对的选择。屈服,或接受失败与死亡。但依伊斯墨涅所见,她根本没有选择。正如随后歌队在克瑞翁宣布不服从法令的惩罚时说的那样,因为"谁也没有这样愚蠢,自寻死路"(οὕτω μῶρος ὃς θανεῖν ἐρᾷ, 220)。

伊斯墨涅的拒绝对安提戈涅而言是个重大的打击,因为她急需帮助。"与我合作,帮我做这件事……"她说道,这些话并不是比喻意义上的。因为她打算把哥哥的尸首"抬起来",再放进坟墓中,这些事她没法独立完成。真正意义上的埋葬需要她们两人齐心协力,而现在安提戈涅只能靠一己之力完成一个象征意义的葬礼取而代之;也许正是这不足之处使安提戈涅在第一次尝试埋葬后又在白天回到了现场,给那仅仅覆盖了一层细沙的尸体上(256)又倒了些酒水敬礼死者。伊斯墨涅的拒绝意味着她必须改变计划，这也许解释了她随后对妹妹的尖锐态度。但她的决心并未因此受到影响；如厄勒克特拉一样，她将独立完成这件事，哪怕她之前希望在妹妹的帮助下进行。安提戈涅也没有选择的余地。她并不屈尊回应伊斯墨涅的观点。她对自己曾经请求过妹妹的帮助而后悔，并提前拒绝了伊斯墨涅之后所有的帮助，即使她改变心意。她决定赴死，"即使为此而死，也是件光荣的事"（καλὸν, 72）。这个词意味着愉悦、荣耀、杰出与美好，与她先前对伊斯墨涅说如果她拒绝帮忙就是个"糟糕、丑陋和下贱"的人（κακή, 38）恰恰相反。在这一幕的最后，她再次声明自己选择死亡："没有什么比不能光荣地死去更令我痛苦的了。"（καλῶς θανεῖν, 97）这也是埃阿斯的座右铭。[2]

一旦作出这个重大的决定，安提戈涅就再也没有退缩。在守卫对她被捕过程的讲述中，我们得以短暂瞥见她对反抗行动不变的自信心。她被抓个正着，却"一点也不惊慌"（οὐδὲν ἐκπεπληγμένην, 433），当守卫们谴责她先前和当时埋葬波吕涅刻斯的作为时，她"并不否认"（435）。[3] 面对克

---

[2] 《埃阿斯》, 479。
[3] 亚当斯将第一次埋葬归功于神降下的一阵尘暴（49），这使他很难解释为什么安提戈涅要承认两次埋葬都是她的作为。他说到，安提戈涅"选择不否认任何事，她没必要回答那些人"。当然，确实如此，正如他所说，"那句希腊文并不意味着、也不能表达她承认了两次埋葬"。然而，在守卫说"我们谴责她先前和当时的行为"（434）的背景下，当他继续说"她并不否认"时，观众们难道还应该考虑别的什么情况吗？亚当斯过于强调观众们对他们所听到的内容所应该进行的"推理"。"剧作家……知道他能在一个观众身上期待些什么，在恰当的引导下，进行推理"（转下页）

瑞翁，她也同样大胆地说："我说是我做的。我并不否认。"（443）克瑞翁的下一个问题给了她一个服软的借口："你知不知道我颁布了禁葬的命令？"（447）但她拒绝接受："我当然知道。怎么会不知道呢？这是公布了的。"（448）接下来她对自己行动的辩护永远地摧毁了所有妥协、借口或原谅的可能性。安提戈涅誓死不从；在辩护的最后，她的话实在太过粗鲁，即便是宽容的人也无法原谅："如果在你看来我做的是傻事，也许我们可以说（σχεδόν τι, 470）那说我傻的人倒是傻子。"难怪歌队说她是"野蛮的父亲所生的野蛮女儿"（γέννημ' ὠμὸν, 471）。[4] 这又是埃阿斯的措辞。事实上，安提戈涅在众多索福克勒斯英雄中最像埃阿斯。像他一样，她也永不屈服。"她不会明白，"歌队说，"如何向灾难低头。"（εἴκειν … κακοῖς, 472）

对克瑞翁震怒的回答——克瑞翁声称将击碎她的意志，称她是他的奴隶（479），称她违反了法律——安提戈涅甚至不做回应：在那些充满个人厌恶与蔑视的措辞中，[5] 她要求他尽快执行他之前宣布的死亡惩罚（499及以下）。她声称

（接上页）（47）；"并不用费太大功夫就能推断出……"（49）。但在这个例子中，观众必须要有非常敏锐的法律方面的洞察力才能"推理"出那个守卫对安提戈涅的沉默所进行的"推断"是一个"误解"（49，注释11）。

[4] 皮尔森（Pearson）将手抄本上这个词释读为"自负"（γοῦν λῆμ'），这当然被戴恩在他的版本（Paris，1955）中忽视了。

[5] 她强硬的措辞（"你的话没有半句使我喜欢"，ἀρεστὸν οὐδὲν μηδ' ἀρεσθείη ποτέ，500）再次证实了她对克瑞翁的厌恶之情，这一点已经在开场时"高贵的克瑞翁"（τὸν ἀγαθὸν Κρέοντα）这一嘲讽中展现出来了。

死亡是"荣耀的"(502)。在接下来的对话中,她对待伊斯墨涅就像对克瑞翁那样刻薄。当然,一部分是因为她试图通过让克瑞翁认为伊斯墨涅没有参与对他命令的违抗行动而拯救妹妹的生命。正如我们之后将看到的,在这一点上她成功了。[6]然而,她拒绝时充满怨恨的腔调也表达出她真正的愤怒——"正义不允许"(538);"你问克瑞翁吧,既然你孝顺他"(549)。[7]她遵守自己的诺言(70),不接受伊斯墨涅的帮助,即便她改变心意;安提戈涅憎恶她的妹妹,她的软弱使安提戈涅不能给哥哥的尸首一个合乎体统的葬礼;她同时也极度愤怒,因为她想到自己必须和一个配不上这一切的妹

---

[6] 亚当斯(52)指出,克瑞翁对"参与"(θιγοῦσαν, 771)一词的使用令人想起安提戈涅在第546行中也用过这个词,并且是"一个巧妙又不太隐晦的暗示,显示她救了伊斯墨涅的命:她的话留在了克瑞翁的脑海里"。

[7] "既然你孝顺他"(τοῦδε γὰρ συ κηδεμών):杰布所引用的色诺芬作品中的相似之处(《长征记》[An.], 3.1, 17)与他认为这句话影射了第47行的观点弱化了这句话言辞间的怨恨之情;虽然他对这句话的翻译是正确的("所有的关怀都是为了他"),但他的注释将这句话解释为对伊斯墨涅的指责,因为她成了克瑞翁的发言人并为他的所作所为辩护。安提戈涅的措辞要刻薄得多。在索福克勒斯的作品中,κηδεύω一词指的是忠诚的照料,指的是盲老人俄狄浦斯的女儿们对他的悉心照料(《俄狄浦斯在克洛诺斯》, 750),指的是俄狄浦斯自瞎双眼后在歌队中感受到的忠诚的关怀(《俄狄浦斯王》, 1323);κηδεμών一词也被用于描述被抛弃的菲洛克忒忒斯在病痛中无人"照料"的处境(《菲洛克忒忒斯》, 195,参照170)。随后,在《安提戈涅》中,海蒙也用了一个类似的词来描述他对父亲的"关心"(《安提戈涅》, 741)。安提戈涅那一番嘲讽中的用词暗示了伊斯墨涅将本该向波吕涅刻斯表达的关怀奉献给了克瑞翁;这一暗示得到了更有说服力的支持(正如杰布指出):在《伊利亚特》, 23.163中,κηδεμόνες一词的意思是死者的主要送葬人(以及《厄勒克特拉》, 1141中κηδευθείς一词与葬礼仪式有关)。

妹分享她为之付出生命的荣耀。这荣耀是她仅有的一切。像阿喀琉斯一样,她选择了短命却声名卓著的一生。"你选择活着,我选择去死。"(555)还是像阿喀琉斯一样,唯一令安提戈涅无法忍受的是她倾其所有获得的荣誉可能会以某种方式受到贬低。阿喀琉斯对帕特罗克洛斯说:"但愿所有的特洛伊人能统统被杀光,阿尔戈斯人(Argives)也一个不剩,只留下你我二人,让我们独自去取下特洛伊的神圣花冠。"(《伊利亚特》,16.97及以下)安提戈涅对荣誉的梦想也是如此,她不愿其他任何人的参与使她不能完完全全地拥有那以她生命为代价的事业。

我们接下来要讨论的是对安提戈涅的最后一点看法。她对自己的死亡感到悲痛。这并不意味着屈服;正如她所言,她为自己的葬礼唱挽歌,因为没有任何朋友或亲人(*philos*)会为她做这件事(881-882)。伊斯墨涅是她仅有的亲人,但安提戈涅已拒绝将她视作家庭成员。歌队对她毫无怜惜之情,并认为那即将来临的死亡是她罪有应得。[8] 她"由

---

[8] 817及以下,οὐκοῦν κλεινή展现出一个在很大程度上似乎被忽略的问题。杰布译为"光荣的,因此……";但安提戈涅才刚刚哭叹自己活着被送进坟墓,还没有结婚就将嫁给冥河之神阿刻戎(Acheron)。丹尼斯顿(Dennistion)在《希腊文小品词》(*The Greek Particles*, 436)中认为"杰布的翻译'因此'是不恰当的",并且他还将陈述变成了一个问题:"那么,你不是光荣地赴死吗?"但问题在于希腊文的句子并不止于此,事实上,直到第822行才可能有标点符号,并且疑问语气很难在这么一个复杂的长句中维持,尤其长句还被副词"既非"(οὔτε)、"也非"(οὔτε)和"但是"(ἀλλά)等副词分成了几个部分。她怎么可能被描述为"光荣的""受到赞美的"(ἔπαινον ἔχουσ')呢?谁在赞美她?(转下页)

（接上页）显然不是歌队。杰布没有评论"赞美"(ἔπαινον)一词，但戴恩、麦尚（Dain-Mazon）在悲剧的绪论中（63）似乎发现了一个问题。"在另一方面，如果索福克勒斯是第一个设想出安提戈涅与克瑞翁之间冲突的剧作家，年迈的歌队很可能不会向垂死的安提戈涅表达赞美并赋予她荣耀（817）。如果这二者间的分歧不是雅典公众所熟知的当地传说，那么歌队在此的措辞就会令人感到意外。"换言之，歌队在此称安提戈涅是"光荣的、值得赞美的"，只是因为这一主题在阿提卡戏剧舞台上早已广为人知。这种情形几乎是不可能的。歌队可能勉强指的是海蒙声称来自市民们的对安提戈涅行动的赞美，尽管非常明确的是，歌队并不赞同这一主张——他们尖锐地指责她的"莽撞"（853），并且支持城邦权力的要求（κράτος, 873）。伊万·林福思在《安提戈涅与克瑞翁》（Antigone and Creon, 222）中，将这句话理解为将来时："因此，活着进入死人墓穴会为她赢得荣誉与赞美着实有些古怪，歌队回答时考虑的是在将来，这个她自己选择死亡方式的故事会被人们传颂。"但"拥有"(ἔχουσ')一词指的是安提戈涅的"当下"，当她走向死亡之时。梅奥蒂（1），211将歌队的评论视作尖酸刻薄的挖苦："这一歌队给予她荣誉时的姿态就像罗马士兵敬礼时滑稽的样子……你之前想要荣誉，现在拥有了它，你还有什么不满意的？"此处很明显是有问题的。那么，有没有可能其实索福克勒斯所写的是（或他的歌队在重音符号发明之前——在写作中还无法区分时——被他教着唱的是）οὔκουν（当然没有）而非οὐκοῦν（因此）？（参照《埃阿斯》，79，此处所有的抄本都记载着οὐκοῦν，但几乎所有的校订人都一致改为οὔκουν。）"你将毫不光荣、无人称赞地下到哈德斯，那令人消瘦的疾病没有杀害你，刀剑的杀戮也没有轮到你身上，这人间就只有你一人由你自己做主，活着到冥间"——这样无疑通顺多了。她"没有荣誉、也没有赞美"地赴死，是因为她被剥夺了获得葬礼的权利，而我们知道，人们在葬礼上赞颂死者的荣誉并赞美他的功绩。（关于ἔπαινος，即"赞颂"，作为葬礼仪式一部分的例子，参见欧里庇得斯《祈援女》，858，901，929；修昔底德《伯罗奔尼撒战争史》，2.34，6。）她没有葬礼，因为她的死是非正常死亡（疾病与战争被视作正常的死亡原因，正如时至今日仍确实如此）；"按照你自己的法则，你活着进入冥府，这世间没有任何一个人是这样死去的"（杰布的译文）。关于"当然没有（οὔκουν）……既非（οὔτε）……也非（οὔτε）……但是（ἀλλά）"的顺序，参照《俄狄浦斯在克洛诺斯》，924及以下。

着自己做主"(αὐτόνομος, 821),他们这样说她;这个词通常被用来形容"独立的、按自己的法律行事"的城邦,但在这样一个包含着戏剧冲突要旨的言谈莽撞的人物身上,被用来形容一个人——她"按照自己的法则活着"。[9]歌队继续说着更尖锐的话。安提戈涅将自己的命运与尼俄伯的相比,她们间的相似点由厄勒克特拉在另一部戏剧中明确指出:她说尼俄伯"在石墓中哭泣"(《厄勒克特拉》,151),但歌队因她的傲慢无礼而大加斥责。[10]"尼俄伯是神,是

---

[9] 虽然杰布明确否认这一点,但这个词仍毫无疑问暗示了她不寻常的死亡方式。学者们的注解提供了这样一种解释方式:使用一种新的、他们专有的法则来对待死亡的问题(ἰδίῳ καὶ καινῷ νόμῳ περὶ τέλος χρησαμένη)。贝菲尔德(M. A. Bayfield)在《索福克勒斯的〈安提戈涅〉》(*The Antigone of Sophocles*²)中提到,这指的是安提戈涅特有的惩罚方式。"这样一个受害者自己走进坟墓,'她是自己的主人'。她可以按照自己的意志选择进食的多少——她能选择自己死亡的时间与方式。"

[10] 杰布对这一点的理解要柔和得多,他坚持要展示歌队对安提戈涅的同情。"他们的措辞中并没有任何责备的意思。"要证明这一观点的正确性非常复杂。一切都取决于以 καίτοι(但是)开头的句子的语气。杰布认为这是歌队对安提戈涅的安慰。"但在你死后,人们会记得你生前和死时都与天神同命,那也是莫大的荣耀啊。"但这也可以被解释为指责:"但是,对一个垂死的姑娘而言,能听到自己与那些相当于天神的人同命,也挺重要的。"即"看在你将死的份上,我们原谅你说这样大不敬的话"。这似乎在逻辑上更符合开头的那几行,并且这一阐释给出的动机也比杰布的更为明确:杰布必须为安提戈涅的愤怒哭喊构思一个"她被嘲笑了"的动机,这实在太复杂了。伍德、维克莱(Wunder-Wecklein)《索福克勒斯悲剧》(*Sophoclis Tragoediae*⁴)中是这样解读的:"歌队说,安提戈涅作为一个有死的凡人,为凡人所生,不应该将自己比作尼俄伯,因为尼俄伯是神,为神所生。但歌队却也承认,对一个死去的人而言,被称作与天神同命是一件重要的事。安提戈涅被指责过于自负,她回答道:'哎呀,你是在讥笑我。'"

神所生，[11]我们却是人，生来有死。"随后，他们又充满怜悯地为她夸张的言行找理由："但（καίτοι）对一个将死的姑娘而言，能听到自己与那些相当于天神的人同命，也是件重要的事。"她刻薄地指责他们对她的"讥笑"（γελῶμαι，839），然后愤怒地离开了。这段简短的争执发人深省。歌队对安提戈涅的有死之身与尼俄伯出身于神之间的区分是对她的"嘲讽"，这是因为，英雄将自己单独放在城邦的对立面，竭力反抗城邦对人们屈从于时间与改变的要求，他们只能在神的永垂不朽中找到慰藉；英雄固执地拒绝妥协，拒绝接受失败，拒绝改变——这些行为都是对神的模仿。歌队以严厉的斥责回答道："你到了鲁莽的极端（θράσους，853），猛烈地冲撞正义的最高宝座。[12]你本性里的冲动毁了你。"

---

[11] 同样，厄勒克特拉在一个暗示自己与尼俄伯相似之处的段落中说："尼俄伯，我将你视作神。"（Νιόβα, σὲ δ' ἔγωγε νέμω θεόν, 150及以下）而接下来的几行更明确了《安提戈涅》与之的相似之处："你在那石墓里永远地哭泣。"（ἅτ' ἐν τάφῳ πετραίῳ αἰαῖ δακρύεις）惠特曼在他的作品（1），93-94中，非常精彩地讨论了与尼俄伯对比的问题。

[12] 杰布与最近的戴恩、麦尚都是这样将προσέπεσες理解为"冲撞"的。皮尔森的προσέπαισας也是同样的意思。然而，沃尔夫、贝勒曼（Wolff-Bellermann）在《索福克勒斯〈安提戈涅〉》（*Sophokles Antigone*⁶）中将προσέπεσες理解为"跪倒在正义之神的祭坛前哀求着"。这一阐释深得莱斯基赞同（1），115，注释3："不管在意思上还是在语言上，'你跪下哀求'是唯一可行的解释。"伍德与杰布对这一点的理解很类似，他们都认为应该阐释为"猛烈地冲撞宝座……"（杰布在他的注释中是这样翻译的，但在他的翻译正文中则为："你倒在那宝座前……"），他们在举例论证的过程中确实没有用到关键词προσπίπτειν。但即使我们接受沃尔夫、贝勒曼和莱斯基的解释，这段话作为一个整体仍是一顿指责（虽然歌队的态度在最后一行提到"你是在替你父亲赎罪"[πατρῷον... ἄθλον]时有所软化）。

(αὐτόγνωτος ὀργά, 875)

在这段很长的哀歌对唱中,有两个词精确地描述了安提戈涅以及一般而言英雄习性的特征:"活在自己的法则下"(αὐτόνομος)与"本性里的冲动"(αὐτόγνωτος ὀργά)。那使英雄坚持自身完整独立性的力量是一些来自他内心的东西,他的"本性",他真正的自我——这不能用外部因素来解释。

而现在对安提戈涅的判决就要执行,她还活着就要被关进死者的地下墓穴中。她做了人生中最后一次长篇演说,这段话不以哀歌而以表达反思、探讨与分析的抑扬格诗的形式表现出来。她尝试着分析自己的动机,向自己阐明行动的目的和本质以及不可改变的现状。这段思考与推理无疑是"基于自身的法则"及"出自本性"的,但并不包含任何对屈服的暗示。"那同一个风暴依旧在她心头呼啸。"歌队这样唱着(929–930)。在被押送进坟墓时,她仍旧反抗着。她生命中的最后一个行动也还是抵抗。克瑞翁将安提戈涅关进坟墓,意在让她"认识到"自己的错误,但她一进去那死者的石窟,便上吊自尽了。这一行动触发了一系列可怕的打击,最终在剧末摧毁了克瑞翁。若要评选索福克勒斯英雄中最不愿妥协、最固执的人物,那么安提戈涅与厄勒克特拉应共享这一殊荣。埃阿斯与菲洛克忒斯至少讨论了屈服的可能性,俄狄浦斯在忒拜和克洛诺斯时也都作出了一些不重要的让步,但正如厄勒克特拉,安提戈涅从来没有一刻或在一个无足轻重的问题上动摇过她那坚定的决心。

她的固执,她的刚愎自用,她对自己的行事方式及正确性的坚持，通过她与克瑞翁这一人物的明显对立变得更加引人注目。克瑞翁第一眼看上去似乎是悲剧的英雄。他就像亚里士多德的悲剧英雄一样，是一个显赫、有权有势的成功男人，他从伟大的巅峰徐徐走来，就他的角色在舞台上的时长及其重要性而言（尤其在戏剧的后半部分），他是悲剧的主角。但他缺乏英雄的习性。在克瑞翁身上，我们看到的是一个不同寻常的例子：他全方位地表现出了英雄的执拗，也身处典型的索福克勒斯式英雄的处境，对他的描述符合英雄的表达惯例；但与此同时，他又总轻易地为建议所动摇，作出巨大妥协，并一遇到真正的威胁就耻辱地崩溃了。

如安提戈涅一样，克瑞翁在戏剧的一开始（事实上，甚至在开始之前）就坚定了自己的决心，并由这一决心引发出一系列戏剧中的事件。他作出决定，不许人们埋葬和哀悼波吕涅刻斯，让他的尸首暴露给鸟和狗吞食。不仅如此，他还颁布了法令来强化这一决定，即所有违抗者都将被处以死刑。这一决定通过政令的正式措辞表达出来，排除了所有争议的可能性："已向全体市民宣布，不许埋葬，也不许哀悼，他的尸首将暴露在光天化日之下。"（ἐκκεκήρυκται, 203）动词的完成时态与无人称形式（与192行的"我已经宣布"——κηρύξας ἔχω——形成对照）表现了他的决定是一个客观而永恒的事实。紧接着出现了通常情况下英雄们用以表达决心的简单将来时："在我的政令之下，坏人不会比正直的人更受尊敬"（τιμῇ προέξουσ᾽, 208）；"任何一个对城邦怀有好意的人，不论生前死后，都同样受到我的尊敬"

(τιμήσεται, 210)。看守尸首的人已经派好了(217);他等待着抗命者。克瑞翁预料得没错;守兵紧接着上前告诉他,他的法令刚刚颁布就遭到公然违抗。

克瑞翁此刻身处典型的英雄处境:他的意志受到阻挠,他要求人们尊重这一意志,却遭到拒绝,甚至他独立行动的权利都受到挑战。紧随其后的是妥协的建议,正如安提戈涅在戏剧开场时,以及阿喀琉斯在阿开奥斯人的全营大会中[13]所面对的情况。歌队被埋葬的神秘细节震惊了:现场看不出一点人为的痕迹(249-252),也没有鸟或其他野兽靠近过——这也许是天神所为,正如天神保护了萨尔佩冬(Sarpedon,《伊利亚特》,16.667)与赫克托耳(《伊利亚特》,24.18及以下)的尸首不受污染一样。[14]他们暗示克瑞翁,埋葬波吕涅刻斯是"天神所为"(θεήλατον, 278)。这并非歌队一时兴起,而是他们在听到守卫的报告之后(πάλαι, 279),经过深思熟虑才得出的结论。这是一个强有力的词,字面上的意思是"受到神的驱使"。[15]歌队建议中的暗示非常明确:一方面,违抗神意是不可接受的,它明明白白地展

---

[13]《伊利亚特》,1.277及以下(涅斯托尔劝告阿喀琉斯)。
[14] 参见亚当斯,47-50,亚当斯认为这确实是神的作为。基托,《戏剧的形式与含义》(*Form and Meaning in Drama*),138-158,在一个精彩的讨论中认为,在这"不合逻辑"的埋葬中,隐含着对"安提戈涅与神同心协力(μεταίτιοι)"的强烈暗示(154)。
[15] 参见艾兰特-简特,佛提乌(Photius)对这个词的定义,及其索达公告中的定义。在《俄狄浦斯王》,255,这个词解释为"由神强加的"。也请参照希罗多德《历史》,7.18,3。

现在波吕涅刻斯的神秘葬礼上；另一方面，对克瑞翁命令的违抗来自于神，这也给了他一个妥协又不失颜面的借口。

克瑞翁以英雄的方式拒绝了妥协："趁你的话还没有叫我十分冒火，赶快住嘴吧。"（ὀργῆς, 280）"你这话叫我难以容忍。"（οὐκ ἀνεκτά, 282）克瑞翁认为埋葬不是神的作为，而是他的政敌们从中作梗。但他却对此无能为力，于是只能对守卫发泄他的怒火，甚至威胁要治他的罪（322）；但最终还是以折磨致死作为威胁，命令守卫把真正的罪犯抓到手。

紧接着，他就被迫面对自己的行为所招致的一系列完全预料之外的骇人后果。他说的是政敌、反抗分子以及被收买的罪犯；他完全没有料到自己必须面对的对手与受害者是他亲姐姐的孩子，一位王室的公主。他尝试着放她一条生路，但被轻蔑地拒绝了；安提戈涅骄傲地承认了她做的一切，尖刻又轻蔑地与克瑞翁作对，这令克瑞翁退无可退，他只能按照自己颁布的法令惩罚安提戈涅。他受到了嘲讽（γελᾶν, 483）。他的怒火像英雄一样熊熊燃起。他要将她处死，"不管她是我姐姐的女儿，还是比我的整个家族加起来和我血统更近，[16]她本人和她妹妹都逃不过最悲惨的命运"。他的怒火在自尊（τιμή）受到侮辱时是如此猛烈，在令他愤怒的客观因素之外，也燃及与之相关的一切，正如埃阿斯（844）与菲洛克忒忒斯（1200）希望整个希腊军队遭

---

[16] τοῦ παντὸς ἡμῖν Ζηνὸς Ερκείου, 487. 关于对这一句话含义的完整讨论，参见82。

到毁灭，阿喀琉斯希望所有特洛伊人与希腊人都全部死光，只留下他自己和帕特罗克洛斯。克瑞翁将不会被一个女人"控制"（οὐκ ἄρξει γυνή，525）；他"心意已决"（δεδογμέν᾽，576），下令将两个姑娘绑起来，并且仍坚信安提戈涅最终会为了逃避他当众宣布的死刑而改变主意。

但此刻克瑞翁再次被敦促妥协，这一次的劝说更加详尽，并且提出建议的人也比歌队更有说服力。海蒙（他了解他的父亲）以想象所能及的最温和的语气开头：他声称自己完全接受父亲所希望的一切（635-638）。但就在克瑞翁如释重负地认为这段谈话已经以一种出乎意料的简单方式打开局面时，海蒙开始逐步谨慎地对父亲的决定施加压力。这段演说展示了最高层次的外交才华。海蒙并没有说他的父亲是错的（685-686），而是说别人也可能有好意见（687）。海蒙借市民之口试图为安提戈涅的行为辩解，甚至在实际上证明其合理性；在他的话里，这些都不是他自己的想法（693及以下）。他代表那些不敢直接与克瑞翁对话的人说话，他们害怕国王"皱起的眉头"（ὄμμα δεινόν，690）。海蒙说，他将要提出的建议不是因为他对安提戈涅的感情（他完全没有提到他们已经订婚），而是出于对他父亲的关心（701-704）。这是一个典型的诉诸理智的建议，并且使用了尝试改变英雄意志的常见句式。这一建议中的措辞精确地描绘出那顽固的、以自我为中心的习性，而这种英雄的习性正是索福克勒斯悲剧的主旨。"你不要老抱着这唯一的想法"（ἓν ἦθος μοῦνον，705）；英雄想法专一，目标坚定，无法改变，也无法假装另外一种性情或个性（ἦθος）。[17]并且在一般的定义中，这种性情倾向认为"只有你的话对，别人的话都不对"（706）。这是那种相信自己的聪明才智（φρονεῖν，707）、认为自己拥有他人无法企及的语言与思想（ψυχήν）的人所共有的性情。海蒙使用了一个尖锐的比喻："这种人，当你[像展开一封信一样]打开他们，会发现里面全是空的。"（διαπτυχθέντες ὤφθησαν κενοί，709）[18]克瑞翁必须吸取教训。"一个人即便很有智慧，再学习许多别的东西，也不算可耻。"（μανθάνειν，710）

接下来是著名的关于树木和水手的比喻：那些向洪水

---

[17] 参照《埃阿斯》，594-595。
[18] διαπτυχθέντες（揭开）。杰布认为"这一意象可由不同的物品呈现出来——一个小盒子，桌子，水果或之类的东西"，但他没有具体举例说明这意象究竟是什么。（欧里庇得斯《希波吕托斯》的第985行在比喻意义上与《安提戈涅》第709行相似。）注释者对ἀνακαλυγθέντες（揭露）一词的解释也帮助不大。布鲁恩（Bruhn）对比普鲁塔克《筵席会饮》（*Quaest. Conviv*）1.5，2（518c）：衣物在阳光下展开，以便检查其质量（ὑπ᾽ αὐγὰς διαπτύσσομεν）；但这一想法不符合κενοί（空的）一词的概念。一个更恰当的对比是欧里庇得斯的《伊菲革涅亚在陶里斯》第727行："这些（正是）蜡板上的数不清折痕。"（δέλτου μὲν αἵδε πολύθυροι διαπτυχαί）这（预见性地）提到了蜡板是"摊开的"，而那封信正写在这上面。因此，当俄瑞斯忒斯收到这封信时，"不用打开它"（παρεὶς δὲ γραμμάτων διαπτυχάς，793）。（无须采用巴德姆[Badham]的ἀναπτυχάς就能够解释这一含义；维克莱正确地指出διαπτύσσω的意思是"摊开的，散开的"。《安提戈涅》，709中的意象是：一份蜡板（δέλτος），即一捆木片（πίνακες），当它被打开时（通过撕掉封条并且切断将木片捆起来的细线），是四散开来的，但是里面没有任何文字。它们是"空的"（κενοί），因为文字被认为是写在蜡板"里"而非蜡板"上"的（参照欧里庇得斯《伊菲革涅亚在陶里斯》，760："那些写在蜡板中的折痕里的内容"[τὰ ὄντα κἀγγεγραμμέν᾽ ἐν δέλτου πτυχαῖς]）。

低头的树木和那些坚持抗拒的，以及不肯放松帆脚索、把船弄翻了的水手。这段比喻令人想起克瑞翁在回答安提戈涅时（473–478）用到的相似意象，但语气截然不同。克瑞翁粗暴地断言，太顽强的意志最容易受挫折，最硬的铁容易被人击碎，最烈的马最容易被驯服。这段话意在否定安提戈涅英雄般决心的力量，而非试图劝说她放弃这一决定。比起对她讲道理，他更愿意用武力摧毁她的抵抗精神。这是他所"能"做的一切，但她的行为对他的法令的嘲讽却已不可挽回；他对此所能寄予的最大希望就是使她忏悔，令她恐惧，迫使她祈求宽恕。但海蒙仍能及时阻止这"不可挽回"（τὸ ἀνήκεστον）的局面，他的话强调了这是在毁灭或生存之间做选择。屈从（ὑπείκει, 713, 716）其实是在拯救自己。他以请求父亲"让步"结束了这番话——"请你息怒"（εἶκε θυμοῦ, 718）并且"听取他人的好建议"（μανθάνειν, 723），歌队也在他之后重复了这一请求（μαθεῖν, 725），虽然他们的措辞是典型的中立态度惯用语。

像安提戈涅一样，克瑞翁对这一建议的回应是英雄那种习惯性的粗暴反应。"难道我还要由他来教……？"（διδαξόμεσθα δὴ, 726）他以这话开头，随后就骂他的儿子是个"坏透了的东西"（ὦ παγκάκιστε, 742）。就像安提戈涅一样，克瑞翁也将友好的建议者视作他的敌人（740，参照549）；和所有的英雄一样，他也不听劝（μηδὲν κλύειν, 757）。他在这番话的最后再次重复了自己的决心："他［海蒙］绝不能使这两个女孩免于死亡。"（οὐκ ἀπαλλάξει μόρου, 769）

随后，他出人意料地在两个重要的问题上改变了心意。第一个问题来自歌队（770），克瑞翁决定暂缓伊斯墨涅的死刑：只有安提戈涅将被处死。并且还对原计划进行了重要改变。一开始，克瑞翁决定对安提戈涅施以石刑；稍早以前，他威胁要当着海蒙的面杀了安提戈涅；但现在他决定要把她关在石窟里，只给她一点点吃的。他在这里的用词（ἄγος μόνον 等，775 及以下）一直以来都缺乏仔细的解释；我们唯一能够确定的是，他在此提到了某种原始信仰，即这种行刑方式（大概因为这可以避免实际上的杀戮）可以使城邦（776）以及他本人（889）免受污染。[19] 但这一改变背后还有其他原因。其一，他深受海蒙那番话的影响，海蒙强调了忒拜人对安提戈涅行为的赞扬（693 及以下）。如果这是真的，那么处死伊斯墨涅就是一个愚蠢的挑衅行为，而用石头砸死安提戈涅则会引发超出他控制的状况，因为石刑需要人们的配合，这么一种合法的私刑处死方式只能用在引起众怒的人身上。他声称这是为了避免整个城邦（πᾶσ᾽ ὑπεκφύγῃ πόλις，776）都沾上安提戈涅的鲜血，然而实际上他真正担心的也许是没有一个人会掷出第一块石头。[20] 不只如此，事实上，他已经准许了她的缓期执行；她的死亡被推迟了。在克瑞翁的话中，在他宣判安提戈涅的死刑时，他总期望着她

---

[19] 参见贝菲尔德的精彩讨论（775 注释），弗雷泽（Frazer）也同意他的观点。
[20] 参照基托（2），166："在海蒙的那番话之后，我们可以想象，人们将会拒绝向一个他们认为配得上皇冠的人扔石头。"

第三章　安提戈涅（一）

会在对命运的担忧与对孤独的恐惧中崩溃并屈服。"她在那里可以祈求冥王,她所崇拜的唯一神明,也许她能因此逃脱死亡;但也许到那时候,虽然为时已晚,她会意识到,向哈德斯的国土致敬是白费功夫。"(777–780)之后他说道:"随便她想死,或者在那样的地方过坟墓生活……"(887–888)只要她还活着,克瑞翁就有机会摧毁她钢铁般的意志。

克瑞翁对计划的改变第一次向我们表明,他并没有被塑造成一个英雄。那典型的英雄之怒,怒火波及周围的一切,甚至是无辜的对象,在克瑞翁对伊斯墨涅的判罪和他与海蒙的争吵中达到了极限,但现在已经开始反噬。在英雄面具后面,藏着一颗精于算计、胆小怕事的脑袋。接下来这个截然不同的场景进一步证实了这一点:安提戈涅被押进她的坟墓,即便当她感到被所有人抛弃,还被歌队嘲笑,认为自己已经失去了诸神的支持,甚至怀疑起自己的动机之时,仍顽强地抵抗着。作为"现任僭主"(instans tyrannus)的克瑞翁是个令人害怕的人物,当他用粗暴的威胁打断了她的最后道别时,她却对他未置一词。[21]

而现在,克瑞翁的决心受到了真正的考验;他必须面对一个比他自己的儿子更棘手的对手。安提戈涅与克瑞翁之间的相似性仍然存在。正如安提戈涅拒绝了妹妹友善地劝她理智一点的建议,克瑞翁也如此拒绝了他的儿子,海蒙对克瑞翁而言唯一棘手之处是他论据的力量。并且,也正如安

---

[21] 克瑞翁自始至终都在舞台上;参照基托(2),146–147。

提戈涅在那之后必须面对克瑞翁的权威和可怕的威胁一样，他现在也遇到了盲先知提瑞西阿斯的权威以及甚至更骇人的恐吓。

提瑞西阿斯首先诉诸理智，他的话遵循经典的惯例："我应该好好教你，你必须听先知的话。"（ἐγὼ διδάξω … τῷ μάντει πιθοῦ，992）"要当心。"（φρόνει，996）"你现在又处在厄运的刀口上了。""当你听了（κλύων，998）……你就会明白（γνώσῃ）。"他向克瑞翁描述了令人惊惧的预兆，这展示出神对克瑞翁暴露尸首的愤怒。在这骇人的讲述最后，他用回了熟悉的惯用语："我的孩子，你想想看吧。"（φρόνησον，1023）"一个人即使犯了不明智的过错，只要能痛改前非，也不失为聪明而有福的人。"（ἄβουλος，1026）"你应该屈服于死者。"（εἶκε τῷ θανόντι，1029）"吸取教训吧。"（μανθάνειν，1031）克瑞翁愤怒地回应，并以从未有过的夸张措辞重复他的决心："你们不能把那人埋进坟墓（οὐχὶ κρύψετε，1039）；不，即使宙斯的鹰把那人的肉抓着带到他的宝座上，也绝不可能。"提瑞西阿斯保持着讲道理的语气；他极力强调着"有益的建议"（εὐβουλία，1050）。但随后，提瑞西阿斯被克瑞翁充满愤怒的侮辱激怒，开始预言克瑞翁将为自己招致的一系列灾难：王宫里男男女女的哭声，所有邻邦因它们的战士不能下葬而被激发的仇恨。他离开时，照例恳求时间能够使愤怒的英雄变得理智一些："孩子，带我回家吧；让他向比我年轻的人发泄他的怒气（θυμόν，1088），让他懂得（γνῷ，1089）怎样使他的舌头变温和一点，怎样使他胸中有一颗比他现在所有的更好的心（νοῦν, 1090）。"

正如我们已经看到的，寄望于时间改变英雄心意的人们总会失望。埃阿斯拒绝了时间与改变的世界；菲洛克忒忒斯"永远"不会自愿前往特洛伊；在时间令她战胜敌人之前，厄勒克特拉"永远"不会停止她的哀悼；在忒拜，俄狄浦斯不会放弃追寻他的身份，在克洛诺斯，他不会改变要死在阿提卡土地上的决心。在监牢中的安提戈涅通过她的自杀行为使克瑞翁的厄运成为定局。但克瑞翁则是个例外。[22] 他甚至不需要太多的时间。歌队一共只用了四行就说服了克瑞翁。"我自己也意识到了这一点，"（ἔγνωκα καὐτός, 1095）当歌队提醒他提瑞西阿斯从来没有出过错时，他这样说道，"要我让步自然是为难（εἰκαθεῖν, 1096），但是再同命运对抗，使我暴躁的脾气（θυμόν, 1097）受到毁灭的打击，也同样是件可怕的事。"歌队告诉他，他需要"忠告"（εὐβουλίας δεῖ, 1098），克瑞翁于是询问他们的建议："我应当怎么办？你说呀，我一定听从。"（πείσομαι δ' ἐγώ, 1099）这是伊斯墨涅才会说的话（67），而不是安提戈涅。他们告诉他，应该把那女孩从石窟里放出来，然后给那暴露的尸体起个坟墓；但克瑞翁再次犹豫了。"你认为我应当让步？"（παρεικαθεῖν, 1102）然而，他的让步非常彻底："我亲自把她捆起来，就得亲自把她释放。"（1112）

在所有索福克勒斯的戏剧中没有其他类似的场景。的

---

[22] 迪勒，82："他是唯一一个最终在原则问题上让步的索福克勒斯人物。"

确,盲先知是一个令人敬畏的人物,并且他的预言也十分骇人,但俄狄浦斯王所面对的是同一个先知以及甚至更可怕的预言;他离精神崩溃还差十万八千里,这一对比只是用于将他的独断专行与固执提升到一个新的高度。但克瑞翁则是无条件投降:像经过淬火炼硬后的铁,突然就折断了;接受驯服的嚼铁;向洪水低头并放松了帆脚索。这是索福克勒斯舞台上独一无二的场景,并且它的舞台效果由那无力的、被定了死罪的女孩最终强硬抵抗的消息推向了新的高度,安提戈涅的复仇现在就要到来。我们最后一眼看到的克瑞翁是一个强有力的男人几乎无法忍受的样子,他完全被灾难击倒了。他与俄狄浦斯王的对比又一次带给我们启发。俄狄浦斯在双眼失明、受到污染的悲惨境地中仍坚持着有力、专横的个性,[23] 而克瑞翁在《安提戈涅》的结尾则是一个被剥夺了尊严、恸哭着的残损之人。海蒙的话就像一则预言:克瑞翁已经被"打开",里面确实空空如也。

毫无疑问,安提戈涅与克瑞翁之间巨大差异的内涵要比简单的真假英雄对抗深刻得多。这一冲突引发了最重要的政治与宗教问题;事实上,从一开始这一矛盾就被置于这两个视角之下。这些问题已经得到了非常充分的讨论。主流的看法是,这一戏剧展现了宗教(安提戈涅)与政治(克瑞翁)两个观点间的冲突。但这过于简单化了。安提戈涅与城邦的对抗不仅是宗教的,也是政治的行为,并且克瑞翁让波

---

[23] 参见诺克斯(3),第五章。

吕涅刻斯的尸首暴露在天光之下也是出于宗教和政治信仰。这些人物的动机都很复杂。

克瑞翁清晰而详尽地表达了他的政治观点（这一点我们稍后讨论），但在何种意义上我们能说安提戈涅的行为是政治性的呢？这一问题需要我们详细检查她在伊斯墨涅和克瑞翁面前为自己行为辩护时的措辞。

"你立刻就得表示，"她对伊斯墨涅说，"要么不愧为一个出身高贵的人（εἴτ᾽ εὐγενὴς πέφυκας），要么是一个胆小鬼（εἴτ᾽ ἐσθλῶν κακή, 38）。""他是我的哥哥，也是你的。"（45-46）"我现在要去为我最亲爱的哥哥起个坟墓。"（80-81）她对克瑞翁说："如果我让我哥哥死后不得安葬，我会痛苦到极点。"（466-468）并且随后说："尊敬一个同母弟兄，并没有什么可耻。"（511）

在这些声明中（当然其中穿插着她对神的祈求），她行动的理论依据来自家庭和血缘关系的要求。[24] 安提戈涅对家庭的忠诚凌驾于任何城邦权利之上。她用一般公民表

---

[24] 当然，自黑格尔首次指出这一点起，学者们已经充分地认识到这一问题，并对此进行了大量讨论。黑格尔在几处不同的地方都谈到了这一问题；其中最清晰的陈述也许是《美学》（*Asthetik*），II，2。"城邦的公共法律与对哥哥本能的家庭之爱和责任在此发生了冲突。安提戈涅作为女性，可悲地为家庭之爱所控制；而克瑞翁作为男性，则受到共同体利益的支配。"（英文翻译来自安妮·保卢奇及亨利·保卢奇［Anne and Henry Paolucci］，《黑格尔论悲剧》［*Hegel on Tragedy*］，178。）也请参照本书133。参见麦凯（L. A. MacKay）非常具有启发性的讨论："安提戈涅，科里奥兰纳斯与黑格尔"（Antigone, Coriolanus and Hegel），TAPA 93（1962），166-174。

达对城邦忠心的措辞表达自己对血缘关系的忠诚——事实上,她的措辞本身就是政治性的。当伊斯墨涅问她"全城的人都不许埋他,你倒要埋他吗?"时,她回答道:"他是我的哥哥……我不愿意人们看见我背弃他。"(οὐ προδοῦσ᾽ ἁλώσομαι, 46)并且她问克瑞翁,还有什么是比埋葬她的哥哥"更大的荣耀"(502)。她的忠诚实际上是政治性的,不仅因为这特殊的境况迫使她在家庭与城邦之间作出选择,更因为在历史上,血缘关系通过氏族(genê)而形成的强有力的、稳定持久的纽带是早期公民社会与政治环境中占首要地位的因素。这比城邦要早得多,并且在民主制的雅典,血缘关系的纽带仍然全方位地展现出它持续的影响力,它是新的社会制度及组织形式的对手,甚至可以说是强有力的威胁。雅典民主的基石是克里斯提尼(Cleisthenes)对当地政治机构的重组,以反对将家庭作为政治单位,这一点并非偶然。"以自治区(deme)代替氏族意味着从亲属关系原则到地方原则的过渡。……克里斯提尼改革之后的雅典不再是一个'部族亲属联盟'(γένη)。"[25]在这一观点之后,历史学家们

---

[25] 沃克(E. M. Walker),《剑桥古代史》(*Cambridge Ancient History*),第四卷,剑桥,1926,144-145。在147中谈到"三分区"(trittyes)时,他提到"克里斯提尼希望减弱旧贵族(Eupatrid)家族的影响,他们的影响力主要集中在当地,并且以氏族为中心"。也请参照保罗·克罗谢(Paul Cloché)《雅典民主政治》(*La Démocratie Athénienne*), 21,"减弱了氏族的凝聚力"(l'affaiblissement de la cohésion du *genos*)。何奈特(C. Hignett)在《雅典政制史》(*A History of the Athenian Constitution*),132及以下,对这一切持怀疑的观点,某种程度上,这一观点建立在他对"雅典政制"(*Athenaion Politeia*)可靠性的批判态度的基础上。

越来越倾向于质疑,甚至否认这么一个对克里斯提尼改革目的和效果的定义,但是这一观点得到了充分的古代证据的支持。例如,亚里士多德在维护民主制度方法的讨论中提到,"例如克里斯提尼在雅典用以促进民主势力的各种措施……应该建立新的部族与宗社;应该对家族私有的宗教仪式加以限制,并且将它们转变为公共仪式;总之,应该施行种种方法使全体公民脱离狭隘的关系和传统的信仰,尽可能地互相融合。"(《政治学》,1319)新的政制(constitution)甚至改变了一个人定义自己的方式;从此以后,在他的官方名称中,他的名字后不再加上基于父亲名字的姓,而是加上自治区的名字。[26] 政治改革者们如此彻底地介入我们称作私人关系的领域,在某种程度上显示出,对家庭古老的忠诚强烈到甚至可以被视作对新的民主制度的挑战和威胁。并且实际上,希腊城邦的历史本身就具备很有说服力的证据,证明了危机时刻中的人们往往站在血缘至亲的一边,哪怕这意味着内战或对城邦的背叛。

---

[26] 亚里士多德《雅典政制》(*Ath.* 21,4)。何奈特否认了这一观点(138页及以下),虽然克罗谢表示赞同(21)。在《亚里士多德的雅典政制》(*Aristotle's Constitution of Athens*),164关于这个问题的讨论中,库尔特·弗里兹(Kurt von Fritz)与弗朗克·卡普(Frank Kapp)似乎找到了一个很好的中间立场。"正如阿提卡的文学作品所展示出来的,'出身好'的人们即便在克里斯提尼改革之后,仍互相以父亲之名称呼对方,但在所有的公共官方事务中,他们的称呼都是他们的名加上自治区的名字。然而,人们渐渐开始习惯在官方场合使用父亲的名字加自治区的名字来称呼彼此。在公元前4世纪的碑文中,我们发现这已经成为惯例。"

家庭与城邦之间的历史对抗对狄奥尼索斯剧场而言早就不是新鲜事了，这是埃斯库罗斯《复仇女神》中复杂构架的线索之一。在这部剧中，古老的家族原始正义与被害者的亲属伸张的个人正义导致了无法解决的两难境地——俄瑞斯忒斯谋杀了他的母亲。通过确立一种新的审判制度，他们找到了出路，这一制度由雅典娜女神开创并由雅典城邦执行；由城邦承担起血缘至亲的古老责任。亚略巴古法庭（Areopagus）在第一个决定中主张民事婚姻制度——两个没有血缘关系的人之间的联系——优先于血缘关系的古老纽带；法庭认为妻子谋杀丈夫比儿子谋杀母亲更加道德败坏。这一判决毫无疑问以政治环境为背景；雅典娜发言的主题是雅典民主，雅典民主的制度、问题及其伟大的未来。埃斯库罗斯所展示的是，摒弃血缘关系至高无上的地位是雅典民主进程中的关键阶段。并且引人注目的是，在他的伟大构想中，古老、原始的基于血缘关系的忠诚自始至终与女性联系在一起：舞台上的克吕泰涅斯特拉与复仇女神厄里倪厄斯，三联剧意象中的前奥林匹斯神的怪物，她们绝大多数都是女性——斯芬克斯、蛇发女妖（Gorgons）与哈耳庇厄（Harpies）。位于《祭酒人》中心位置的合唱歌（stasimon，同样也是三联剧的中心）探讨黑暗、女性性暴力，以之作为原始人类世界主宰力量的主题，那是一个"天地养育了许多吓人的生物，深海的水湾里满是心怀怨恨的妖怪"（《祭酒人》，585–588）的时代。新的政治制度从城邦的第一个主张婚姻纽带优先于血缘关系的决定开始，在另一方面也自始至终与男性联系在一起：阿伽门农的伟大之处被一再强调，这成为《复仇女神》中的一大特点；阿波罗是最典型的男性神祇；雅典娜由男性所生，并且她表明自己对男性的偏好。这一将人类进步视作男性与女性、城邦与家庭之间斗争产物的观点究竟有着什么样的人类学与历史学基础，至今仍是一个充满争议、引发诸多讨论的问题；也许我们对此永远不能给出一个完整而意见一致的答案，但通过对《俄瑞斯忒亚》的结构、行动及意象的研究，我们能够从中得到一些启发。阿提卡悲剧是一种非常大众、非常公共的艺术形式，所以我们必须考虑到公元前5世纪的雅典观众对这一观点的基础与背景环境十分熟悉。在《安提戈涅》中，我们看到了同样的根本对抗与同样的措辞。在与城邦的对抗中（βία πολιτῶν，79，907），坚持主张她对血亲的责任高于一切的，是一个女人；而声称城邦权利完全超越了类似义务的，是一个男人；他认为，城邦有权利要求公民的忠诚，即便这意味着背叛埋葬血亲这一古老而神圣的责任。

在一开始，索福克勒斯就通过大量短句向我们强调了安提戈涅对血亲高于一切的忠诚（其中的许多用词看起来都是剧作家的新创造）[27]，这些短句突出显示了同母胞亲之间的亲密与团结。几乎无法翻译的第一行——ὦ κοινὸν αὐτάδελφον Ἰσμήνης κάρα，"伊斯墨涅，共同的亲妹妹

---

[27] 例如，"和她自己的孩子一起"（αὐτογέννητος，864），"彼此爱护"（συμφιλεῖν），"彼此憎恨"（συνεχθεῖν，523）。

呀"——在开场序曲中为这一主题拉开了序幕。当然,这一主题在贯穿前半部戏剧的安提戈涅与伊斯墨涅的语言中得到了充分的发展。安提戈涅称波吕涅刻斯是"我母亲的儿子"(466-467)以及"我自己的哥哥"(αὐτάδελφον, 503);[28] 她认为尊敬"同母弟兄"(τοὺς ὁμοσπλάγχνους, 511)没有什么可耻的——在索福克勒斯作品中,"同母弟兄"一词只在这里出现了一次,这无疑强调了哥哥与妹妹之间生理上的亲密联系。[29] 她轻易地将克瑞翁的法令置于一旁,说道:"他没有权力阻止我同我的亲人接近。"(τῶν ἐμῶν <μ'> εἴργειν μέτα, 48)这一表达将克瑞翁的行为视作对私人关系的干涉而加以拒绝。并且在最后一番话中,安提戈涅提到她要随"她的亲人"而去(πρὸς τοὺς ἐμαυτῆς, 893)。

姐妹两人对话中大量的双数形式(the dual number)也着重强调了血缘关系的亲密。整个开场,她们都在谈论自己(在戏剧的前63行中,姐妹两人使用这种形式谈论她们自己的例子有足足7个);并且,她们自己也将两人视作一个整体。[30](值得注意的是,在伊斯墨涅拒绝帮助她的姐姐埋葬波吕涅刻斯之后,她们都不再在对话中使用双数形式了。)[31]

---

[28] 在第696行重复了一次。
[29] 在所有悲剧中,这个词只在埃斯库罗斯的《七将攻忒拜》(890)中出现过一次(用于描述厄忒俄克勒斯与波吕涅刻斯)。
[30] 3, 13, 21, 50, 58, 61, 62。
[31] 厄勒克特拉只在试图劝克律所忒弥斯与她一起攻击埃癸斯托斯时,才用这种形式与妹妹说话(在《厄勒克特拉》, 977-985中,共有14次双数形式)。

并且当人们提到兄弟两人时，也总使用这种古老的双数形式；这使得他们身份的区分变得模糊——更确切地说，这种形式强调了当他们与世界为敌时二者间紧密的联系。[32]对安提戈涅与伊斯墨涅而言，兄弟两人是一个不可分离的整体；[33]并且，她们在提到兄弟俩时对这一形式的使用令她们与克瑞翁之间的差距显得格外清晰：她们无法想象兄弟俩彼此分开，[34]而克瑞翁则明确区分兄弟之中的爱国者与反叛者。当安提戈涅引述克瑞翁的公告时，她指出了这一差别："克瑞翁不是认为，在我们（νῷν，双数形式）两个哥哥（κασιγνήτω，再次使用双数形式）葬礼的问题上，一个应该享受安葬的荣誉（τὸν μὲν），另一个则活该受到暴尸街头的耻辱吗？"（τὸν δ᾽，21-22）在这两行中，用于展现两种忠诚不同之处的语法及句法绝妙而简洁：对家庭的忠诚视兄弟俩为一个整体，而对城邦的忠诚则将他们分开并使他们对立。

最能透露安提戈涅想法的词是"*philos*"，意为"亲爱的""心爱的"。这个词涉及的范围很广：从中意的物件或所爱之人到最表面上的"朋友"。但它的基本和原始含义是"亲近而深爱的人或事"，我们可以从它在荷马笔下作为物主形容词（possessive adjective）的使用中清楚地看出：φίλον

---

[32] 13，21，55，56。

[33] 参照亚里士多德《尼各马可伦理学》（*EN* 1161b）：兄弟之间因同源而相亲相爱，因为他们与这一来源的关系使彼此间密切相关，这就是我们说"同一血缘"或"同一家族"的原因。

[34] 在一开始，甚至歌队也对兄弟俩使用这种形式（143-145）。但克瑞翁从来没有用过。

ἦτορ，"我的心"[35]。因为其对我而言是最亲最近的。[36]将这一含义扩展到一个人最亲近的亲属[37]实属自然平常，再进一步扩展到他的"朋友"也是如此。到索福克勒斯的时代，这个词根据语境既可以表达"近亲"的含义，也可以指代"朋友"。索福克勒斯在安提戈涅和克瑞翁的对话中非常巧妙地利用了这一模棱两可的特性。因为拥有"亲属"这一含义，这个词所描述的处境一方面是根据出身随意地强加在人身上的（并不如"朋友"一样取决于人的选择），另一

---

[35] 也请参照例如《奥德赛》(*Od.*)，8.233，"我的双腿"（φίλα γυῖα）；《伊利亚特》，22.58，"你宝贵的生命"（φίλης αἰῶνος）；7.271，"他的膝头"（φίλα γούναθ᾽）。

[36] 阿德金斯（A. W. H. Adkins）在"荷马与亚里士多德中的'友谊'与'自给自足'"，*CO*，XIII，30–45页中向我们提供了一个关于荷马作品中"φίλος"（被爱的，亲爱的）与"φιλεῖν"（爱）两个词的精彩讨论。他是这样定义那些军队首领的心爱之物（φίλα）的："他拥有自己的肢体以及心理功能，他的工具、武器、财产与属地；并且他还有他的妻子，孩子，奴隶以及其他家眷。"（33）

[37] 关于"φίλος""φιλία"的这一含义，参照亚里士多德《诗学》，53b，20及以下："当惨剧发生在血亲之间，正如兄弟杀了兄弟，儿子杀了父亲，母亲杀了儿子，儿子杀了母亲。"（ὅταν δ᾽ ἐν ταῖς φιλίαις ἐγγένηται τὰ πάθη, οἷον ἢ ἀδελφὸς ἀδελφὸν ἢ υἱὸς πατέρα ἢ μήτηρ υἱὸν ἢ υἱὸς μητέρα ἀποκτείνῃ.）厄尔斯将 ἐν ταῖς φιλίαις 翻译为"家庭纽带范围内"（229）并且评论说（349），在这段话中，φιλίαν（52a, 31）不是"友谊"或"爱"或任何其他的感情，它是"亲属的客观状态"（*the objective state of being* φίλοι），这亲密源于血缘关系的纽带。琼斯（58，注释2）引用了这段话并且赞成其中的观点，他稍后指出（117–118），"俄瑞斯忒斯用了最高级'最亲爱的'（philtatos）来形容他的母亲，虽然事实上他们两人互相仇恨"，以及，虽然厄忒俄克勒斯与波吕涅刻斯兄弟二人在《七将攻忒拜》中是死敌，却仍旧被称作"亲人"（*philoi*），两人息息相关（971）。也请参照巴库利德斯（Bacchylides），5.131（斯奈尔[Snell]版）。

方面更是不可改变的（朋友可能变成敌人，但一个亲属无论做了什么，血缘关系都不会改变）。对安提戈涅而言，波吕涅刻斯是她的 *philos*，是她亲哥哥，他永远也不会成为敌人，*echthros*；但克瑞翁不能接受波吕涅刻斯作为一个敌人，*echthros*，被当作 *philos* 即朋友一样对待。

在安提戈涅的话中，这个词始终指的是与她有血缘关系的人。她问伊斯墨涅："也许你还不知道敌人应受的灾难正落到我们的朋友们身上？"（πρὸς τοὺς φίλους [*philous*] στείχοντα τῶν ἐχθρῶν κακά；10）这是杰布的翻译，他对这一行的解释是正确的：波吕涅刻斯同样正在遭受敌人阿尔戈斯斗士们暴尸街头的命运。[38] 但这里的 *philous* 不能解释为"朋友"。如果忒拜人确实有死敌的话，那个人就是波吕涅刻斯。他成为 *philos* 只是因为他是安提戈涅和伊斯墨涅的亲哥哥。并且，在她的回答中，伊斯墨涅在完全相同的意义上使用了这个词（οὐδεὶς μῦθος ... φίλων，11）。然而，即使意识到血缘关系要求的正当性，并且声明会请求亡兄的原谅，伊斯墨涅仍然没有勇气与城邦对抗。而那个有反抗勇气的安提戈涅，通过语气强烈地重复同样一个词来表明她的决心："我将同他躺在一起，亲爱的人陪着亲爱的人"（φίλη μετ᾽ αὐτοῦ κείσομαι, φίλου μέτα，73）；她要去为她"最爱的哥哥"（ἀδελφῷ φιλτάτῳ，81）起个坟墓。并且伊斯墨涅以同样的词

---

[38] 亚当斯（45）认为，她在这里并不意在捍卫所有死者得到埋葬的权利。"无论正确与否，敌人都被剥夺了得到埋葬的权利；但令她无法忍受的是她的哥哥无法享受葬礼。"

认可了她的忠诚:"你虽然愚蠢,但你爱的人们却认为你是有爱心(loving)的。"(τοῖς φίλοις δ᾽ ὀρθῶς φίλη, 99)[39]在安提戈涅的告别演说中,这个词再度被着重强调:"我很希望这次作为一个被深爱的(φίλη)女儿,受到我父亲的欢迎,母亲啊(προσφιλής),我希望受到你的欢迎,哥哥呀,我也希望受你欢迎。"(898-899)正如她自己所说,她要去找"她的亲人"(πρὸς τοὺς ἐμαυτῆς, 893)。在安提戈涅谈论自己将回归死者世界中真正完整的家庭的背景下,连续三次的重复,展示出 philos 这个词对她的意义。因此之前,当安提戈涅为自己的死亡哀悼时,正如她所说,这世上已经没有亲人能在她的坟前为她尽家庭的义务,所以她只能自己唱挽歌;她将自己视作一个"没有亲人(philoi)哀悼"(φίλων ἄκλαυτος, 847)的人,她是 aphilos(876)的,孤苦伶仃,"没有一个我爱的人将为我哭泣"(οὐδεὶς φίλων στενάζει, 882)。鉴于这一切,我们必须理解安提戈涅对克瑞翁的说法作出的著名回应,后者声称为背叛者波吕涅刻斯举行葬礼会令城邦的保卫者、他的兄弟厄忒俄克勒斯感到愤恨:"可是我生来不喜欢跟着人恨,而喜欢跟着人爱。"(οὔτοι συνεχθεῖν ἀλλὰ συμφιλεῖν ἔφυν, 523)"我生来"——ἔφυν——一词字面上的力度在这里非常

---

[39] 杰布倾向于认为,这里指的是"对亲友们而言,你是*被深爱着*(dear)的",这里的亲友指的是死去的哥哥和有爱心的妹妹(loving sister)。但正如他自己所指出的,在欧里庇得斯的《伊菲革涅亚在陶里斯》,610完全一样的句子"τοῖς φίλοις δ᾽ ὀρθῶς φίλος"中,φίλος 在语义上是主动的。

重要；忠诚的决定性因素不是一个人的公民身份，而是他的出身——"我生来不是为了参与他们彼此间的政治仇恨，而是为了爱他们，因为他们是我的亲哥哥"。对她而言，即便他们彼此杀害了对方，他们之间爱的亲缘关系都是无法改变的；她确信死去的厄忒俄克勒斯会赞同她的行为，如果他还活着，他自己也会埋葬他那死去的兄弟。的确，只在一种情况下人们会彻底切断血缘关系的纽带：背叛血缘关系所赋予的神圣义务。安提戈涅确实否认了一位家庭成员与自己的亲属关系，这个人就是伊斯墨涅。"只在嘴上说爱的亲人我不喜欢。"（λόγοις φιλοῦσαν ... οὐ στέργω φίλην, 543）她刻薄地说。并且从这以后，在她的话中，伊斯墨涅就好像不存在了一样。她提到自己没有任何亲属为她的死亡哀悼，她称自己为家族里的"最后一个"（λοισθία, 895），她是王室"剩下的唯一后裔"（μούνην λοιπήν, 941）。

安提戈涅的对手克瑞翁非常清楚地认识到她的忠诚的类型与本质，他对此也说得很明白。"我一定要把她处死，"他告诉海蒙，"让她向亲属的保护神宙斯呼吁吧。"（ἐφυμνείτω Δία ξύναιμον, 658–659）[40] 此前，他已经将

---

[40] 当然，他的意思是"就让她呼吁亲属的保护神宙斯以祈求我的仁慈吧"；她的脑子里除了这个，就没有什么别的想法。但是宙斯的这一头衔（很明显在别处都没出现过）将注意力（类似于487的"Διὸς ἑρκείου"）吸引到安提戈涅的忠诚的种类与本质上。他的意思也可能是"就让她呼唤家属的保护神宙斯来惩罚我吧"；之后，同样的词也出现在欧律狄刻对克瑞翁的诅咒中："她指控你对两个孩子的死亡要负责任。"（κακὰς / πράξεις ἐφυμνήσασα τῷ παιδοκτόνῳ, 1304–1305）

ξύναιμος（亲属）一词用于形容兄弟俩（198）及姐妹俩（488）了。[41]并且他也刻意说明，通过处死主张对亲人忠诚的安提戈涅，他表明自己拒绝忠于血缘关系的态度："不管她是我姐姐的女儿，或者比任何一个崇拜我的家神宙斯的人和我血统更近（τοῦ παντὸς … Ζηνὸς ἑρκείου），她都逃不过死亡的惩罚。"（486-488）

在对家庭的敬奉中，她完全忽略了城邦的权利。正如我们所见，她开场演说的前六行在句法和词汇方面都暗示了她的心态完全局限在血缘关系的范畴里。当她在第七行第一次提到城邦时，就将它视为威胁和敌人。安提戈涅并不使用"僭主""暴君"（τύραννος）之类的词，这些词也许能够在政治术语的层面上为她反抗克瑞翁命令的行为辩护；安提戈涅在描述这一命令时所用的语句，会令观众想起他们自己的民主制度的合法权力与方式。她谈到一个由"我们的将军"（τὸν στρατηγὸν, 8）"向全体人民"（πανδήμῳ πόλει, 7）颁布的命令，"将军"一词也许向雅典人暗示了公元前5世纪的民主领袖所担任的职务，"人民的首领"（προστάτης τοῦ δήμου）——事实上，这一公职从伯里克利本人开始，并已持续多年。[42]针对伊斯墨涅的反对——"全城的人都不许埋

---

[41] ξύναιμος（亲属，氏族）是索福克勒斯最喜欢用的一个词（在《安提戈涅》之外出现的情况请参照：《埃阿斯》，727，977；《厄勒克特拉》，156；《俄狄浦斯在克洛诺斯》，943，1355，1374）。出乎意料的是，这个词似乎并没有出现在其他的古典作家中。（甚至 συναίμων［亲属的］一词也主要通过碑文被证实。）

[42] 关于这一问题，参见艾伦伯格，105及以下。

他"(ἀπόρρητον πόλει, 44), 她的回答非常简洁:"他是我的哥哥。"而当伊斯墨涅强调法令的权威性时(νόμου βίᾳ ... ψῆφον τυράννων, 59-60), 安提戈涅根本不予回答; 并且当伊斯墨涅坦承自己没有力量"和城邦对抗"(79)时, 她当作一个"借口"(80)而不予考虑。她的忠诚是极端而排他的; 她永远也不会接受城邦对她的任何要求, 实际上, 她根本就无视了城邦的存在。

然而戏剧开头的几幕场景明确指出, 此时此刻, 即便是城邦也需要忠诚。开场当然是为展示安提戈涅的视角而设计的, 但即便在开场中, 我们也意识到了忒拜勉强才逃脱的危险以及它仍然面临的危急处境。阿尔戈斯军队昨夜(ἐν νυκτὶ τῇ νῦν, 16)才刚刚撤退, 而现在天还没有亮; 姐妹俩的对话是她们这两个密谋者在黑暗中(κρυφῇ, 291)的窃窃私语, 那天夜里, 忒拜城刚刚逃脱劫掠与屠杀, 但因为国王战死沙场, 整个城邦群龙无首。[43]

---

[43] 杰布"昨夜"的翻译得到类似"这一夜"(νυκτὸς τῆσδε)、"在这一夜"(νυκτὶ τῇδε)等相似之处的支持, 它们不包括确切的"现在"(νῦν)。"Ἐν ἡμέρᾳ τῇ νῦν"可以解释为"今天这一天", 参照《俄狄浦斯王》, 351-352;《埃阿斯》, 801-802。开场的戏剧时间是夜晚; 按照戏剧的时间, 太阳在第100行时升起, "阳光啊……你终于发亮了"(ἀκτὶς ἀελίου ... ἐφάνθης ποτ᾽)。安提戈涅是在破晓之前, 在守卫们第一次履行他们的职责之前, 往波吕涅刻斯的尸体上盖了一层细沙; 正如杰布所说, "第一轮值班的守卫"(ὁ πρῶτος ... ἡμεροσκόπος, 253)是"第一个看见这一切的人"。(杰布的时间顺序有些混乱; 他将开场的时间描述为"黎明", 这样的话, 安提戈涅就没有时间在"第一轮值班的守卫"上岗之前到达尸体所在地。)如果开场的戏剧时间是拂晓之前, 这就解决了批评家们在两次埋葬的无聊问题上提出的"难题"之一。(转下页)

随着歌队进场，我们第一次充分感受到城邦的情绪，并通过同邦市民而非姐妹俩的眼睛看波吕涅刻斯。他是一个城邦的背叛者，他带来一支外国军队劫掠自己的城邦。歌队非常明白如果波吕涅刻斯获得胜利，城邦将面临的后果，但他被击败了，歌队唱道："在他的嘴还没有吸饮我们的血，在火炬还没有烧毁我们望楼的楼顶之前。"（120及以下）[44]安提戈涅与伊斯墨涅在沉默中忽略了波吕涅刻斯有罪的事实：对于公元前5世纪的希腊人而言，他犯下的是他们所能想象到的最令人发指的罪行，应受到最残酷的惩罚；在索福克勒斯时代的雅典，背叛祖国的人确实被剥夺了葬在这片

（接上页）"显而易见的是，第一次埋葬不可能是安提戈涅所为。波吕涅刻斯在夜里被埋葬，直到第一轮值班的守卫上岗才被发现。而开场展示出的场景中至少有些许亮光。"（47，注释6）阿提卡舞台上夜晚的场景只需要通过简单地提及几个词就可以表现出来（正如这里的"昨夜"[ἐν νυκτὶ τῇ νῦν]），《阿伽门农》的开场是一个很好的例子（"夜里"[νυκτός], 22），也请参照欧里庇得斯《瑞索斯》（Rhesus）: 13, νυκτῶν; 17, νυκτῶν。以及《伊菲革涅亚在奥利斯》, 6, τίς ποτ' ἄρ' ἀστὴρ ὅδε πορθμεύει;《厄勒克特拉》, 54, ὦ νὺξ μέλαινα, 参照78—79, ἐγὼ δ' ἅμ' ἡμέρα ... σπερῶ。布拉德肖（A. T. von S. Bradshaw），在"《安提戈涅》中的守卫场景"（The Watchman Scenes in the Antigone）, C2（11.1962）, 203—204中（对整个充满争议的问题进行了精湛的重新考察，去除了许多无用的内容），对开场的戏剧时间得出了同样的结论。

[44] 克瑞翁之后也提到了波吕涅刻斯嗜血的意图（199及以下）。我们很难理解为什么亚当斯（46）认为"即便是背叛者也不会怀有这种意图"。波吕涅刻斯的盟友提丢斯（Tydeus）与卡帕纽斯（Capaneus）是众所周知的暴力的人，并且根据埃斯库罗斯的说法，后者还用一块刻着"我要烧毁这座城市"的盾牌攻击城市（《七将攻忒拜》, 434）。在《俄狄浦斯在克洛诺斯》中，俄狄浦斯（1373）与安提戈涅（1421）都认为波吕涅刻斯的目的是摧毁（ἐρείψεις, κατασκάψαντι）忒拜。

城邦土地上的权利（虽然我们并没有关于亲属不能在别处安葬尸体的记录）。[45] 这首合唱歌为克瑞翁的出场做了铺垫，他现在就要来代表城邦讲话了。

他的发言听起来像是某种就职演说，公开宣布他治理国家的指导原则，主张城邦高于一切。唯有城邦，他说，"才能保证我们的安全"（ἥδ' ἐστὶν ἡ σῴζουσα, 189）；这艘国家之船必须不惜一切代价保持平稳的航行（ὀρθῆς, 190）。为了保证城邦的利益，我们必须牺牲个人的友谊（φίλον, 183）以及——正如我们将看到的，他非常明白这个词的另外一重含义——家庭的责任。

对我们这些20世纪的读者而言，这一演说，尤其这个就今日而言已经太过陈旧并被滥用了的国家之船的意象，不能给我们带来任何公元前5世纪的观众们曾感受过的震撼。血缘关系对我们来说并不那么重要，我们没有经历过家庭与国家间的冲突。但是更重要的是，国家的概念对我们而言太过古老，并且在我们熟知的历史中，以国家之名犯下的滔天罪行更是数不胜数。我们的父辈是在历史上较早认识到国家至高无上的地位是个人自由的最大威胁的一代人；我们自己也活在对利维坦——民主国家的涉及方方面面的官僚主义制度——长久的恐惧之中；我们更害怕独裁政治——我们已经两次见证了独裁统治在德国与俄国是多么轻而易举地利用国家权力，狡猾而残忍地扑灭了自由之光。我们本能地怀疑那

---

[45] 参见莱斯基（1），114，关于讨论与文本。

些以国家为由反对个人自由的演讲者,即使在危急处境中我们有可能会同意他的观点。对我们而言,眼下的危险不是削弱政府可能带来的无序状态,而是随着国家权力的持续增长,我们作为个体的自由可能会消失不见。克瑞翁说:"如果有人把他的朋友(*philon*)放在他的国家之上,这种人我瞧不起。"1939年,对索福克勒斯很有研究并对克瑞翁演说颇有独到见解的福斯特(E. M. Forster)写下了这句著名而令人震惊的话:"我讨厌一切目标或原则,如果我必须在背叛祖国与背叛朋友间作出选择的话,我希望自己能有勇气背叛祖国。"[46]这当然是一个非常极端的声明,这是对第一次世界大战期间所使用的愚蠢宣传手段的苦涩记忆的产物,福斯特刻意地以耸人听闻的措辞将其表达了出来。然而尽管形式比较极端,这一声明仍表现出了一种文明的现代人意识中的感情。

在公元前5世纪的雅典,人们根本不可能写下这种声明,更别提在公共场合说此类的话了;胆敢表达这种观点的人一定会被当作犯罪的疯子一样对待。对城邦的忠诚不是一个抽象的"原则",而是实际的需要。城邦之间的战争与冲突对人们来说简直是家常便饭,并且在这样一场战役中落败可能意味着被屠城与被奴役;在亚历山大(Alexander)大帝征服众多独立小城邦,建立希腊化时代的辽阔帝国之前,每一个希腊公民都明白,他的个人自由、财产甚至性命只有在

---

[46]《我所相信的》(*What I believe*)。

全体公民团结一致坚持不懈地付出努力与牺牲的情况下，才能得到保护。现代国家在紧急情况下对公民们忠诚献身的要求——"祖国在危难之中"（*la patrie en danger*）——对长期与邻邦处于战争状态的希腊小城邦而言，是一项固定的需求；祖国永远在危难之中。但城邦不仅仅是一个保护个体不受外界侵犯的共同体，它同时也是一种保护自身文明，并使自身与毗邻的北方蛮族部落区分开来的组织形式。城邦制度守卫着它赢得的一切，守卫着它建立起来的一切：斯巴达的欧诺尼亚（*eunomia*），即法律的约束；雅典的"直言"（*parrhesia*），即言论的自由。雅典民主政制（Athenian democratic constitution）背后有着一段很长的暴力、无序以及独裁的历史；雅典人为此努力奋斗，甚至付出了流血牺牲的代价，他们英勇地抵抗外来侵略者及内部的叛徒。城邦制度是雅典现在所享有的文明的唯一保障。那个在葬礼演说（Funeral Speech）上为雅典给予公民们个体自由而自豪的伯里克利，随后也提醒公民们城邦比个人更重要[47]："我认为，对城邦中的个体更有好处的是城邦作为整体航行在正确的航线上（ὀρθουμένην——克瑞翁之语），[48]而非每个公民个体都繁荣富裕但城邦作为共同体却在错误的道路上。发国难财的人最终也会因国难而失去他的一切，但若国家繁荣强大，个人尽管面临厄运，也会受到保护。"（διασῴζεται——又一克

---

[47] 修昔底德《伯罗奔尼撒战争史》（*Th.*），2.60。
[48] 190："航行在正确的航线上。"（ταύτης ἔπι πλέοντες ὀρθῆς）

瑞翁之语)[49]

对雅典公民而言,城邦似乎是从野蛮到文明漫长发展过程中的制高点。在克瑞翁的声明之后,歌队在那著名的合唱曲中歌颂了人类的进步:人从无助地臣服于自身所处的环境开始,直到最终建立了城邦。他征服了大海与陆地,飞鸟、游鱼与野兽,他学会了怎样运用语言以及"怎样养成社会生活的习性"(ἀστυνόμους ὀργὰς)。这一共同体,这一"城邦",保护他已经取得的进展,并使他进一步的发展成为可能。[50] 人乘着城邦这艘船向前航行,必须不计代价地保证它平稳地航行在正确的道路上。

克瑞翁在一个临时长老会议(σύγκλητον, 160)上发表了他的就职演说,他召开这一会议是为了讨论一个问题(προύθετο λέσχην, 161)。这几句话强烈地暗示了雅典的政制程序(constitutional procedure)[51],并强调了克瑞翁发表讲

---

[49] 189:"唯有城邦才能保证我们的安全。"(ἥδ᾽ ἐστὶν ἡ σῴζουσα)杰布关于这些相似之处的论述极为精彩。他否认了杜布瑞(Dobree)认为修昔底德与索福克勒斯对对方作品互相了解的观点,他谈道:"诗人与史家真正的共同之处是他们对伯里克利时期雅典的总体看法。"

[50] 这著名的颂歌不仅仅是一段人类发展的历史,更表达了对人类未来的信心(这并不意味着索福克勒斯同意这一看法)。从第360行开始就非常明确:"对未来的事也样样有办法。"(ἄπορος ἐπ᾽ οὐδὲν ἔρχεται τὸ μέλλον)19世纪"希腊人没有表示进步的词"的说法还是获得了过多的关注。他们可能没有一个确切的词来表示"进步",但他们创造了这一概念。

[51] 参见杰布对这些词的注释。但他评论道:"σύγκλητος(一个因特别原因而召集的会议)一词虽然在雅典是一个专用术语,但阿提卡诗人仍然可以如常使用,并且不会让人联想到任何当地的政论散文。"——这一观点现在听起来有点不合逻辑。

话时作为城邦代表的身份。[52] 他说道:"我不会尊重一个把朋友(philos)放在祖国之上的人。"他自己要遵守这样的原则;如果他看见任何灾祸逼近了城邦,一定会发出警告,同时也不会把城邦的敌人当作自己的朋友(philos,185及以下)。philos是一个含义不清的词;他意图禁止埋葬波吕涅刻斯——他姐姐的儿子,这表明,在他公开声明中的"朋友"这个一般意义背后,还隐藏着"血亲"这一特殊含义。克瑞翁继续证明他行动的合理性,虽然截至此处他还没有公布这个行动的内容。城邦保证我们的安全,要等我们在这只船上平稳航行的时候,"才有可能结交朋友"(τοὺς φίλους ποιούμεθα,190)。这里的意思非常明确:我们可以选择朋友,却无论结果好坏都不能选择亲人;城邦的朋友就是我们的朋友,城邦的敌人就是我们的敌人。通过使用ποιούμεθα一词,这一含义被着重强调;这个词通常用于表示"收养"一个小孩。我们在城邦的保护下并为着其利益建立的友谊为我们提供了一个新的、不会令我们陷入与城邦的冲突的家庭。

现在,"依照这些原则",他接下来公布了法令。但他

---

[52] 德摩斯梯尼(Demosthenes)(19.247)曾在法庭上引用第175–190行来攻击埃斯基涅斯(Aeschines),他曾经演过《安提戈涅》中的克瑞翁,非常熟悉这一内容)。这并不像艾伦伯格(59)认为的那样,展示出"德摩斯梯尼的话中完全没有讽刺意味";当有需要时,没有人能像德摩斯梯尼一样具有讽刺意味。这里真正展示的是情绪表达的"普遍可接受性"(博拉[C. M. Bowra],《索福克勒斯悲剧》[Sophoclean Tragedy],68),即便已经过去了整整一个世纪。

的用词（ἀδελφὰ τῶνδε, 192）是诗人精心挑选的，字面意思为"（我将要说的）是我刚才那番话的'兄弟'"。这是一个希腊诗歌中很少见的比喻，[53]在这里被用于引入一个分裂两兄弟的法令，这暗示了克瑞翁非常充分地意识到他这番话的立场。厄忒俄克勒斯将获得葬礼与荣誉，但"他的亲生弟弟"（ξύναιμον, 198）波吕涅刻斯的尸体将被暴露给鸟和狗吞食。城邦必须公正地奖惩，无论生前死后，也不考虑家庭。埋葬禁令尤其伤害和侮辱了家庭。"不许任何人哀悼他。"（κωκῦσαί, 204）他这样说道。自古以来，家庭，尤其是家中的女眷就有义务清洁尸首，为尸首更衣，动情地哀唱挽歌以及因为失去亲人悲痛地抓破自己的脸皮。在家庭成员的葬礼上，家族的凝聚力、排他性以及古老的神圣性得到了最大程度的展现。克瑞翁的法令触及家庭忠诚的真正核心。

但克瑞翁没想到自己会遭遇来自这方面的反抗；波吕涅刻斯家族只剩下两个无助的女孩。葬礼未遂的消息让他联想到这可能是政敌所为。他必须尽快找到罪魁祸首。当他最终找到罪魁祸首时，却猛然发现：目前的处境逼迫着他不得不在自己选择的道路上再往前走一步。他在一开始剥夺了他姐姐的儿子得到埋葬的权利，现在为了执行这个决定，他必须处死他姐姐的女儿。

在安提戈涅情绪激昂的辩解与克瑞翁怒不可遏的回答

---

[53] 这个比喻在《俄狄浦斯在克洛诺斯》，1262再次出现。这在柏拉图作品中很常见。

之后，他们进行了一段对话；在这段对话中，城邦与家庭的对立是一个关键的冲突。她唯一一次表明自己得到公民们的支持，却遭到克瑞翁的忽视："在这些卡德墨亚（Cadmus）人当中，只是你才有这种看法。"（508）"如果你的行动和他们不同，你不觉得可耻吗？"（510）歌队没有给她任何支持，她必须改变自己的立场；她声明，尊敬一个同母弟兄，是没有什么可耻的。克瑞翁在政治上将两兄弟区分开来，把厄忒俄克勒斯划到他的阵营。就城邦而言，兄弟俩不仅是两个不同的人，更相互为敌；而就安提戈涅看来，他们几乎是不可分离的一个整体。当克瑞翁试图将城邦视角引入安提戈涅那封闭的、忠诚于血缘的世界中时，他毫无疑问失败了；她对此完全不予接受。他说道："敌人绝不会成为朋友（也绝不会被视作亲人），甚至死后也不会。"（522）但她选择了站在"兄弟之爱"（συμφιλεῖν，523）这一边。克瑞翁不再与她争论："你如果一定要爱，那么就到冥土去爱他们吧。"（524-525）

这个执行死刑的决定使他更深地陷入家与国的冲突之中。他先是禁止埋葬自己的外甥，然后发现自己正在宣判另一个外甥女的死刑，并且这意味着毁掉儿子的婚姻。克瑞翁此刻必须面临的问题关乎他自己的亲生骨肉，海蒙。海蒙这个名字本身恰恰强调了他们之间的血缘关系。[54]

---

[54] 关于海蒙（Haemon）这一名字的文字游戏，见794，"血亲之间的冲突"（νεῖκος ἀνδρῶν ξύναιμον，父亲与儿子间的争执），以及1175，"海蒙死了。是被一只他熟悉的手了结的"（Αἵμων ὄλωλεν. αὐτόχειρ δ' αἱμάσσεται）。

没有什么可妥协的。他告诉儿子，安提戈涅的最终判罪是石刑（τελείαν ψῆφον，632）——这是他慎重考虑的政治决定，已经正式得到确认。[55]他问海蒙是不是来"质疑"他这个父亲的——"还是说无论我做什么（πανταχῇ δρῶντες，634），你都爱我？"（σοὶ ... φίλοι）这里并不存在什么相互让步；他将坚持维护他所认为的城邦利益，即使这意味着失去他唯一剩下的儿子的爱。海蒙的回答则很温和，克瑞翁赞扬了海蒙的忠诚并且庆幸自己有一个好儿子。海蒙必须放弃安提戈涅，"带着轻蔑的憎恨"（πτύσας，字面上意味着"吐唾沫"），就好像她是个敌人一样（δυσμενῆ，635）。城邦的要求不仅比对血缘氏族的忠诚更加重要，甚至还凌驾于一个年轻人对他的未婚妻热烈的爱之上。这一幕之后的歌队合唱歌更进一步证实了这一点——那著名的爱的颂歌（"爱情啊，你从没有吃过败仗"[Ἔρως ἀνίκατε μάχαν]，781及以下）。

对克瑞翁而言，家庭是某种政治品质的训练场。在这一范围内，最大的善是秩序（κόσμος）。[56]通过遵守家庭秩序，海蒙将展示出他有能力成为一位好公民以及一位有德行的统治者。"善于治家的人（ἐν τοῖς ... οἰκείοισιν，661）才能成为城邦的真正领袖。"同样，克瑞翁将通过使他自己的家

---

[55] 参照632注释："他说话的样子，就像一个永远不会改变主意的人。"（τοῦτο δέ φησιν ὡς μὴ μεταβουλευσόμενος）
[56] 参照677，κοσμουμένοις（秩序，命令）；730，ἀκοσμοῦντας（无序，混乱）；660，ἄκοσμα（无序地）。

庭服从秩序展示出他有能力成为一个值得尊敬的领袖。"如果我把生来是我亲戚的人养成叛徒（ἄκοσμα, 660），那么我更会把外人也养成叛徒。"家庭就像城邦一样，忠于首领是成为其中一分子的前提条件；在家庭内部，就像在城邦中一样，服从（πειθαρχία, 676）是保证安全的关键，并且对家庭和城邦而言，最大的威胁都是无序（ἀναρχίας, 672）。"它使城邦遭受毁灭，使家庭遭受破坏，使并肩作战的兵士败下阵来。"（673及以下）

这一连串事件迫使克瑞翁对他的家庭采取越来越严厉的行动，并且为了证明这一行动的正当性，他甚至诉诸更为极端的理由。克瑞翁用来对抗安提戈涅对血缘关系盲目而排他的忠诚的，是同样盲目而排他的对城邦及其统治者的忠诚，也就是对他自己的忠诚。"无论对错，他都是我的哥哥"，这是安提戈涅的立场。克瑞翁对海蒙说："无论对错，我都是你的父亲。"（πανταχῇ δρῶντες, 634）并且他暗指的是"无论对错，我都是统治你的人"。这正是接下来他在这一幕结束之前要说的话："凡是城邦所任命的人，人们必须对他事事顺从，不管事情大小，公正与否。"（ἀλλ' ὃν πόλις στήσειε τοῦδε χρὴ κλύειν / καὶ σμικρὰ καὶ δίκαια καὶ τἀναντία, 666–667）

在此，城邦的发言人表现出甚至比他的敌手更极端、更狭隘的忠诚观。安提戈涅完全无视城邦的要求，但克瑞翁除了忽略家庭的诉求以外，更强制所有公民无条件地服从他，无论他的所作所为是对是错。克瑞翁与安提戈涅的立场对立而不可调和。他们之间的对话（450-525）只能用来展现二者对彼此根本立场的相互抗拒，在这个问题上，出于所有实际的目的，他们只是在自说自话而已。[57]

---

[57] 举例来说，他们对 κόσμος（秩序）有着不同的理解：对克瑞翁而言，κόσμος 意味着他的儿子和全体公民的"纪律"（discipline）；而对安提戈涅而言，指的则是为她的哥哥举行葬礼（参照396，"举行葬礼"[τάφον κοσμοῦσα]；901，"我根据这个原则向你致敬"[ἔλουσα κἀκόσμησα]。也请参见戈亨《意象》[*Imagery*]，17，"两位主角反复不断地对某些常用词产生分歧"）。

第四章 安提戈涅（二）

安提戈涅对血缘关系的排他性忠诚与克瑞翁同样排他的对城邦的忠诚互相冲突，这一问题的特点在于，两种忠诚永远不可能达成和解。不仅如此，宗教观的不同使两个对手间的矛盾变得更加不可调和；他们不仅在政治立场上完全对立，更在神人崇拜的观点上有着根本性的不同。在公元前5世纪的雅典时期，安提戈涅对家庭的忠诚中暗含着一种政治视角，同样，克瑞翁也对宗教有自己的看法；这两点一直没得到充分认识与普遍接受，但事实确实如此。对立的安提戈涅与克瑞翁都求助于诸神以及人类制度，并且双方的恳求都非常真诚。

安提戈涅的宗教观在开场非常清晰地表达出来，就像她的政治忠诚一样，它们都有着比城邦更深、更古老的来源。她对死去的家人有着近乎崇拜的尊敬，并且对冥神也非常虔诚——这些神会因人们没有为死者举行葬礼而大发雷霆。[1]事实上，这是安提戈涅给我们的第一个关于她动

---

[1] 黑格尔也认识到这一点。参照《黑格尔论悲剧》，178，"她如此崇敬的神是哈德斯的'冥府之神'（Dei inferi）"；68，"安提戈涅尊重血缘关系的纽带与下界之神"。

机的暗示。当她第一次向伊斯墨涅描述情况时，她告诉妹妹：克瑞翁已经"埋葬了厄忒俄克勒斯，使他受到下界鬼魂的尊敬"（τοῖς ἔνερθεν ἔντιμον νεκροῖς，25）。但克瑞翁通过他的法令剥夺了波吕涅刻斯获得下界其他死者尊敬的权利。安提戈涅的措辞通常可以通过《伊利亚特》（23.71及以下）中的一个著名片段来理解，在这个片段中，帕特罗克洛斯出现在阿喀琉斯的梦中，要求他快快为自己举行葬礼。"快把我埋葬，好让我跨进哈德斯的门槛！那里的亡魂和幽灵把我远远地赶开。"但在悲剧中并没有类似的暗示；事实上，如果索福克勒斯想让我们认为波吕涅刻斯因没有得到埋葬而游荡在某种灵泊之中，[2]他肯定会明确指出这一点，因为这会是安提戈涅对抗城邦更有力的理由。短语ἔντιμον νεκροῖς所暗示的不仅仅是简单地跨过哈德斯的门槛，通过它的反义词ἄτιμος νεκροῖς（不被死者尊敬），我们可以在距离更近的埃斯库罗斯而非荷马作品中找到相似之处。俄瑞斯忒斯在《祭酒人》中希望他的父亲早就死在特洛伊（345），这样他就能为他的家族留下好名声。歌队继续他的想法："那样一来，你可以在地下受到那些光荣战死的伙伴们的爱戴，显赫无比，成为一个有尊严的国王。"（σεμνότιμος ἀνάκτωρ，356）维洛尔（Verrall）评论："然而现在，他的荣誉受到了损害，因为他的死亡与葬礼受到了侮

---

[2] 参见基托（2），147-148。他尤其擅长"默会假设的学说"（the doctrine of tacit assumption）。

辱。"[3]只有当谋杀阿伽门农（Agamennon）的人受到惩罚，他才能得到其他死者的尊重。即便在死者的国度，τιμή——获得同伴尊重——的问题仍困扰着希腊人。驱使安提戈涅行动的不是一种荷马式的信念，即葬礼对死者跨过生死之门而言不可或缺，而是她对波吕涅刻斯的感情：如果他的尸首得不到埋葬，就会受到其他鬼魂的轻视。她之所以决定要埋葬波吕涅刻斯是为了恢复他的"荣誉"（τιμή）。[4]

安提戈涅第一次提到的所谓宗教动机，事实上只是她对血缘关系的忠诚的延伸。伊斯墨涅的回答也暗示了同样的观念："我会祈求那些冥府中鬼魂的原谅。"（τοὺς ὑπὸ χθονὸς，65）此处我们没有理由把这个短语解释为"冥府中的神"（正如杰布的注释，虽然他加上了"以及波吕涅刻斯逝去的灵魂"），[5]因为在这里神还未被提及，并且安提戈涅对伊斯墨涅的回答只提到了波吕涅刻斯："我要埋葬他……我将与那个我最爱的人躺在一起。"（71，73）然

---

[3] 维洛尔，《埃斯库罗斯的〈祭酒人〉》（*The Choephoroe of Aeschylus*）。这个概念当然不出自荷马（《奥德赛》11.387及以下或24.20及以下中，没有任何对阿伽门农在众死者间未获尊重的暗示——虽然24.30及以下显然是埃斯库罗斯《祭酒人》345及以下的原型）。但是这一观点（死者被剥夺了τιμή，即"荣誉"）也在《祭酒人》485（参照注释）以及《复仇女神》97（"死者中不受尊重的人"[ὄνειδος ἐν φθιτοῖσιν]）中有所体现。也请参照欧里庇得斯《赫卡柏》550及以下。

[4] 参照904，"荣誉"（'τίμησα）；913，"无上的荣誉"（ἐκπροτιμήσασ'）。

[5] 注释："或向波吕涅刻斯，或向冥府之神。"（ἢ τὸν Πολυνείκη ἢ τοὺς χθονίους δαίμονας）对于复数形式的φίλους指波吕涅刻斯的观点，参照 πρὸς τοὺς φίλους，10。

而现在，面对伊斯墨涅的拒绝，她第一次使用了确切的宗教术语："我犯下神圣的罪行"（ὅσια πανουργήσασ᾽，74）；"……只要你愿意，你就藐视诸神所重视的天条吧"（τὰ τῶν θεῶν ἔντιμ᾽ ἀτιμάσασ᾽ ἔχε，77）。在一系列模糊不清的措辞之后，"诸神"一词终于出现。但引出整段声明的短语 ὅσια πανουργήσασ᾽（我犯下神圣的罪行）已经为这一转变做好了铺垫。这个短语令人出乎意料：πανουργεῖν 字面上的意思是"做任何事"，这个词带有很强的市井气息，通常不用在悲剧英雄身上。"罪行"作为这个词的常规翻译，确实减弱了希腊文词语本身的力度；[6]"罪行"一词也许就某种程度上来说可以是伟大的，但 πανοῦργος 一词则带有强烈的轻视之意——它暗示着欺骗、低级的狡猾与道德原则的缺失。[7]通过这个词，安提戈涅挑衅地提前说出了这个世界对她的行为所能作出的最坏指责；[8]无论是这一挑衅行

---

[6] "在我的罪行里，我是无罪的"（杰布），"虔诚地犯罪"（梅奥蒂，176）等等。

[7] πανοῦργος 等词在索福克勒斯作品中用于形容涅俄普托勒摩斯的欺骗（《菲洛克忒忒斯》，927）、奥德修斯的无赖（《菲洛克忒忒斯》，408；也请参照448，对特尔西特斯［Thersites］的谈论）以及阿伽门农的谋杀（《厄勒克特拉》，1387）——通过埃癸斯托斯（《厄勒克特拉》，1507）的"骗局"（δόλος，参照《厄勒克特拉》，197）。这个词总含有对欺骗与谎言的暗示，这也正是阿里斯托芬作品中这个词的一般隐含意义。例如在《骑士》（*Knights*）中，这一暗示成了一个"主题"（*leitmotiv*）（尤其可以参照247及以下）。贺拉斯（Horace）的格言"伟大的谎言"（*splendide mendax*）经常被用来说明这一矛盾修辞法（oxymoron），这两者在内容上比我们通常意识到的更为接近。

[8] 之后，克瑞翁确实用了这个词来形容波吕涅刻斯的葬礼（300）。

为，还是她选择强调克瑞翁权力的法律与政制基础而非通过称他为"暴君"来为自己辩解，都是出于她那轻蔑的骄傲。但她将这个词与另一个词 ὅσια 联系在一起——ὅσια 的意思是"与人类形成鲜明对比的神圣事物"。[9]这一引人注目的并列向我们提前展示了安提戈涅随即将明晰阐述的神权与人类之间的对立。并且在这段演说的最后一行，她第一次提及众神对她的认可与准许；她指责伊斯墨涅藐视神所重视的天条。这是她之前用于形容厄忒俄克勒斯葬礼的措辞："受到下界死者的尊敬"。但她现在扩大了要求；她的行动将不仅恢复波吕涅刻斯的荣誉（τιμή），更"受到众神的重视"。[10]

至此，安提戈涅可以从两个方面要求伊斯墨涅（事实上，在开场曲结束之前，她就回到亡兄对血缘至亲提出的要求上了，94及以下）；对作为妹妹的伊斯墨涅而言，这两个要求都同样合理。但当安提戈涅被押到克瑞翁面前时，她自然着重强调自己作为宗教忠诚捍卫者的立场，宗教忠诚凌驾于人法之上；很显然，在"我犯下神圣的罪行"（ὅσια πανουργήσασ᾽）中，安提戈涅就已经暗示了她的这一立场。她"违背了这些法令"（克瑞翁语），因为这根本就不

---

[9] *LSJ*⁹，该词条下。

[10] 这是一个很独特的短语。Ἔντιμος 一般和与格（dative）连用（参照《安提戈涅》，25；《厄勒克特拉》，239）。杰布在他的注释中说"受到尊敬的众神之事"，这一解释当然是可以接受的，但他的翻译是："众神建立的律法"。注释家称："她没有尊敬众神的神圣事物。而事实上，众神的律法规定，埋葬死者是一件神圣的、理应得到重视的事。"

是[11]"宙斯向她宣布的"（这句话是对宣布法令的克瑞翁轻蔑而尖锐的嘲讽），"并且，那和下界神祇同住的正义之神（*Dikê*）也没有为凡人制定这样的法令"。他指责她"违背"（ὑπερβαίνειν）法令，而她用了更强烈的措辞予以反击，谴责克瑞翁已经"超越"（ὑπερδραμεῖν）并且"废除"了神法[12]："我不认为［你］[13]作为一个凡人，下一道法令就能废除天神制定的永恒不变的不成文律条（*nomima*）。"她用神的*nomima*（习俗、方式与惯例）对抗克瑞翁的*nomoi*——法令（她承认他的公告是一道法令）。这些神的习俗受到时间与宗教的敬畏和尊崇，它们不是刻在石头上的成文法，也不必通过某个集会的批准。它们与成文法有很大的不同，后者由人制定并总在变化之中，[14]而前者则是永恒不变的。"它们的存在不限于今日和昨日，而是永久的"，并且不同于成文法，"没有人知道它们是什么时候出现的"。

围绕这一崇高而著名的片段一直以来都有众多充满争

---

［11］这是来自 τι 的强调语气，在大多数的版本和翻译中都被忽略了。同样，μοι，如第32行中的"λέγω γὰρ κἀμέ"（"我说的是，特别针对着我"），强调了安提戈涅的感受：她认为这个公告是针对她个人的，因为她是死者的妹妹，她有责任为死者举行葬礼。

［12］参照伍德、维克莱："'违背'（ὑπερτρέχειν）一词的意思不是'越过'（ὑπερβαίνειν），但正如舍弗鲁斯（Schaeferus）非常正确地认识到，这个词的意思是'更优越的、更高级的，超越'。"他对比了欧里庇得斯《腓尼基的妇女》，578；《伊翁》，973。

［13］通过 τὰ σά 来理解。

［14］亚里士多德《修辞学》（*Rh.*），1375a："正义是不变的……习俗也不变……相反，成文法经常改变……"

议的讨论，以至于我们很难在这些阐释、反驳与泛泛归纳的困局中找到一条明确的出路。"不成文法"（ἄγραφοι νόμοι）的概念频繁出现在公元前5、前4世纪的文献中，人们很自然地将安提戈涅的演讲与这些片段联系在一起，尤其是伯里克利著名的葬礼演说中提到的"不成文法"（修昔底德《伯罗奔尼撒战争史》，2.37，3）。从亚里士多德开始，安提戈涅的这段话就已经成为不成文法广为流传的证据之一，这段话展现出个人意识的萌发或西方世界首次探索关于永恒、自然或理想的法律的想法。一位在我之前的萨瑟（Sather）讲席教师曾在这段话中找到了"柏拉图'最高理念'（supreme Ideas）的原型"，并因此发现了"从公元前5世纪最高贵的信念直通柏拉图最重要理论的线索"。[15]

然而，当我们试着在戏剧背景下仔细检查这几行的文本本身及其具体措辞时，就会发现其他人都没有注意到的不确定因素。除亚里士多德（其出现时间要晚得多）以外，把安提戈涅的演说包括在不成文法普遍问题讨论中的主要依据是它与伯里克利提到的"不成文法"的相似性。但相似之处是表面上的，这两个段落实际上展现了内容与表达方面根本性的不同。

首先，伯里克利的演说区分了不成文法与成文法[16]（并

---

[15] 菲斯图吉尔，52。
[16]《伯罗奔尼撒战争史》II，37："我们总是遵从在职官员及法律，且尤其遵守那些帮助为不义之事所害者的法律，以及给予反乱者明确羞辱的不成文习俗。"

且在许多其他段落中,它们相互之间冲突剧烈)。[17]但在《安提戈涅》中并没有克瑞翁的法令成文与否的问题,他的公告是一个 κήρυγμα [18]:一个在紧急状况下由传令官宣布的法令,这是一个将军(指克瑞翁,8)在类似我们称为戒严的情况下向人民宣布他的意志的常规方式。[19]如果索福克勒斯使克瑞翁的 κήρυγμα(法令)成为一条"成文法",安提戈涅的表达与伯里克利等人的相似性就会极大地增强,然而艾伦伯格(我非常感谢他在这整个问题上的清晰讨论)认为,我们的剧作家并没有这么做:"索福克勒斯犯了一个也许可以被称为逻辑上的错误,将克瑞翁的法令(视作成文法——译者注)与不成文法对立起来。"(40)如果索福克勒斯对成文法与不成文法的概念在哲学、政治或伦理方面引起的问题感兴趣,那么他毫无疑问犯了一个很糟糕的逻辑错误;如果确实如此,那么这一切就会变得很难理解,因为如果索福克勒斯确实希望关注这个问题,那么他可以非常简单地在剧中直接把克瑞翁的法令变成一道成文法。似乎更有可能的是,索福克勒斯根本就没想到有成文法与不成文法间的对立及其在后世文学中所有相关的哲学问题。

---

[17] 例如,德摩斯梯尼,18.275,23.70。柏拉图,《理想国》,563d;《政治家篇》,295e。

[18] 索福克勒斯重复用这个词及其同源词指他的法令。参照:8,27,32,34,192,203,447,450,454,461。

[19] 例如,可参见修昔底德《伯罗奔尼撒战争史》,2.2,4:忒拜人在他们成功地"迅速控制"(coup de main)城市之后向普拉提亚邦(Plataea)的居民发布的公告。

其次，在伯里克利提到的不成文法的例子中，我们根本不知道这些不成文法的内容。对这个问题再多的讨论都不会达成一致的意见。就像厄琉息斯秘仪始终是个难解之谜一样，伯里克利演说中的不成文法也从来没有人能读懂。艾伦伯格那细致的讨论也未能回答这个问题，他以这段话作结："没有表现出任何它们的具体内容……我们不能指望它们表述清晰……正是这一概念的本质决定了它们不会有任何严谨的定义或限制。"但在《安提戈涅》中，我们可以通过上下文清楚地看到不成文nomima（习俗）所涉及的内容[20]只有一项：埋葬死者。这是极少数在伯里克利演说中没有作为不成文法所涉及内容而被提及的问题之一。

根据色诺芬的记载（《回忆苏格拉底》[*Mem.*]，4.4，19及以下），苏格拉底曾将"不成文法"（ἀγράφους ... νόμους）这一术语用在被称作"希腊三诫"的指令上：敬神，爱父母，善待陌生人。许多学者认为，这一不成文法的定义适用于所有这几个字出现的地方，包括伯里克利的演说（虽然艾伦伯格对这最后一点的反对很有说服力）。[21]但这三条指令确实与安提戈涅所说的内容毫无关联。

---

[20] 当艾伦伯格说（46），"他[伯里克利]没有明确地定义不成文法的概念，索福克勒斯亦然"，就索福克勒斯的情况而言，他（艾伦伯格）指的是他从《安提戈涅》中的演说、《俄狄浦斯王》中的歌队颂歌（865及以下）以及其他段落（参照34）中推断出来的神法的一般概念。这一观点当然不适用于《安提戈涅》，455及以下，在这段话中，不成文法的内容相当明确。

[21] 48以及附录A（167–172）。

将安提戈涅的演说视作一个"一般法""自然法"范式的古代权威当然是亚里士多德,他在《修辞学》的两个段落中特别提到了她的话。在这两段中,他都引用这些话作为一个呼吁"自然法"的例子:这是"自然存在"的"普通法"(1375a),她的行动"只是出自本性"(1373b)。总体而言,亚里士多德对悲剧的典型处理方式是将它从宗教中剥离出来,使之彻底世俗化。如果所有文献都消失不见,仅凭亚里士多德对公元前5世纪悲剧的讨论,我们几乎不可能知道众神在其中扮演着极其重要的角色;[22]同样,他不动声色地忽略了那些安提戈涅捍卫的 nomima(习俗)的来源,尽管她明明白白地提到了它们。它们与那些"普遍的"或"自然的"事物毫无关系,它们是 nomima theôn——众神的习俗。[23]

最后,值得注意的是,安提戈涅用的词不是 nomoi(法律),而是 nomima。[24]这个词的历史尚未撰写,所以我们的

---

[22] 参照厄尔斯,474-475:"柏拉图激烈地批判荷马及其他诗人对众神的描写,这明确地展示出他至少认为他们在认真地尝试描绘神的本质。换言之,他认为希腊诗歌展现了人与众神。这个世界的一半已经从亚里士多德的视野中消失了……众神消失了,只作为一种开场前奏存在,取而代之的是亚里士多德的第一推动者(Prime Mover)。"

[23] 伊索克拉底(Isocrates)对这一演说的理解更到位。在《泛雅典娜节献词》(Panathenaicus)中,他描述了雅典娜在忒拜为死去的七将士所做的事,他说(169——在这一段落中他具体提到了悲剧表演,阿德剌斯托斯(Adrastos)请求忒修斯,不要剥夺这些人得到埋葬的权利,不要允许人们对古代习俗和古老的律法置之不理——那人人都该尊重的法令,并非由人制定,而是为神的权力所拥有。

[24] 虽然在519她称它们为νόμοι(法律)。在这一点上,艾伦伯格对手抄本τούτους读法的支持是正确的。

结论只能建立在不完整的调查基础上。[25]但足够明确的是，在公元前5世纪的希腊文中，形容词 *nomimos* 的意思是"合乎习俗的"，并且中性复数形式 *nomima* 一般意为"习俗"。[26]通常来说（甚至在公元前4世纪也是如此），这些习俗都是宗教性的，它们与法律无关。[27]并且 *nomima* 一词一般用来形容葬礼上"合乎习俗"的仪式。例如，在欧里庇得斯的《海伦》中，这个词两次被用在海边的假葬礼上，当时海伦

[25] 很遗憾，拉罗什（E. Laroche）的《古希腊语中 *NEM* 词根的历史》（*Histoire de la racine NEM—en grec ancien*）只是顺便提及了这个词（199-200）。

[26] 例如希罗多德《历史》，1.65，2.79，3.2，7.136。公元前4世纪的例子，参照德摩斯梯尼，7.13，23.81，20.106等。在索福克勒斯作品中唯一的另一处是《厄勒克特拉》，1096及以下："但由于你遵守那习俗（νόμιμα），对宙斯表示虔敬，你才获得了这最好的荣誉。"（ἃ δὲ μέγιστ᾽ ἔβλαστε νόμιμα, τῶνδε φερομέναν ἄριστα τᾷ Ζηνὸς εὐσεβείᾳ）艾伦伯格译作"最高的法律"（greatest laws），他将这个片段与《安提戈涅》，455及以下还有其他的片段联系在一起。艾瑞克·沃尔夫（Erik Wolf）在《希腊法律思考》（*Griechisches Rechtsdenken*），第二卷，245-246中有不同的看法："这些 νόμιμα 既不应该被解释为《旧约》中基督徒们的'上帝之法'……也不应该被视作自然法则的概括，更不该被阐释为一种符合亚里士多德与柏拉图思想的和谐世界秩序的理念。这些 νόμιμα 很有可能是'用于取悦神的习俗'，而非'神的指令'；它们是不成文的指导原则，指导着人们向'善'（ἀγαθοί）的行为。"在安提戈涅的演说问题上，他的立场非常传统；但值得注意的是，沃尔夫并没有逐句逐句地引用安提戈涅的话——就像其他许多讨论安提戈涅演说的学者一样，他的论述中不时出现"ἄγραφος νόμος"（一条不成文法）、"νόμος θεῖος"（神法）、"νόμος ἄγραφος θεῶν"（不成文的神法）、"νόμοι ἄγραφοι"（不成文法）之类的表达，但它们都没有出现在索福克勒斯的文本中。

[27] 例如，常用短语"εἴργεσθαι τῶν νομίμων"指的是将被控犯有谋杀罪的人（φόνος）排除在神殿、广场（ἱερῶν καὶ ἀγορᾶς）等公共活动区域之外的隔离惯例。也请参照德摩斯梯尼，23.65，73.59，117。

（Helen）正设法把墨涅拉奥斯从埃及救出来（1270，1277），并且，在《祈援女》中，当克瑞翁不允许埋葬七将士的尸首时，这个词两次被用来描述他的拒绝：忒拜人"展示出对众神习俗的不敬"（νόμιμ᾽ ἀτίζοντες θεῶν，19——这正是安提戈涅的原话），他们"正在毁灭整个希腊的习俗"（νόμιμά τε πάσης συγχέοντας Ἑλλάδος，311）。在公元前5世纪，ta nomima这一短语的主要含义是"死者葬礼上合乎习俗的仪式"；甚至早在公元前4世纪，虽然那时这个短语已通常被用来表示"法律"，但它仍然是此类场合的正常用语。[28]

安提戈涅的呼吁具体却不普遍。她既不是在用整套的不成文法对抗城邦的成文法，也不是在为个体意识的力量或普遍法与自然法辩护。她只是在声明，哀悼与埋葬死者的古老习俗甚至在文字被创造之前或城邦出现之前就已经存在；它们拥有律法的力量，虽不成文，却永恒存在；它们源自众神，并由众神施行。安提戈涅说到，如果她违背了这些nomima，那么她就必须面对众神的审判（ἐν θεοῖσι τὴν δίκην / δώσειν，459-460）。安提戈涅的演说远非指向未来的柏拉图理念与亚里士多德自然法，而是指向了过去——对死者及保护神们的古老敬意。

这段演讲之后，安提戈涅与克瑞翁在对话中发生了激烈的冲突，她更加明确地阐述了她所求助的权威的本质。

---

[28] 参照德摩斯梯尼，60.8（《七将攻忒拜》），同上，37；纳尔科斯（Dinarchus），2.8；米南德（Menander），《赫罗斯》（*Her.*），34（科尔特［Körte］版）。类似的文本还有修昔底德《伯罗奔尼撒战争史》，3.58，4。

针对克瑞翁关于兄弟两人一个是爱国者、另一个是叛徒的观点,她是这样回答的:"都是一样的,冥王依然要求葬礼。"接着,她大喊道:"谁知道下界的鬼魂会不会认为这件事〔爱国者与叛徒之间的区分〕是可告无罪的?"(εὐαγῆ, 521)在与妹妹激烈的争执中,她再次求助于同一个权威:"事情是谁做的,冥王和下界的死者都是见证。"(542)周围的人都明白她敬奉的是哪些神。当克瑞翁指责海蒙所说的一切都是为了安提戈涅的利益时,海蒙回答道:"这是为了你我和下界神祇的利益而说的。"(καὶ θεῶν τῶν νερτέρων, 749)在这一幕的最后,克瑞翁意识到她唯一敬奉的就是冥神:"就让她在那里祈求冥王吧,她所崇奉的唯一神明。"(Ἅιδην, ὃν μόνον σέβει θεῶν, 777)[29]

---

[29] 601及以下,歌队说她就像被"下界神祇"(θεῶν τῶν νερτέρων)的"尘土"(κόνις)"扑灭"(ἀμᾷ)了一样。正确的释读是κόνις(尘土)。定冠词νιν(这)修饰的不是φάος(光,若修饰的是"光",那么这个大胆的比喻就太晦涩难懂了),而是ῥίζα(根苗)。"日光照耀(ἐτέτατο,布朗克[Brunck],皮尔森)在俄狄浦斯家中这棵仅剩的根苗上。但又(αὖ)被下界众神沾满鲜血的尘土折断了。"正是安提戈涅按照下界众神的要求撒在波吕涅刻斯尸体上的尘土导致了她自己的死亡。"Κοπίς"(刀)的释读是不恰当的。布鲁恩对这一点的暗示是正确的:"用于劈砍的战刀和菜刀,以及野蛮人携带的马刀。"杰布提到欧里庇得斯的《厄勒克特拉》,837——"欧里庇得斯认为这符合悲剧独白(rhesis)的基调"——但这并没有什么帮助,因为这段独白的基调极其缺乏英雄气息,并且对动物屠宰的技术性描述非常仔细。杰布没有提到的是,此处以外,这个词只在阿提卡戏剧中又出现了一次,欧里庇得斯的《独目巨人》(*Cyclops*),241,当波吕斐摩斯(Polyphemus)准备要吃掉奥德修斯与他的队友们——奇怪的是,沃尔夫、贝勒曼将这个片段归到关于Opfermesser一词翻译的讨论中。另一个关于κόνις(尘土)的论点是:这个词开启了戏剧第一部分中一个反复出现的主题(参照247,256,409,429)。

正如安提戈涅对血缘关系的忠诚一样,她的宗教信仰也比城邦更古老。对家中死者的敬奉以及对他们继续存在的信仰似乎是人类所知最早的宗教。瑞秋·列维(Rachel Levy)对迦密山(Mount Carmel)洞穴挖掘现场的描述,为我们生动地展现了这一宗教信仰与宗教惯例不可思议的古老风俗。"似乎这些几乎不会直立行走,也从未充分发展口头表达能力的莫斯特人(Mousterian men),远在克罗马努人(Cro-magnons)出现在欧洲以前,就已经将尸首埋葬在他们耗时费力在洞穴底部挖掘出来的沟渠中,并且这些尸体的保存状况毫无疑问地证明了活着的人对死者继续存在的信仰。"[30] 这些习俗当然不是现代的产物——没有人知道它们第一次出现的时间和地点。

有趣的是,在雅典发展过程中的某一阶段,为死者举行的葬礼就如同对家庭的忠诚一样,似乎被城邦视作一种敌对的行为;梭伦(Solon)立法反对过度铺张浪费的葬礼仪式,这一法令被解读为一项针对大贵族家庭影响的政治措施。邦纳(Bonner)评论道:"这项法令阻碍了人们对死者的敬奉,人们很可能不会合作。"[31] 但对死者与冥府之神的崇拜无论如何都不取决于城邦的意志。与奥林匹斯诸神不同,克托尼俄斯神(chthonian deities)从来都不与任何具体的城邦联系在一起;对冥府之神的敬奉不是城邦生活庆典与仪式

---

[30] 瑞秋·列维,《牛角之门》(*The Gate of Horn*),6。
[31] 邦纳,《雅典民主面面谈》(*Aspects of Athenian Democracy*)。

的一部分。雅典尊雅典娜为城邦的保护神，正如赫拉守护阿尔戈斯（Argos），阿瑞斯（Ares）捍卫忒拜，但没有一个城邦愿意呼唤冥王哈德斯之名——事实上，每个人都希望永远不必提到这个名字。"在所有我们知道的民族中，"保萨尼亚斯说，"只有艾里斯（Elis）人敬奉冥府之神。"[32]神殿每年开放一次，并且只有献祭的祭司才能进入。冥王之城无处可寻——也无处不在。对哈德斯而言，人类城邦没有任何重要性；在他面前，在死亡的共同命运中，众生平等。安提戈涅对哈德斯及冥府众神的敬奉为她提供了一个完全独立于城邦的宗教庇护。

她只呼唤这些神，他们不是城邦之神，而是冥府之神。她称宙斯是俄狄浦斯家中一切灾难之源（2），但当她点名宙斯作为自己反抗克瑞翁法令的权威根据时，她指的并不是克瑞翁通常祈求的宙斯。她将宙斯与"那个和冥府众神同住的正义之神"联系在一起；这是"地下的宙斯"（Ζεὺς καταχθόνιος）。那"另一个宙斯"，正如埃斯库罗斯的祈援女们唱的，他"在死者间的最后审判中裁决恶行"（Ζεὺς ἄλλος ἐν καμοῦσιν，《祈援女》，231）。安提戈涅总呼唤下界诸神以及哈德斯本尊；在她最后的演说中，她甚至叫出了他的配偶可怖的名字：冥后珀耳塞福涅（Φερσέφασσα，894）。[33]

所有这一切对克瑞翁而言都毫无意义。通过法令，他

---

[32] 保萨尼亚斯，《希腊志》，6.25。
[33] 参照《伊利亚特》，9.457："众神与下界的宙斯和可畏的珀耳塞福涅。"（Ζεύς τε καταχθόνιος καὶ ἐπαινὴ Περσεφόνεια.）

已经令家庭与城邦处于矛盾之中,并且由同一条法令,他还使城邦与古老、骇人而虔敬的死亡崇拜势不两立。对克瑞翁而言,显然死亡在本质上并没有什么值得敬畏的。他可以看着一个死者,并冷静地决定他究竟应该为奉献祖国而获得荣誉,还是应该为背叛城邦的行为受到惩罚,这一决定无关任何对宗教的敬畏。对克瑞翁而言,死亡仅仅是生命的终结。死亡可以作为在政治上威慑他人的工具,可以用来威胁他人强制服从,可以作为惩罚的方式,甚至可以作为一种特权,将人从酷刑中解救出来(308)。他能说出"死亡会替我破坏这婚姻"(575)这样的话,却无法让我们感受到安提戈涅说同样的话时(542)那种呼唤个人神祇的感情,并且他用死亡的威胁来戏弄安提戈涅。"甚至那些胆大的人,看见死神逼近的时候,也会逃跑"——或者这也许意味着"看见他们生命的终点逼近之时"(580-581)。在这些表达中,我们可以看见,克瑞翁根本就没有意识到,在死亡过程中与死后,生命依旧存在,而这对安提戈涅来说是理所应当的。"死了就是死了。"他也许会对欧里庇得斯的阿德墨托斯(Admetus)这么说(《阿尔刻提斯》[*Alcestis*],541)。对克瑞翁而言,安提戈涅声明自己死后将会获得波吕涅刻斯之爱是毫无意义的;"你要爱的话,就到冥府去爱吧"(524),他以刻薄的嘲讽回应她。在与海蒙的对话中,克瑞翁再次提到死后的生命,但只是为了用一句冷酷之言表达对它的摒弃。"你应当憎恨这个女子,把她当作仇人,让她到冥土嫁给别人。"(653-654)这一夸张的说法表明克瑞翁完全不相信有死后的生命这回事；即便是安提戈涅也不会认为婚姻真的存在于死者的国度。对克瑞翁而言，将安提戈涅的刑罚从石刑减至石牢中的监禁，表达了他对她所信仰之事的蔑视与亵渎：对抗活人城邦的下界之神捍卫者将被活着关进坟墓——安提戈涅称呼她的牢房为坟墓。随后克瑞翁也做了类似的描述："她在那里可以祈求冥王，她所崇奉的唯一神明，不至于死亡；但也许到那时候，虽然为时已晚，她会知道，向死者致敬是白费功夫。"（777-780）"就让她去向死神祈求生命吧"——这话中尖锐的反讽表明克瑞翁完全漠视死亡的宗教特性。

但这并不意味着克瑞翁是个无神论者。正如安提戈涅的立场的政治层面一样，克瑞翁的宗教信仰通常也没有受到足够的重视。但他的宗教信仰确实是存在的，并且表达得非常明确；更值得注意的是，观看这部戏剧的大多数雅典观众不仅意识到他的宗教信仰，更狂热地对此表示赞同。

克瑞翁的观点其实很简单：那些在城邦节日中受到敬奉、被供奉在神殿中的神才是城邦的守卫者与保护神。他在就任演说中的第一行就提到了他们："长老们，我们城邦这只船经过多少波浪颠簸，又由众神使它平安地稳定下来。"（τὰ μὲν δὴ πόλεος ἀσφαλῶς θεοί, 163）并且他将一丝不苟地执行他所说的一切，他本人将把城邦的繁荣与稳定置于一切事物与个人关系之上，并且还请"无所不见"的宙斯做证（184）。

这一切通常被（那些我们之前谈到的对国家持怀疑态

度的现代观点）阐释为一个政治家就职时的老一套宗教说辞。但这段话中有一处克瑞翁提到了众神，他的态度不是在例行公事，而是非常真诚的。他说："波吕涅刻斯，他是个流亡者，回国来想要放火把他祖先的都城和本族的神殿烧个精光。"（καὶ θεοὺς τοὺς ἐγγενεῖς, 199）他将波吕涅刻斯视作众神与城邦的共同敌人。当歌队在接下来的一幕中暗示波吕涅刻斯的葬礼是"神的指示"时，他对着他们大发雷霆："你们这话叫我难以容忍。"这些激动的话表现出他的宗教视角——和他在第一次演讲中提出的政治观点一样——令观众们感到非常亲切。"你这话叫我难以容忍，说什么'众神照应这尸首'，是不是众神把他当作恩人，特别看重他，把他掩盖起来？他本是回来烧毁他们石柱环绕的神殿、祭器和他们的土地的，他本是回来破坏法律的。你们几时看见过众神重视坏人？没有那事。"（282-289）很明确的是，克瑞翁将他的公告视作神意的表达，实际上，他将自己看作神意的发言人与捍卫者。

然而这些都不是安提戈涅所敬奉的神。与哈德斯不同，他们有自己的神庙，大理石柱环绕，里面摆满了雕塑与祭品；他们的相貌被雕刻在大理石的装饰上。他们居住在城邦最中心、最神圣的地方——卫城与广场（Agora），他们也是这些地方的守卫者；他们的节日是城邦的大事件。他们是爱国精神的焦点，是城邦危难时的救世主。人们用歌舞敬奉他们，感恩他们赋予城邦胜利。歌队在开场后胜利的赞歌中呼唤他们：宙斯的雷霆在忒拜的战场上击倒了敌方的战士卡帕纽斯,战败敌军的铜甲是宙斯大胜后的战利品(Ζηνὶ τροπαίῳ,143);伟大的阿瑞斯(忒拜的城邦保护神)[34]像匹战车的马一样尽心尽力,痛击其余的敌人;还有狄奥尼索斯,这位神的母亲曾是忒拜公主。

对这类城邦神的敬奉与安提戈涅对冥府众神的忠诚之间毫无共同点,而相差更远的是她对家庭的忠诚与克瑞翁对城邦的奉献。事实上,宗教观的对立不过是不同政治态度的延伸:克瑞翁是城邦和城邦神的捍卫者,安提戈涅则拥护家神与人们在葬礼上呼唤的那些神,葬礼这一仪式强调了家族的团结一致与排外性。

安提戈涅与克瑞翁个体间的冲突代表了两种不同的社会与宗教的忠诚之间的分歧,一种表达了过去,另一种则着眼于当下。但我们绝不该认为这些预设主导了整部戏剧,也绝不该将克瑞翁与安提戈涅仅仅视为两种对立的意识形态的发言人。他们的不同视角是通过戏剧前半部分快速的情节推进而逐渐发展起来的;戏剧发展的客观形势与人物的行动使他们的根本信念一步一步显露在观众面前,这逐渐揭示的过程发生得自然而然。并且在戏剧的后半部分,发生了一件令人震惊的事。随着施加在他们身上的压力变得难以忍受,安提戈涅与克瑞翁都否认并放弃了他们的普遍原则,

---

[34] 关于阿瑞斯与忒拜的紧密联系,参见埃斯库罗斯《七将攻忒拜》,104–107,135–136。

尽管他们曾声称这是自己行动的支柱。他们转而依靠与家庭、城邦、诸神无关的纯粹的个人因素来捍卫自己的立场。海蒙谈到英雄的习性时说:"这些人,当他们被揭开时……"(διαπτυχθέντες)这正是发生在两位主角身上的情况——他们在我们眼前被揭开,里面除了固执、个人意愿外空无一物。

就安提戈涅而言,这出人意料的进展是由突然逼近的死亡所导致的。在此之前,她轻视死亡,将它视作一份礼物,甚至声称这是她自己的选择;然而现在,她必须独自一人直面死亡。"即便是那些胆大的人,"克瑞翁说,"在看到死亡逼近时也会逃跑。"安提戈涅没有退缩,但她的情绪确实有所变化。在克瑞翁面前,她依旧反抗并声明自己的权利和原则,但现在,她只能想到自己的处境。她为自己唱起了葬礼的悼歌。克瑞翁打断她,命令守卫将她押往坟墓。死亡已近在眼前,再向克瑞翁或歌队为她的行为辩解已经毫无意义,她的确也没有这么做。在接下来这段著名的演说中,她根本就没有提及这一点。她对自己的坟墓说话,对自己死去的亲人说话:呼唤她的母亲、她的兄弟,先是厄忒俄克勒斯,然后是波吕涅刻斯。按照她的话,她为他们所有人都举行了葬礼仪式,最后一个是波吕涅刻斯,因为埋葬了他的尸体,她得到了死亡作为报偿。至此,安提戈涅对血缘关系以及她一直捍卫的葬礼仪式表现出不变的、彻底的忠诚,但接下来她说了一番奇怪的话。"如果是我自己的孩子死了,或者我丈夫死了,尸首腐烂了,我也不至于冒着生命危险和城邦对抗,做这件事。我根据什么原则这样说呢?丈夫死了,我可以再找一个，孩子丢了，我可以靠别的男人再生一个；但如今，我的父母已埋葬在地下，再也不能给我生一个兄弟。"（905-912）

毫无疑问，这番演说在所有阿提卡戏剧中受到了最多的争议与讨论。歌德（Goethe）认为这段话"非常糟糕"（ganz schlecht），并且用他那天真而威严的方式表达出希望学者们"能证明这段话是伪造的"，甚至从此开始，这一争论就从未停歇：一方认为这番话令人无法忍受，而另一方则带着不同程度的疑虑为文本辩护。两方的意见仍旧无法统一，[35]并且似乎也不会再出现确凿的证据；因此，读者们必须自己作出决定。然而我们一定要牢记的是，对这一段落真实性的质疑是激进而危险的。因为，大约在这部剧首次上演一个世纪之后，亚里士多德就在文本中读到了这段令人不快的演说，这意味着此段落甚至比这部悲剧中的余下部分更具权威性——余下的部分是通过一份在戏剧上演15个世纪之后才写就的手抄本为我们所知。不仅如此，亚里士多德提到这个段落时不假思索的态度，更强烈地暗示了这是一个在当时人人皆知的著名片段。如果我们选择相信这个段落事实上是某个演员、某个戏剧表演组织者或某个校订人在索福克勒斯死后加到戏剧中的，那么就得面对这带来的严重后果。亚里士多德，作为索福克勒斯之后的那个世纪中最伟大的科学

---

[35] 虽然大多数的批评家都倾向于认为这段演说并非伪造，但值得我们注意的不同意见有：施密特、斯坦林，II（355，注释2）与惠特曼（92）。

与人文学者，历史上最具影响力的文学批评家，一个致力于通过悲剧的历史进行学术研究的学派领袖，他清楚地认识到这段演说带来的难题，并且称这种情绪是"不太可能的"（ἄπιστον），因此需要剧作家作出解释。但他从来没有想过这个段落会是后人加上的。如果这段演说真的是后来增补的，那么我们就必须推断，早在亚里士多德的时代，《安提戈涅》的文本就在这样一个关键段落上被讹传得如此彻底，以至于没有任何标准、书面记录或口头传统能够对此进行修正。[36] 这样的假设会对悲剧文本总体上的可靠性造成致命的打击。如果存在这一可能性，那么我们也就必须接受那些删改文本的行为。我们甚至必须向挪克（August Nauck）的幽灵致以迟到且不情愿的认可，他就像个英格兰乡村牙医一样进行他的学术研究——"如果你甚至都不会发觉它不在，为什么不把它拿出来？"——为这个不领情的世界送上了一个比之前的任何版本都少了大约四百行的欧里庇得斯作品文本。

在另一方面，无视这段演说所展示出来的难题对我们毫无帮助。杰布批判这段演说，他反驳的例证很有说服力。

---

[36] 丹尼斯·佩吉（Denys Page）在他很有说服力的作品《希腊悲剧中演员对文本的增补》（*Actors' Interpolations in Greek Tragedy*）中表达了这一悲观的看法。他根本不相信吕库古（Lycurgus）所采用的修复原文本的方法会有什么效果。普鲁塔克曾在他的作品中（《十演说家的生平·吕库古篇》[*Vit. Dec. Orat.*, *Lycurgus*], 841及以下）说明吕库古规定的"埃斯库罗斯、索福克勒斯以及欧里庇得斯的戏剧是先写下来，然后将这份正式的文本读给演员听的"所取得的成果，这毫无疑问地证明了戏剧文本是在表演时被大范围篡改的，但这也确实指明曾经存在过一份直接出自剧作家之手的文本，这份文本可被用来修正其他的文本。

"她改变了立场;她突然之间就放弃了贯穿整部戏剧、使她的行动坚定不移的基础——那放之四海而皆准的神法。"[37] 毫无疑问,她确实是这么做的;冥王哈德斯同样要求为丈夫和孩子举行葬礼,就像埋葬兄弟一样。[38] 此刻,她不再是冥府众神的捍卫者。仅仅只是被带往坟墓的这一瞬间,在生命最后的几句话中,她再次说道:"请看看我受到了什么样的迫害啊……就因为我重视虔敬的行为。"(τὴν εὐσεβίαν σεβίσασα, 943)这一点曾被(例如杰布)用来质疑这段演说的真实性,因为安提戈涅在此完全放弃了她对冥府之神的忠诚。但得出这个结论之前,我们必须定义这段演说的本质,并且尝试对其作出阐释。在最后一次对死神表明她的忠诚时,如往常一样,她其实是在向她的同胞和敌人喊话;她是在作出自己的声明,在辩护,也在抗议。在这段令人痛苦的演讲中,她出人意料地表示,这番话既不对克瑞翁、也不对歌队而说,而是说给她死去的亲人听的——她马上就要加入他们。她独自一人与他们在一起,丝毫没有察觉到其他人的存在;她的话中没有一句是对舞台上出现的其他人说的。就像埃阿斯在他那伟大的演说中被自我怀疑困扰一样,安提戈涅正与她自己的情绪进行艰难的斗争,在这专注于自我的强烈情感中,她完全无暇顾及周围人的存在。[39]

---

[37] 附录,259。
[38] 正如她对自己说:"可是冥王依然要求举行葬礼。"(ὅμως ὁ γ' Ἅιδης τοὺς νόμους τούτους ποθεῖ, 519)
[39] 参见诺克斯(2),12及以下。

在面对死亡的最后一刻，没有什么比真相更重要了。她不再尝试向他人解释自己的行为，她试图让自己理解它。这是她最后一次见到日光，在这孤独中，所有那些曾经次要的目的，曾经公共而非私人的情感，曾经的自我安慰与希望——它们曾消失在她的眼前，现在却因迫在眉睫的死亡而变得清晰。还有一点也非常明确：她曾经捍卫的神辜负了她。她是这样对自己说的："我这不幸的人究竟为什么要仰仗神明？既然他们都不站在我这一边？"（922-923）一个信仰坚定的基督殉教者，时刻牢记耶稣斥责那些像处在"一个邪恶淫乱的时代"一样求"神迹"的人，[40]他既不会指望有奇迹来拯救他，甚至也不会期待神向他表明支持之意。但古希腊人却有这样的要求。他们的世界充满了神迹与征兆，前兆与奇迹：当奥德修斯准备大战求婚者时，他不止求了一个天神支持的征兆，而是两个——一次发生在屋内，一次发生在屋外。这两次祈求都迅速得到了宙斯的回应。[41]然而，安提戈涅却没有得到任何神的准许或支持的迹象，虽然之后她仍然向歌队表明自己捍卫对众神的敬畏，但此刻她无法这样安慰自己。于是，她退而寻求纯粹的人类感情的慰藉；她只剩对死去的血缘至亲的爱。她正要加入他们，她一再表达对他们的爱与感激。她已经为他们所有人都举行了葬礼仪式，最后是波吕涅刻斯，这场葬礼使她付出了生命的代价。她为

---

[40]《马太福音》，16：4。
[41]《奥德赛》，20.100及以下，也请参照《奥德赛》，3.173及以下。

他牺牲了作为一个女人的生命——她本来可以拥有丈夫与孩子。她的声明中夸张得近乎歇斯底里的部分是：她不会为丈夫和孩子冒这样的风险，尽管她再也无法活着看到他们。她要告诉波吕涅刻斯的是，她对他的爱超过了一切，即便是那个她本可能拥有的亲生孩子。她的原话——"我的父母都已被埋葬在地下，他们没法再给我生出一个兄弟来"——更适合作为救一个还活着的哥哥性命的理由，而非埋葬死去了的；当然，在希罗多德的片段中，索福克勒斯修改了这句话，将它用在一个活着的兄弟身上。但这里的不合逻辑之处是可以理解的：对安提戈涅而言，生死之间的界限已经不复存在。她早已将自己视作一位死者[42]，并且她与波吕涅刻斯对话，就像他还活着一样；她已死去，并将在活人的国度被关进坟墓，而他在死者的世界里继续活着。

至此，安提戈涅已经放弃了自己冥府之神捍卫者的身份。通过声明自己不会为亲生孩子冒这个风险，她也放弃了自己为血缘关系奋斗的立场。在她面对内心真相的时刻，只有对往昔家庭的爱能够触动她，这里的家庭指的不是一种传统习俗或基本原则，[43]而是一个个活生生的家人：父亲，母亲，兄弟。她将永远与他们在一起。在这最后的分析中，她的英雄精神被揭示出纯粹私人的一面。

克瑞翁也被"揭开了"。这一过程更缓慢些。安提戈涅

---

[42] 参照559："我早已为死者奉献而死了。"（ἡ δ' ἐμὴ ψυχὴ πάλαι / τέθνηκεν）
[43] 适用于某些假设的情况。

在一段演讲的一个句子中同时放弃了她的政治与宗教忠诚；克瑞翁首先否认了他对城邦的忠诚，然后才是对神的。当海蒙试着劝说他时，克瑞翁表现得像一个典型的统治者：他可能在行动中犯错，但他真诚地相信自己在执行城邦公民的意志，为他们的利益服务。他声称城邦意志高于一切，歌队接受了这一点，并且在他们的前两首赞歌中表现了对这一主张的支持：他们赞美城邦的胜利，这着重表现了波吕涅刻斯骇人听闻的本性；他们还赞美了人对自然的征服，其最高成就便是对城邦的创造。在与安提戈涅的争论中，他声称自己获得了全体公民的支持，虽然安提戈涅否认了这一点，但歌队并没有支持她的观点。然而，面对海蒙的反对，克瑞翁改变了自己的立场。作为一个父亲，他希望得到儿子无条件的爱，无论他做了什么；随后，他以"秩序"——*kosmos*——之名要求所有人服从他的统治，无论是对是错。因为"无序和混乱是最大的祸害"（ἀναρχίας δὲ μεῖζον οὐκ ἔστιν κακόν, 672）。这与他在就职演说中展现出来的状态有很大的不同；反对的意见使他变得极端。也许，的确没有什么比无序的混乱状态更糟，但希腊人认为暴政也同样有害；而克瑞翁的这番话中显然包含了专制统治的种子。面对海蒙的不断反对，以及他那番"整个城邦"（ὁμόπτολις λεώς, 733）都赞扬安提戈涅的言论，这种子迅速发芽生长。"难道要忒拜人来告诉我该下什么命令吗？""难道我应当按照别人的意思，而不按照自己的意思治理这国土吗？""是的，"海蒙回答，"只属于一个人的城邦不算城邦。"对此，克瑞翁回应："城邦归统治者所有。"

这正是暴君的格言，并且克瑞翁紧接着就表现得像个独裁者：他下令将安提戈涅拖出去，在爱她的人面前将她处死。克瑞翁的言行不再代表城邦，他只代表自己说话。

通过海蒙的话，我们得知城邦已经转而反对克瑞翁了，但克瑞翁却对此不屑一顾。随后，提瑞西阿斯上前告诉克瑞翁，众神也反对他的行为——不仅是他轻视的冥府诸神，还有上界的神明。提瑞西阿斯是他们的发言人，他是宙斯之子阿波罗的先知；正如克瑞翁也承认，先知曾帮助过城邦。他现在告诉克瑞翁，众神要求他埋葬波吕涅刻斯。他们的祭坛全都被猛禽和狗用它们从尸体上撕下来的肉弄脏了，众神不肯接受献祭。克瑞翁愤怒地回绝了先知的建议，他反抗的语言极其渎神，远远超过安提戈涅在歇斯底里中短暂地抛弃下界众神时说出的话："你们不能将那人埋进坟墓；不，即使宙斯的鹰把他的肉带到他的宝座上，不，即使那样，我也决不因为害怕污染（defile），就允许你们埋葬；因为我知道，没有一个凡人能使天神受到污染。"（1039-1044）对于这极其渎神的反驳，杰布解释道："他的宗教观暂时受到怒火的迷惑。"但这段话的暴烈程度在所有的希腊悲剧中空前未有。这是不被允许的。如果真的曾经有人否认过他的神，这个人就是克瑞翁。杰布继续将克瑞翁提到的"神不能被凡人污染"描述成"一个诚实但固执又执迷不悟的人可能寻求的一种安抚自己良心的诡辩"。杰布称："最传统的希腊式虔敬就是认为'没有凡人能够污染天神'。"他还引用欧里庇得斯《愤怒的赫拉克勒斯》中忒修斯的话作为依据。但欧里庇得斯的悲剧中很难找到传统的希腊式虔敬的例子。在那段演说中，忒修斯认为由谋杀或死亡带来的污染是不值得恐惧的，这一观点否认了古老宗教观的根基——对污染的恐惧不仅被纳入阿提卡法庭的立法程序，还在索福克勒斯的作品中得到非常有力的体现：即便是在克洛诺斯的俄狄浦斯，虽然他不断声明自己在这一系列令他声名狼藉的行为中是无辜的，但仍确信不该让他的恩人忒修斯触碰他（《俄狄浦斯在克洛诺斯》，1132及以下）。克瑞翁的这番话一定在观众间激起一阵战栗；当克瑞翁确定众神站在他这一边时，他呼唤众神之王的援助；但此刻，当他通过先知得知宙斯对他不满时，就立刻粗暴又亵渎地否认了这位奥林匹斯山的主宰。提瑞西阿斯再次抨击克瑞翁，并且将众神当下的立场说得明明白白，克瑞翁曾声称自己代表他们说话。"你把一个属于下界神祇的尸体，一个没有埋葬、没有祭奠、完全不洁净的尸体扣留在人间。这件事你不能干涉，上界的神明也不能插手；你这样做，反而冒犯了他们。"（1070及以下）安提戈涅只是没有得到下界众神支持的迹象，但克瑞翁必须面对的是上界神明确定无疑的愤怒以及提瑞西阿斯预言的骇人惩罚。

这是克瑞翁面对现实真相的时刻，与安提戈涅不同，他迅速地屈服了。但如果他像安提戈涅一样固执，并像她一样探索自己真正的动机，他会说些什么呢？这不是一个漫无目的的问题；事实上，克瑞翁之前在剧中就已经向我们展示出了他注定走向毁灭的另一个原因，这个原因比他声称自己代表城邦和上界众神更为深层。这就是他被激怒的自尊。他为自己第一次公开的行动遭到成功的抵抗而勃然大怒，这暴怒不允许他改变主意。"既然我把她当场抓住——全城只有她一人公开反抗——我不能欺骗公民，一定要把她处死。"（655及以下）这受伤的自尊因对手是个女人而变得更加难堪而危险。"我告诉你，要是她获得了胜利，不受惩罚，那么我就成了女人，她反而是男子汉了。"当她第一次反抗时，他这么说道（484-485）。并且，这刻薄的陈词滥调甚至出现在他与安提戈涅之后每一次的争论中。"只要我还活着，就没有女人能管得了我。"他在这一幕的结尾处说道（525）。"我们坚决不能被一个女人击败，"他对海蒙说，"如果我们注定要失败，最好是败在男人手里，免得别人说我们连女人都不如。"（678-680）"这个男人，似乎成为那女人的盟友了。"他这么评论海蒙（740），之后对他吼道："下贱东西，你还不如一个女人。"（746）"你这个女人的奴隶。"（756）

在最后的分析中，所有这些都证明克瑞翁的自尊被激怒了，他轻蔑地仇恨着那个反抗他的女孩。"当他们被揭开时，里面空无一物。"空空如也，的确如此。与安提戈涅不同，他没有足够强大的内心能令他鼓起勇气直面提瑞西阿斯以众神之名向他传达的最终威胁。

在克瑞翁与安提戈涅身上，他们的行动最深层次的动机都是个人的、特定的，并且令人费解，换言之，他们的动机都是私人的、充满激情的、几乎不理智的冲动。但他们都曾向更高的存在寻求援助，都曾呼唤过互相冲突的传统习俗与神明。他们在剧中引发并探讨了大量的问题，而这些问题必须以某种方式得到解答。所谓的答案就在最后一幕（因为这是一部戏剧，而非哲学讨论），就在发生在安提戈涅和克瑞翁身上的事情中。

为了实施他认为对城邦有利的政策，克瑞翁在言行两方面都否认了家庭成员之间应尽的义务。他不仅使自己的外甥暴尸光天化日之下，判了外甥女死刑，破坏了儿子的婚姻，甚至还在众多演说中展示出他明确知道自己在做什么。他对家庭权利的拒绝是经过深思熟虑的。当灾难突然降临在他身上，猛烈的打击恰恰在这个范围内接连而至：他自己的家庭在暴力与仇恨中变成了他的敌人。

他对家庭应有的模样有自己的看法——一个有秩序的共同体，一个 kosmos，就像城邦一样服从其首领。当海蒙表现出这样的顺从时，克瑞翁在拥有一个如此尽职的儿子的喜悦中透露出他对理想家庭的构想："孩儿，你应当记住这句话：凡事听从父亲的劝告。做父亲的总希望家里养出孝顺儿子，向父亲的仇人报仇，向父亲的朋友致敬，像父亲那样尊敬他的朋友。那些养了无用的儿子的人，你会说他们生了什么呢？只不过给自己添了苦恼，给仇人添了笑料罢了。"（639–647）他的错觉只持续了很短的时间。很快他就对儿子大发雷霆："坏透了的东西，你竟和父亲争吵起来了。"（742）海蒙离开了他，留下充满怨恨的告别："你再也不能亲眼看见我的脸了。"（764）更大的厄运正要来临。当克瑞翁带着迟来的忏悔前往坟墓释放安提戈涅时，报信人告诉我们，海蒙往他父亲脸上啐了一口，拔出短剑要杀他，却没有刺中；在失败的愤怒中，这个年轻人刺死了自己。克瑞翁的妻子欧律狄刻在听到报信人的讲述之后也自杀了，她的临终遗言是对丈夫克瑞翁的诅咒——"这个杀害儿子的凶手"（τῷ παιδοκτόνῳ，1305）。克瑞翁曾如此轻视的家庭，那古老而亲密的关系，如今对他进行了如此完美而骇人的报复。

但不只如此。在最后的时刻，克瑞翁甚至都不能说他的行为是为了城邦的利益。他为了在城邦强制执行自己的意志，已经变成了一个独裁者：他认为城邦归他个人所有；并且，提瑞西阿斯告诉克瑞翁，他的意志显然与城邦的利益相冲突。未经掩埋的尸体污染了城邦的祭坛，并因此切断了城邦与众神的交流；"众神不肯从我们手里接受祈祷或献祭"。克瑞翁必须为此负责——"因为你的意见不对，城邦才遭到污染"（1015）。克瑞翁的错误也带来政治上的恶果。他禁止埋葬其他六将士尸首的做法（这一细节已经在安提戈涅第一次演说中被隐晦地提到了，[44]但是现在完全公开显现出来）招致所有邻邦对忒拜和克瑞翁本人的仇恨，因为他们都曾派出战士参加战斗——"所有的邻邦都会由于恨你而激动起来"（1080）。所有这一切（虽然索福克勒斯没有具体提到）都将最终导致对忒拜新一轮的攻击。克瑞翁的政策根本不能保障城邦的安全，只会使忒拜再次面对围攻与打击，并且这一次等待忒拜人的是被俘虏的命运。

---

[44] 第10行："敌人应受的灾难"（τῶν ἐχθρῶν κακά）。参见杰布的注释。

歌颂人类主宰世界的伟大赞歌以告诫作结,"在技巧方面他有发明才能,出乎意料地高明,这才能有时使他走厄运,有时使他走好运。[45] 只要他让地方的法令和他凭天神发誓要主持的正义也加入[46]其中,他的城邦便能耸立起来,并且他能在城邦中身居高位"(ὑψίπολις, 370——这个词包含了这两个意思)。[47] 被克瑞翁排除在外的不仅有地方的法令

---

[45] 这是杰布在此处标注的标点符号,不是皮尔森的。艾伦伯格,62,注释1也是这样标注的。

[46] παρείρων,"融入"(weaving in)、"进入"(inserting)、"加入"(including),这似乎不是一个太强烈的比喻。对人类进入文明状态的描述在语气上已经完全"世俗化"了,不同于埃斯库罗斯在《被缚的普罗米修斯》中以及柏拉图在《普罗塔哥拉篇》(Protagoras)中类似的描述——无论如何,柏拉图的这部作品都不能在这方面展现历史上的普罗塔哥拉的观点;参照诺克斯(3),110及256,注释11。到目前为止,众神都被排除在外。现在到了该把他们"安插"进来的时候了。这就是παρείρω三次在古希腊文本中出现的含义(一次出现在埃斯库罗斯的《残篇》[Fr.],281,3中;也请参照色诺芬《会饮》[Smp.],6.2;波利比乌斯《历史》[Plb.],18.18,13)。这是ἐξαιρῶ(排除在外)的反义词——而"排除在外"正是俄狄浦斯和伊俄卡斯忒对于拉伊俄斯的神谕的所作所为(《俄狄浦斯王》,908,θέσφατ' ἐξαιροῦσιν),也是在柏拉图作品中,普罗塔哥拉声明他对众神作出的行为:你们将众神牵扯进来,而我,无论他们是否存在,都对他们不予谈论(θεούς τε εἰς τὸ μέσον ἄγοντες [参照παρείρων] οὓς ἐγὼ ἔκ τε τοῦ λέγειν καὶ τοῦ γράφειν περὶ αὐτῶν, ὡς εἰσὶν ἢ ὡς οὐκ εἰσίν, ἐξαιρῶ,《泰阿泰德篇》[Tht.],162d)。戴恩、麦尚正确地保留了παρείρων。"这是在把文明与宗教的道德加入人类的认识中。"

[47] ὑψίπολις:"在他的城邦中居高位"(戴恩、麦尚,布鲁恩,尤其是艾伦伯格,64)。"他的城邦居高位"(博拉,85,沃尔夫、贝勒曼,杰布)。艾伦伯格类比其他 ὑψι- 的复合形式以排除"他的城邦居高位"这一解释,但我认为这些复合词所表达的意思恰恰相反。没有类似的例子证明 ὑψι- 的意思是"处于高位";例如 ὑψίζυγος 的意思不是划船的人在长凳上坐得高,而是他所坐的长凳很高。(你怎么能像一个人在他的城邦中身居高位一样高高地坐在长凳上呢?用垫子垫着?)像 A ὑψι-B 这样的(转下页)

(接上页)句子的意思并不是"A就B而言处高位"(除了潜在可能的 ὑψινεφής,但这个词最好按照另一种方式来理解),而是"B的位置很高"。(按照艾伦伯格对 ὑψίπολις 一词的解释,"νόμοι ... ὑψίποδες"[《俄狄浦斯王》,865-866]的意思应该是律法"在根基上很高","δρύες ὑψίκομοι"则表达了橡树就叶子而言很高的意思。)布鲁恩坚持认为应该解释成"在城邦中居高位"(hoch in der Stadt),同时承认"可能不存在其他包含了 πόλις(城邦),并将其作为地点状语来使用的复合词"。艾伦伯格进一步否认"他的城邦处高位",认为"一个好公民不能令一个城邦 ὑψηλή(处高位)",(这)一解释忽略了 ἕρπει(推进)的主语不是"一个好公民",而是第334行 τοῦτο(这)所形容的"人""人类"。(因此,林福思[2],197的说法是正确的:"ὑψίπολις[居高位]与 ἄπολις[没有城邦的,非城邦的]都是单数形式,与全体 ἄνθρωπος[人,人类]一致,ἄνθρωπος[人,人类]这一概念从一开始就主导了整部戏剧。")如果人在他的才能与成就中加入地方的法令和诸神的正义,他的城邦便将处高位。到目前为止都没有问题;但当与 ἄπολις(没有城邦的,非城邦的)连用时,强调语气就发生了变化。古希腊语中确实可以用 ἄπολις(没有城邦的,非城邦的)来形容整个民族而非某一个体(因此也可以用于形容全体人类);沃尔夫·贝勒曼对柏拉图《法律篇》766d的引用很恰当:没有建立起法庭的城邦不是一个城邦(πᾶσα δὲ δήπου πόλις ἄπολις ἂν γίγνοιτο, ἐν ᾗ δικαστήρια μὴ καθεστῶτα εἴη κατὰ τρόπον)。但 ἄπολις(没有城邦的,非城邦的)之后的 ὅτῳ(人称代词与格,"那个")肯定指的是一个单独个体。(到 ἄπολις 为止,仍可以继续"τοῦτο[这]人类"的解释,但不能说:"人类是没有城邦的,我指的是那个……的人类。")换言之,ὅτῳ 这一人称代词破坏了连续性,并迫使我们重新理解接下来的几行(并且,通过接下来的"我不愿这个为非作歹的人在我家做客……"[μήτ᾽ ἐμοὶ παρέστιος ...]等句子,从 ἄνθρωπος[人类]到单独个体的转变已彻底完成)。我认为,这一语法把戏的效果是迅速将新含义(单独个体)与 ὑψίπολις(居高位)联系在一起,因此,在同一时刻,我们既理解了"人的城邦居高位;他是没有城邦的"(在"人类"这一层面上。——译者注),也通过 ὅτῳ 这一人称代词认识到剧作家的另一层意思:"那个将地方的法令与诸神的正义加入城邦的人,在他的城邦中居高位"(对单独个体而言,这句话只能这么理解);"如果他胆大妄为,犯了罪行,他就没有城邦了"。换言之,两种对 ὑψίπολις(居高位)的阐释都是正确的。(其一:"人的城邦居高位",这里的"人"指的是人类作为集体。其二:"人在城邦中居高位",这里的"人"指的是某个单独个体。——译者注)这个段落是展示索福克勒斯极其简洁的语言背后具有丰富含义的好例子。

（这里用来指"地方"的词χθονός暗示着埋葬死者的土地，而非γῆ——维持城邦生活的土地），并且还有安提戈涅提到的下界诸神的正义之神；因此，他的城邦愈发低下，他身在其中也更加卑微了。

报信人为我们总结了克瑞翁的垮台，他作为父亲和统治者都非常失败，他给国与家都带来了灾难。"克瑞翁，在我看来，曾经享受一时的幸福，他击退了敌人，拯救了这个城邦，取得了这地方最高的权力；并且他有福气生出一些高贵的孩子，但如今全都失去了。"（1160及以下）

众神也离开了他。冥府之神无视了他迟到的补偿；通过安提戈涅的自杀，冥王哈德斯已经确保了对克瑞翁的惩罚。他曾声称自己是上界众神的捍卫者，但他们也抛弃了他，就像提瑞西阿斯前来告诉他的那样。他犯了大错，从一开始就错了；他甚至连英雄的倔强这一无用的安慰都没有。他违背了自己的决定，试着作出补偿，但是仍然无法逃脱他的行动造成的恶果。

最后，他终于意识到自己的错误。当克瑞翁试着挽回自己的所作所为时，说道："生而为人，最好还是一生遵从那些既定的习俗。"（τοὺς καθεστῶτας νόμους，1113）[48]那些安提戈涅提到的比城邦还要古老的做法与律令，它们如此古老，以至于没有人知道它们是什么时候、在哪里出现的。但

---

[48] 而非"当下的法律"（νόμους ... τοὺς προκειμένους，481），这法律是他自己制定（τιθέναι）的。既定的习俗（νόμοι καθεστῶτες）在他之前很久就已经存在了。

当他意识到的时候，已经太迟了。他的惩罚已经确定：他将如行尸走肉般地活在这世上，没有任何能让生命变得有价值的事物。他已经失去了一切；他不仅失去了妻子和孩子，还失去了同邦市民和歌队的尊重——在最后的时刻，歌队对他说话的语气变得残忍又严厉。一切都消散了，他甚至失去了自我。"让我走，"他喊道，他的话可怕极了，"我不存在，我谁也不是。"（τὸν οὐκ ὄντα μᾶλλον ἢ μηδένα，1325）

那么安提戈涅呢？她曾为捍卫家庭与城邦对抗，虽然在对自己行为最后的检视中，她意识到自己并不忠诚于作为一种理论原则的家庭，而只是纯粹深爱着她现存的亲人（她是这么认为的，尽管他们已经死了），她最终可以得到安慰。安提戈涅确信她死去的亲人将用爱与感激迎接她的到来，她理应有这样的自信。即使是被拒绝了的妹妹伊斯墨涅，家族中唯一活着的人，也展现出对安提戈涅如此强烈的爱，甚至愿意与她一同赴死。家庭没有拒绝安提戈涅，但城邦却借海蒙与歌队之口彻底否认了克瑞翁。

然而，安提戈涅曾反抗过城邦。在她所反抗的具体问题上，她是对的，戏剧最后几幕向我们明确作出了解释；将波吕涅刻斯暴尸示众并不符合城邦的利益。然而，正如索福克勒斯在安提戈涅的每句话中不断强调的，她的姿态没那么高尚，她并非出于开明的忠诚而致力于推行对城邦最有利的政策，拒绝当下的权宜之计；她只是完全忽略了城邦的利益。她的行为对忒拜而言是最有利的，这仅仅是个巧合；很明显，如果暴露她哥哥的尸体是城邦缓解危机的权宜之计，她也会同样毫不犹豫地埋葬他。她彻底无视公民对城邦应尽的义务,并且,即便自封为公民代言人的克瑞翁提出了错误的要求,那些义务仍然存在;没有一个观众会否认这些义务的重要性,也没有人会体谅安提戈涅拒绝认真履行这些义务的行为,这部戏剧正是为这些观众而写的。

她无视了城邦的权利,城邦要报复她。她被囚禁在坟墓中,被判居住在那黑暗的国度,她曾捍卫它的权力,与活人的城邦对抗,并且,克瑞翁是用政治术语描述这一判决的。他宣判道:"她被剥夺了在世上居住的权利,她是个人间的外邦人。"(μετοικίας ... τῆς ἄνω, 890)在他看来,她的所作所为已经使她放弃了公民身份,成了一个 metoikos,一个外邦人;公民身份必须得到城邦的准许,现在,他剥夺了她的这一身份。她在人间既没有公民身份,也没有合法居住的权利,但在下界她也将遭遇同样的处境;她将成为死者国度的活人,她还没死,却也不再活着;她不是冥府的公民,如她所言,即使在那里,她也是个 metoikos,一个外邦人(852)。

在赞美人类力量与进步的颂歌结尾部分,歌队告诫人,只有在他的技巧和才能中加入地方的律法和众神的正义,才能"使他的城邦耸立起来,他也在其中身居高位"。他们继续唱道:"如果人胆大妄为,怀着恶意(τὸ μὴ καλόν),他就会成为一个没有城邦的人。"(ἄπολις)安提戈涅已经展现出了他们所说的"胆大妄为"(τόλμη);作为长期以来城邦政府的拥护者(165及以下),歌队认为她对克瑞翁命令的反抗，以及她对城邦权利的蔑视态度都是"邪恶的想法"；并且当她被押往牢房时，她确实成了一个"没有城邦的人"——她被剥夺了城邦中的所有权利，并且在哈德斯的国度，她也被关在一个不属于任何"国家"的边缘地带。

虽然众神向克瑞翁及所有人表明安提戈涅埋葬波吕涅刻斯的做法是正确的，但他们却没有给她任何赞扬。在安提戈涅直言不讳地表示她不会为丈夫或孩子冒这么大的风险后，她失去了冥府诸神的支持，而上界之神则从来就没把她当作自己人。众神的发言人提瑞西阿斯告诉克瑞翁他是错的，但他并没有提到安提戈涅是对的。先知仅提到了她一次：将她囚禁在坟墓里是对众神的冒犯——她只不过是先知对克瑞翁控诉中的又一条罪状罢了。众神毫不留情地惩罚克瑞翁，但他们也没有对安提戈涅出手相救。

再者，她也没指望他们。"究竟有哪个神明站在我这一边呢？"她毫无期望地问道。她将自己吊死在坟墓中。就像她父亲自瞎双眼一样，这也是一个不受约束的独立行为；这是她最后一次制定自己的律法，也是她最后一次按自己的方式行事。她不会按照克瑞翁的判决，让自己成为一个被活人城邦和死者国度同时抛弃的人：她用一个面纱绾成的绳套使自己完完全全地成为冥王国土的公民，并且回到了她的亲人身边。因为他们的爱，死者的国度也充满温情。

虽然众神没有拯救她的性命，也没有显示出对她所作所为的明确认可，但他们替她完成了任务。他们看着波吕涅刻斯得到埋葬，应有的礼仪一项不少，为他举行葬礼的正是那曾使他的尸体暴露在光天化日之下的人。报信人说:"我们用清洁的水把他的尸体洗净,用一些新采集的树枝把残尸火化,还用他家乡的泥土起了一个高坟。"(1201-1203)众神也回应了安提戈涅的祈祷。[49] 她曾经说过:"如果那些人是错的,愿他们所吃的苦头恰等于他们加在我身上的不公平的惩罚。"(927-928)众神对克瑞翁的惩罚正是安提戈涅所祈祷的,公平得不差一分一毫:他将她活着埋进坟墓,之后神明使他成为"一具活着的尸体"(ἔμψυχον νεκρόν, 1167)。但对他的惩罚只能通过安提戈涅的死亡来实现。如果她没有迅速自缢,如果他释放了她,他也许就能逃过惩罚。正是安提戈涅本人,通过她最后的反抗,通过她任性而固执的行动,执行了众神对她的敌人的刑罚。

虽然众神的行动证明了安提戈涅是正确的,但他们并不宽恕她对城邦权利的漠不关心:用艾略特(Eliot)《大教堂中的谋杀》第四个诱惑中的一句话来说,她是一个"因错误的理由做了正确的事"的人。但在索福克勒斯作品中,我们通常能够感受到众神认可英雄的伟大之处。安提戈涅身上还有另外一个值得他们——也值得我们——赞许的品质,人们一般不将这个品质与英雄的习性联系在一起。克瑞翁的行动最深层次的动机是仇恨——他憎恨波吕涅刻斯的背叛,憎

---

[49] 正如宙斯答应满足埃阿斯的祈祷一样(参照《埃阿斯》,825及以下,998及以下)。

恨安提戈涅对他的权力的反抗。但安提戈涅的所作所为都是出于爱。在最后的演说中,她哀悼了死去的父母兄弟,这份爱是她英雄力量的源泉,是她的行动真正正当的理由;不同于克瑞翁的仇恨,爱没有在困难中辜负她,反而支撑着她走到最后。在戏剧的前半部分,她就已经宣布了自己的墓志铭:"我生来不是为了跟着人恨,而是为了爱。"(ἀλλὰ συμφιλεῖν)

第五章　菲洛克忒忒斯

菲洛克忒忒斯不仅是索福克勒斯作品中最孤独的一个英雄——他贫病交加,独自一人在孤岛上生活了整整十年——他还遭受了最令人震惊的冤屈。他的战友们只因厌恶他的伤势,无法忍受他痛苦的哭喊就抛弃了他。[1]他没有做错任何事,他不该受到他们这样的对待。当他们前来请求他的帮助时,只是希望他能继续坚定不移、固执并毫不妥协地拒绝;他们的期待没有落空。菲洛克忒忒斯满足了所有我们对一个索福克勒斯式的悲剧英雄的期待。没有什么能使他屈从。他不为敌人的威胁与朋友的劝说所动;当他仅有的武器被夺走时,他选择留在利姆诺斯岛,宁死也不屈服;甚至当涅俄普托勒摩斯将武器归还与他,并许诺将赋予他荣誉与健康时,他仍旧不听从他的劝说,哪怕此时涅俄普托勒摩斯已经赢得了他的信任,可以称作他的朋友了。

---

[1]《菲洛克忒忒斯》,8-11,1031-1034。基托(2),103-104认为,希腊将领们"无论如何都没有理由将他留在这无人居住的荒岛上,他们应该以对待一个光荣负伤失去作战能力的盟友的方式,把他送回家"。菲洛克忒忒斯提到(虽然奥德修斯微妙地忽略了这一点)他伤口溃烂的恶臭(δυσώδης, 1032)。

悲剧英雄遵守着索福克勒斯的模式；但他所处的境况是独一无二的。不仅因为我们知道在最后他必须听从劝说（因为没有他的话，特洛伊不会陷落，而正如我们所知，特洛伊最后确实陷落了），而且我们也**希望**他让步，因为这是他那可怕的伤病能够得到救治的唯一方法。这一次，攻克英雄意志与英雄拒绝屈服的戏剧场面在一个全新的背景中上演：他的让步是不可避免的，或者我们可以更确切地说，是他所渴望的。这令《菲洛克忒忒斯》在索福克勒斯悲剧中自成一派。

无论这部悲剧的情节是多么具有戏剧性，多么令人痛苦，它都注定会有一个美好的结局。也许我们也能这么定义《厄勒克特拉》，但那部剧中的所谓美好结局仍是一个母亲在自己女儿的煽动下被亲生儿子杀死，尽管结尾部分明确表示这是阿特柔斯家族的解脱。[2]当厄勒克特拉听见她的母亲在房内因被俄瑞斯忒斯刺伤而尖叫时，她竟对他喊道："再捅她两刀，如果你还有力气的话。"我们不禁感慨，歌队所赞颂的自由的代价是多么昂贵。但《菲洛克忒忒斯》的结局一定是英雄出发前往特洛伊，在那里他不仅能康复，还能获得攻占城市的荣誉。要知道，这个城邦已经抵抗了整个希腊军队十年之久。这将补偿他的遭遇；毫无疑问，众神将最终的胜利留给了他。与厄勒克特拉不同的是，他将通过让步而非固执地坚持自己的决定来赢得这一美好的结局。

---

[2]《厄勒克特拉》，1508–1510。

在这样一部避免"无可挽回之事"（τὸ ἀνήκεστον）的戏剧中，我们在情感上对情节的推进与发展、密谋的成功或失败的参与已经超出了悲剧本身的范围。真实的悲剧中可能没有成功与胜利，这不是我们真正想要的；我们正看着一个英雄命中注定的经历，他的倔强使他注定要失败，但我们不愿看到他屈服。当我们看着安提戈涅、埃阿斯或俄狄浦斯，我们内心最深处的情感使我们希望他们拒绝妥协；而在《菲洛克忒忒斯》中，我们则希望他能接受让步的请求。在其他的戏剧中，我们知道英雄们不可能屈服；但在《菲洛克忒忒斯》中，我们知道，英雄将会出于某种原因妥协。因此，我们的关注点不仅是主角，还有那些用来向他施加影响的方法。就俄狄浦斯而言，英雄对那些劝他改变主意的尝试所作出的反应比那些尝试本身更重要；厄勒克特拉的拒绝比克律所忒弥斯的说理更重要；但在《菲洛克忒忒斯》中，就我们的关注点而言，奥德修斯和涅俄普托勒摩斯所使用的方法与英雄对他们的回应一样重要。因为这些方法出于某种原因一定能够达到目的。因此，复杂的情节与密谋的种种细节都要求我们要比对待一般类型的悲剧更加集中注意力。这些细节就像喜剧中的细节一样至关重要。在喜剧中，戏剧冲突的基础是可以澄清的误会，而非永远无法调和的根本性分歧。在索福克勒斯的其他悲剧中，那些用来试着动摇英雄意志的方法并不那么重要，因为它们只会使英雄越来越顽固；但在《菲洛克忒忒斯》中，它们极其重要；对方法的选择是问题的关键，因为方法有对有错，无论如何都应该找到正确的那一个。

只有三种方式能瓦解英雄的意志：武力（βία），劝告（πειθώ）以及欺骗（δόλος）。这三个词频繁地出现在索福克勒斯的文本中，这些是六部英雄戏剧中都尝试过的方法。对埃阿斯只能劝说，对在忒拜的俄狄浦斯也是如此；但安提戈涅必须面对劝告和武力的双重压力，厄勒克特拉亦然。虽然不是始作俑者俄瑞斯忒斯有意为之，但厄勒克特拉在面对劝说与武力之外，还受到了欺骗的打击——弟弟死亡的假消息让她震惊不已。对克洛诺斯的俄狄浦斯，三种方式全都经过深思熟虑后用在了他身上；身处同样境况的还有菲洛克忒忒斯，他也必须忍受有理有据的劝说，还有武力与欺骗。

在开场中，奥德修斯对他的年轻下属涅俄普托勒摩斯简短地提到，武力与劝说对菲洛克忒忒斯都毫无用处。"他永远都不会被说服。"奥德修斯说道（103），并且，面对百发百中的赫拉克勒斯的弓箭，武力也毫无作用（105）。因此，他们首先尝试着欺骗他，但没有成功，随后采用武力，也同样失败；最后，涅俄普托勒摩斯必须试着说服他。这显然从一开始就是正确的方式：菲洛克忒忒斯不仅能得到治疗，而且还能获得荣誉，作为对他多年来遭受的苦难的补偿。但劝说的最终成效还是受到了之前的欺骗与武力的影响。在索福克勒斯悲剧中，这是我们第一次对不同方法的使用顺序以及使用人的身份感兴趣，因为很显然，在正确的时间，由正确的人使用正确的方法才能够最终取得成功（涅俄普托勒摩斯一步一步逐渐地达到目的）。[3] 然而，在《俄狄浦斯在克洛诺斯》中，顺序的反转将不会使我们感到有什么不同——即使波吕涅刻斯设法使用武力，克瑞翁仅仅尝试劝说和欺骗，故事的进展也不会有任何的改变。

在《菲洛克忒忒斯》中，我们在情感上密切关注那些用来动摇英雄意志的方法本身以及它们的使用顺序，因此，我们也对那些作出尝试的角色非常感兴趣。较索福克勒斯悲剧中一般的配角而言，奥德修斯与涅俄普托勒摩斯的人物形象有着更加完善、更加全面，并经过仔细构思的心理深度。[4] 这并不意味着其他剧中的配角只是典型化人物；伊斯墨涅与克律所忒弥斯是不同的人物，塔美莎也与伊俄卡斯忒有很大的差别。但他们在戏剧中的主要作用就是给英雄提建议，然后未能成功地令他改变主意；我们只能从这个作用的角度看待他们。文学天才的特征之一就是知道如何留白；这几部戏剧保留了非常简洁的人物塑造，因为观众的注意力必须只集中在英雄身上。但在《菲洛克忒忒斯》中，因为使用方法的成功或失败极具戏剧性，并对戏剧的推进而言至关重要，所以那些使用方法的人物也必须得到充分的关注。奥德

---

[3] 参照1350–1351。

[4] 这导致学者们一般认为（由谢泼德在《希腊悲剧》，119中明确表达出来）"英雄是涅俄普托勒摩斯，而非菲洛克忒忒斯"。参照梅奥蒂，58。毫无疑问，涅俄普托勒摩斯是索福克勒斯笔下最伟大的人物之一，但他仍是这部剧中的配角。他所说的和所做的一切都与菲洛克忒忒斯有关；即便当菲洛克忒忒斯不在舞台上时，就像埃阿斯，无论是死是活，都是其他人物言谈中唯一的主题以及行动的目标。

修斯为什么如此强烈地坚持使用欺骗的方法？他真正的目的何在？如果他成功的话，会发生什么？聚光灯的焦点仍在英雄身上，因为另外两个人物的每一个想法、每一句话，以及每一次行动，都与他有关；但他们本身也很重要，这在索福克勒斯悲剧中是从未有过的。随着戏剧情节的推进，充满变化、反转与惊喜，我们发现自己所希望的不仅是菲洛克忒忒斯会从疾病中康复并从此远离孤独，还有涅俄普托勒摩斯将以某种方式弥补他的过失——他曾参与奥德修斯的欺骗。同时，虽然我们想看到奥德修斯完成他的使命，但也确实希望他本人会以某种形式被击败。

一切都取决于这两个人物对方法的选择。奥德修斯与涅俄普托勒摩斯之间的盟友关系很奇怪，在开场中，年长者愤世嫉俗的处世智慧与年轻人的过分天真的理想主义形成了极其鲜明的对比。但他们之间的差异不仅仅在个人与戏剧表现的层面上，因为涅俄普托勒摩斯是阿喀琉斯的儿子。对公元前5世纪的雅典人而言，奥德修斯与阿喀琉斯这两个人物之间的反差已经成为两种截然不同的世界观的神话和文学原型。[5] 阿喀琉斯作为一个无往不胜的战士，是希腊贵族传统的理想人物。[6] 这是一个自愿牺牲生命换取荣耀的

---

[5] 参见柏拉图《小希庇亚篇（论虚伪）》(*Hippias Minor*)，365b中的讨论，智术师希庇亚（Hippias）将阿喀琉斯与奥德修斯区分为"真实而简单"（ἀληθής τε καὶ ἁπλοῦς）与"狡猾而虚伪"（πολύτροπος τε καὶ ψευδής）两种类型。

[6] 因此他出现在品达（Pindar）《尼米亚颂歌》(*Nemean*)，3.70及以下中。

英雄，他狂热的本性经常使他过度暴力，但他绝不欺骗。在《伊利亚特》中，正是他说了这么一番话："有人把事情藏在心里，嘴里说另一件，在我看来像冥王的大门那样可恨。"（9.312）[7] 这些话正是针对奥德修斯的[8]——他与阿喀琉斯相反，是一个行事谨慎的人；对他而言，成功的欺骗是一件值得骄傲的事；在《奥德赛》中，通过一以贯之的警惕、智慧与忍耐，他赢到了最后并活着回到了家乡。[9] 这两位英雄是相对的两极，在他们之间，希腊人寻找中庸的理想为人之道。希腊文学中（尤其是品达，他的作品中从未出现过奥德修斯），[10] 贵族的视角是阿喀琉斯式的，是一种尚武大度的原则，一种对荣誉标准非常严格的原则，一种坚持 *timê*（荣誉）的原则；他坚决要求世人的尊敬——所有这一切都与苦行主义、运动员般的身体优势，以及他过于频繁出现的智力局限联系在一起。而民主的视角（典型的航海贸易共同体角度）[11] 则是奥德修斯式的——一种灵活变通、适应环境的原则：他要有外交技巧和智力上的求知欲，他坚持认为成功的嘉奖应是荣誉，而非牺牲。因此，在索福克勒斯的《埃阿

---

[7] 注释家们很恰当地在《菲洛克忒忒斯》，94引用了这两行：εἰσάγει δὲ αὐτὸν ὁ Σοφοκλῆς τὸν τοῦ πατρὸς λόγον λέγοντα κτλ。
[8] 参见惠特曼（2），192。
[9] 在《奥德赛》(5) 中，用于形容他的词是"保全了他的性命"（ἀρνύμενος ἥν τε ψυχήν）。
[10] 参照品达《尼米亚颂歌》，7.20及以下，8.26。
[11] 参照歌德对《奥德赛》与《伊利亚特》截然不同的、非常精彩的特征刻画，莱斯基（3），59引用道："但不要听从奥德修斯流浪的智慧/它更适合市场，人们聚集的地方。"

斯》中，奥德修斯接受一切人类事物的可变性；通过为他的敌人争取葬礼，奥德修斯展示出了他的变通性；他的和解行为和他的说服力使他成为新的民主理想的典型人物，[12]与埃阿斯贵族式的固执截然相反，与"秩序"的专制的代言人阿特柔斯之子也迥然不同。

对奥德修斯与阿喀琉斯（他的名字只在第四行被提到过一次）之子这两个人物的介绍使观众们记起了这一幕丰富的伦理与社会意义背景，这是诗人与智术师们的杰作。这两个伟大英雄之间的区别与对立，在《伊利亚特》第九卷与《奥德赛》第十一卷中就已经得到了着重体现。但奥德修斯在这部剧中的对手不是阿喀琉斯——没有人能够动摇阿喀琉斯的决心，尤其是奥德修斯——而是他的儿子涅俄普托勒摩斯，他还非常年轻，还几乎是个孩子，他还未经历任何行动和争论，还未在这世间赢得伟大的名声。事实上，利姆诺斯岛远征是他的第一次英勇行为。他是如此年轻，如此缺乏经验；这无疑暗示了一个希腊人（正如我们看到的柏拉图作品中的许多段落）需要一个更加年长者与他同行，给他指引并对他进行教育；这一切对涅俄普托勒摩斯而言都再真实不过了，他没有父亲——就像他告诉菲洛克忒忒斯的那样，他在特洛伊第一次见到他的父亲，那时阿喀琉斯已经是一具等待葬礼的尸首了。命运给了他这样一个年长的助手，一个老师，一个门托尔（Mentor，引导者），他就是奥德修斯；

---

[12] 参见诺克斯（2），24-26。

正是根据奥德修斯的指令,涅俄普托勒摩斯扬帆前往利姆诺斯岛。

虎父无犬子,涅俄普托勒摩斯也认同武力的行为。事实上,当他得知菲洛克忒忒斯是他们远行的目标,并且他必须用谎言欺骗他时,他回答道:"我生来就不会这些欺骗的伎俩,就像我父亲一样。但我已经准备就绪,用武力而非欺骗把他带来。他只有一只脚可以依靠,他是没法战胜我们两个的。"(88-92)菲洛克忒忒斯是个瘸子,根本抵不过两个强壮的男人;然而悬殊的实力并没有使涅俄普托勒摩斯放弃武力行为,暴力曾是他父亲的天性,现在同样也是他的。但也正如他的父亲一样,他不会说谎。他宁愿"高贵地失败,也不愿通过卑劣的行为获胜"(94-95)。在涅俄普托勒摩斯身上,我们看见了阿喀琉斯式原则的局限性以及这种原则本质上的高贵:狂暴而粗犷,但其激烈的方式也展现出高尚可敬的一面,并且最重要的是,宁愿接受失败也不愿损害荣誉。然而,他还太年轻,又缺乏经验。奥德修斯是他从军队接受的第一个任务的长官。即便他发现自己很厌恶扮演这个骗人的角色,他还是对违抗命令非常犹豫;他还没有达到他父亲的高度,他的父亲违抗了阿伽门农和整个希腊联军。"自从我被送来与你一起工作后,我就常常担心会得到一个叛徒的名声。"(93-94)这一担心与踌躇是他铠甲上的一条裂缝,奥德修斯非常充分地利用了它。在开场的结尾处,通过一段巧妙混合了权威和诡辩的劝告、对他的野心充满吸引力的演说,奥德修斯赢得了涅俄普托勒摩斯的支持。涅俄普托勒摩斯同意说谎并放弃了阿喀琉斯式的行为准则。从现在开始，他在自己的言行中不断谈及的阿喀琉斯之名会使我们（和他）想起他背叛了的传统，并使我们对他回归这一传统做好心理准备。[13]事实上，涅俄普托勒摩斯接下来要说的谎言令他看起来像某种假冒的阿喀琉斯；言辞、情绪以及虚假的行为只是在拙劣地模仿他那高尚的父亲。阿喀琉斯被阿伽门农剥夺了他应得的奖赏，涅俄普托勒摩斯声称阿特柔斯之子拒绝将他父亲的铠甲交还与他。阿喀琉斯从战场中撤回，并且威胁要返回自己的家乡弗西亚（Phthia）；涅俄普托勒摩斯自称他已经退出了战役，并正在折回故乡斯基罗斯岛（Scyros）的路上。当菲洛克忒忒斯问他对阿特柔斯之子发怒的原因时，他模仿阿喀琉斯的愤怒，回答道："愿我能靠自己的双手平息我的怒火，这样迈锡尼（Mycenae）和斯巴达就会明白，斯基罗斯岛也是好战者的母亲。"（324–326）这是个刺耳的提醒：他背叛了他父亲直率而激烈的说话方式。阿喀琉斯这一人物在戏剧中不断地被提起：他是涅俄普托勒摩斯从英雄美德中堕落的对照，也是他最终必须再次回复的理想状态。

就很多方面而言，站在阿喀琉斯之子身边的奥德修斯是荷马英雄的堕落版本。荷马笔下的奥德修斯是个有谋之士，并且与阿喀琉斯不同，他忠于生命而非死亡。但他仍旧是个战士，是个英雄，他也曾为荣誉不惜付出生命——正

---

[13] 参照基托（2），114。

如在喀耳刻（Circe）的岛上，当前往侦察的同伴中唯一的生还者欧律洛克斯（Eurylochus）催促他们逃跑时，他回答道："我要前去那里，因为我责任在肩。"（10.273）[14]《埃阿斯》中的奥德修斯也有他高贵的一面，虽然与埃阿斯的高贵不同，他更适应这个世界，但同样值得钦佩。然而，《菲洛克忒忒斯》中的奥德修斯则是按照完全不同的方式构思出来的；他与欧里庇得斯悲剧中的奥德修斯相似，是个花言巧语、损人利己的政客。[15] 在伯罗奔尼撒战争的最后几年，这个荷马英雄常常以一种新的政治极端分子的形象出现在欧里庇得斯戏剧中，这些新的政治极端分子用诡辩的言辞武装自己，用镇压和扩大权力等可怕的政策控制着雅典议会。在古老传说中（荷马没有提及），奥德修斯确实是西西弗斯（Sisyphus）的儿子，西西弗斯是骗子这一人物形象的原型，他甚至欺骗了死神哈德斯，并从冥府回到了人间。对这样一个人物而言，古老传说中的形象似乎更为恰当，并被重复引用。在《埃阿斯》中，这传说是个毫无根据的侮辱，[16] 但放在《菲洛克忒忒斯》中的奥德修斯身上（417，624及以下），

---

[14]《奥德赛》，10.273，"αὐτὰρ ἐγὼν εἶμι"，这是句阿喀琉斯式的话，参照《伊利亚特》，18.114。

[15] 在《赫卡柏》（虽然他没有出现），《特洛伊妇女》（721及以下），以及《伊菲革涅亚在奥利斯》（524及以下，1362）。也请参照《俄瑞斯忒斯》，1404及以下，以及《瑞索斯》（如果这是欧里庇得斯的作品的话）。在这个问题上，参见斯坦福《尤利西斯主题》（*The Ulysses Theme*），102-117。

[16]《埃阿斯》，189。

它却似乎并不突兀。这部剧中的奥德修斯不被任何英雄准则所束缚，也没有任何行为标准；他将为获得胜利不择手段。并且，对他而言，胜利绝不包括他自己的死亡；只有活着才能称得上成功，称得上胜利。他将尼刻女神（nikê）唤作他的保护神之一（134）。为了活下去，他什么都干得出来（即πανοῦργος的字面意思，"愿意做任何事"）。他在一句发人深省的话中总结自己是一个完全没有道德标准的人。当菲洛克忒忒斯谴责他的恶行，并祈祷他得到惩罚时，他镇定地回答道："客观形势需要这样的人，我就成为这样的人。"（οὐ γὰρ τοιούτων δεῖ, τοιοῦτός εἰμ' ἐγώ, 1049）这话是道德相对主义的精华。"这样的"（τοιοῦτος）一词并不指某种不变而明确的事物，而指的是另一个"这样的"（τοιούτων），这是面目不明的投机取巧之徒的信条："我可以成为——任何客观形势所需要的人。"[17]在涅俄普托勒摩斯背后，是他的英雄父亲，父既使子自愧不如，也是他的完美典范；然而，奥德修斯没有英雄的行为标准，他根本没有任何参照物，也没有身份。

但他有张能说会道的嘴；正如他自己所言，他是个善于言辞而不善于行动的人（96-99）。他需要调动自己所有的能力，因为他的任务非常艰巨——他要把阿喀琉斯的儿

---

[17] 他的态度与英雄的坚定不移截然相反，并且使人想到传统上狡猾的投机取巧之徒与章鱼（polypus）之间的对比（参照汤普森［D'Arcy Wentworth Thompson］的《希腊鱼类词语汇编》[*A Glossary of Greek Fishes*], 204），它们会根据周围岩石改变自己的颜色。参照索福克勒斯，《残篇》(*Fr.*), 307（杰布认为奥德修斯具有这种特性）；泰奥格尼斯（Theognis），215及以下；品达《残篇》(*Fr.*), 43（斯奈尔版），等等。

子变成一个像他一样谎话连篇的骗子。斗牛要抓牛角,他毫不犹豫地接受了困难的挑战。他是这样开头的:"阿喀琉斯的儿子,在你的重任中,你必须保持你那血液中的高贵(γενναῖον)[18],不仅仅是在武力方面。"(50—51)"高贵"对他而言是个危险的词,它使人联想到出身与血统;因此,这个词本身就概括了一个完整的英雄传统。奥德修斯以三寸不烂之舌,把对他最不利的论据变成了他的武器。涅俄普托勒摩斯应当有他父亲的典型特征,有他的勇气,他的暴力行为,他战无不胜的勇敢,但不仅仅是在身体上——他必须在智识上大胆无畏,就像他的父亲在肉体上无所畏惧一样。奥

---

[18] 杰布用亚里士多德《动物志》(*Historia Animalium*),1.1(488b)来说明这一点:"'τὸ γενναῖον'(高贵这一品质),正如亚里士多德所定义的,是'τὸ μὴ ἐξισταμένον ἐκ τῆς αὑτοῦ φύσεως'(指没有丧失本性,没有从本性中退化的品质)。"然而,亚里士多德这一定义的背景并不利于杰布解释索福克勒斯作品中的这个段落。亚里士多德在讨论中插入某种普罗底库斯(Prodicus of Ceos)式的对 εὐγενές(出身高贵,家世显赫)与 γενναῖον(品质高贵,见上)的区分。亚里士多德在前一个句子中说明,狮子是一种"自由,充满勇气而出身高贵的动物"(ἐλεύθερα καὶ ἀνδρεῖα καὶ εὐγενῆ),然而"品质高贵,凶残,不可信任的动物"(τὰ … γενναῖα καὶ ἄγρια καὶ ἐπίβουλα)的例子则是狼。亚里士多德在《修辞学》(1390b)中再次区分了"τὸ εὐγενές"(出身高贵)与"τὸ γενναῖον"(品质高贵),并继续谈到,通常而言,那些"出身高贵的人"(εὐγενεῖς)都不具有"高贵的品质"(γενναῖοι);事实上,他们大多毫无价值(εὐτελεῖς)。所有这一切都跟索福克勒斯没有什么关系,因为"出身高贵"(εὐγένεια)是英雄气概的主要来源之一。无论如何,杰布"奥德修斯要涅俄普托勒摩斯通过完完全全地忠于使命……证明自己是阿喀琉斯真正的儿子"的特定解释都忽视了一个很棘手的问题,即对阿喀琉斯而言,"忠诚于他的使命"是这个世界上最不重要的事。奥德修斯的意思只是"你必须表现出高贵的品质,像你的父亲一样"。

德修斯微妙地暗示，涅俄普托勒摩斯被要求扮演的这个骗人的角色非但不会使他低于阿喀琉斯的标准，反而使他比父亲更高一筹：这个角色使涅俄普托勒摩斯不仅拥有阿喀琉斯身体上的威力，还拥有了道德上的无畏勇气。毫无疑问，这是对"高贵"（γενναῖος）一词完完全全的曲解，这肯定使观众们想起那些他们经常从智术师和雄心勃勃蛊惑民心的政客那里听到的对词语真实含义的微妙歪曲，正如令我们记起修昔底德对内战与大变革时期词语释义多样化的精彩描述。[19]

新的"高贵行为"是用言辞欺骗菲洛克忒忒斯。涅俄普托勒摩斯的任务是通过编一个假故事赢得英雄的信任；在这个故事中，他因为想从特洛伊撤退而在阿特柔斯之子与奥德修斯那里受到了很多委屈，并且就像他的父亲一样，他也抛弃了希腊军团的目标。"告诉他你是阿喀琉斯的儿子。没必要在这个问题上撒谎。"（57）但这将会成为最大的谎言。涅俄普托勒摩斯一旦撒谎，就不再是阿喀琉斯真正的儿子了，他将成为奥德修斯的儿子。并且在这一幕的结尾，当这个年轻人屈服于导师的权威和阅历，同意编造这个故事时，奥德修斯称他为"我的孩子"（τέκνον，130）。这里的奥德修斯是个狡猾的家伙，他对涅俄普托勒摩斯模棱两可的指令恰恰证明了这一点。是的，这个年轻人要编造一个谎言，但他究竟要做的是什么呢？并没有具体的指令让他把菲洛克忒

---

[19] 修昔底德《伯罗奔尼撒战争史》，3.82，4及以下。在3.83，1中，他提到"高贵的仁慈消失了"（τὸ εὔηθες, οὗ τὸ γενναῖον πλεῖστον μετέχει）。

忒斯带回特洛伊。[20]事实上，奥德修斯不断重复强调的只有一件事，唯一的一件事：菲洛克忒忒斯的弓。他多次谈到，正是这件武器能够攻下特洛伊。他只保证（与他的指令一样模糊）将指派一个伪装成船长的士兵来帮助他一起进行一个"微妙的演说"，剩下的部分就任由涅俄普托勒摩斯自力更生、自谋出路了。他没有提到赫勒诺斯（Helenos）的预言这一他来到利姆诺斯岛的真正原因，他要把这点留到另一个场合。这个预言的问题已经引起了很大的争议，因为这似乎造成了一些难题。[21]如果这个预言明确指出必须要菲洛克忒

---

[20] 实际上，是涅俄普托勒摩斯说要"带上"他的（τὸν ἄνδρ' ἄγειν, 90; πείσαντ' ἄγειν, 102; 也请参照τοῦτον εἰς Τροίαν μολεῖν, 112）。除了四处表达（σόφισμα τῷ νιν αὐτίχ' αἱρήσειν δοκῶ, 14; δόλῳ Φιλοκτήτην λαβεῖν, 101; οὐκ ἂν λάβοις, 103; 以及δόλῳ λαβόντα, 107）以外，奥德修斯都只提到弓（112和113之间的矛盾之处非常引人注目），所有这些说法都是模棱两可的，因为如果要拿到弓，有可能必须要"控制"或"抓住"菲洛克忒忒斯。但奥德修斯的措辞未必暗示要"带上他"，如涅俄普托勒摩斯实际上做的那样（ἄγειν）。

[21] 基托（2），95及以下他惯有的才华和风趣阐明并分析了这些难题，并且发现（94）："它们是整个计划不可缺少的部分，它们被精心地设计出来，纤毫毕现。"他根据这些难题阐释这部戏剧——如他所言，他的阐释"几乎与博拉暗示的完全相反"（13）——"阿特柔斯之子与奥德修斯都对他们自己所做的事非常气馁……像奥德修斯这样的人，因为他们貌似聪明的观点和阴谋，在道义上令人厌恶，在政治上则是灾难性的；这是因为他们的所作所为，或者他们试图要做的事，或与神意相背而行，或与万物的秩序，即正义之神对立。"（136）我完全同意这一解释，正如我们接下来将会看到的那样；基托的论点很有说服力，并且这些前提必然导致这个结论。但我确实没有发现在基托的讨论中占大量篇幅的"不合逻辑之处"，事实上，我认为它们中的绝大多数都是子虚乌有的。

基托的主要观点是，在剧中若干场景中，涅俄普托勒摩斯知道许多他根本不该知道的事，关于过去和未来（赫勒诺斯预言）。（转下页）

（接上页）存在疑问的段落是：194及以下，菲洛克忒忒斯是在克律塞岛（Chryse）上受的伤；839及以下，"胜利注定属于他"（τοῦδε γὰρ ὁ στέφανος κτλ，基托认为"这简直令人无法理解"）；1314及以下，他告诉菲洛克忒忒斯，"他注定要在涅俄普托勒摩斯的帮助下，用这把弓夺下特洛伊；并且，如果他前往特洛伊，也将获得在其他任何地方都无法得到的治疗；特洛伊注定在这个夏天覆灭。根据涅俄普托勒摩斯的说法，所有这一切都是由赫勒诺斯明确公布了的。此外，他现在还知道赫勒诺斯用他的生命做赌注，保证预言的准确性这一生动的细节。"(99)欲加之罪何患无辞，他又加上了一点："在1326，他认为自己有权告诉菲洛克忒忒斯，他被蛇咬伤是因为他经过克律塞岛的领域，那里由蛇看守。"(100)在我看来，这些问题的出现都是因为基托过度夸张了涅俄普托勒摩斯最初的无知。基托说："第一幕表明涅俄普托勒摩斯对于他被带到利姆诺斯岛的原因只有一个模糊的概念。"(95)但正是他（正如基托所明确指出的，96）提出要"带上"（ἄγειν）菲洛克忒忒斯，虽然奥德修斯竭力避免这个词，但他甚至说要"通过劝说带上"他（102）。换言之，他似乎明白自己任务的大致类型，并且他似乎也对赫勒诺斯预言有个大概的认识（参照102及611及以下）。换句话说，我们没有理由认为他对希腊军中的传言一无所知。赫勒诺斯预言是公开宣布的（Ἀχαιοῖς ἐς μέσον, 609），虽然宣布时涅俄普托勒摩斯还没到达特洛伊，但他肯定或多或少对此有所耳闻。说或多或少是因为他漏掉了一件很重要的事：菲洛克忒忒斯对特洛伊的陷落而言必不可少（112及以下）。其他的细节，比如在克律塞岛的区域被蛇咬伤，他一定已经在希腊军营的营火边听得太多了。当然，这一切都使我们更深地陷入沃尔多克所说的"记录的谬误"，但我们别无他法。随后涅俄普托勒摩斯知道的都是希腊军中尽人皆知之事（除了一些他根据自己所知推断出来的事，我们之后会看到）。请恕我三番五次反复强调（基托这个充满挑战性的观点太有吸引力了），我想举一个现代的例子。假设一个现代剧作家以两位法国士兵登上圣赫勒拿岛（St. Helena）的海岸作为戏剧的开场，一个是老近卫军（Old Guard）的少校，另一个是年轻的中尉；他们的目标是说服病中的拿破仑回到法国。少校只告诉中尉：拿破仑是被英国人留在那里的，他的回归对法国而言至关重要，他患了胃溃疡，他不愿意离开，并且他们只能靠欺骗他来达成目的。如果在接下来的一幕中，中尉表现出他知道拿破仑兵败滑铁卢（Waterloo），知道他与第一任妻子约瑟芬（Josephine）已经离婚，我们难道会感到意外吗？（转下页）

（接上页）涅俄普托勒摩斯对赫勒诺斯预言的间接了解（他提到"把他功来"）自然而然受到奥德修斯（他根本没有提到预言）的权威和论证支配。但这有助于解释这个基托认为"无法理解"的片段，因为涅俄普托勒摩斯从假船长那里（因此从奥德修斯那里，正如他所知）听到的预言的版本在这个重要的细节上完全符合他对预言模糊的了解——菲洛克忒忒斯必须被"劝到特洛伊"。因此，他说"荣誉是属于他的，他正是那个神嘱咐我们一定要带上的人"，也是理所应当的。当他对菲洛克忒忒斯说谎时，受骗人的高贵深深地击中了他，对阿喀琉斯之子而言，还有什么是比意识到预言真正关心的既不是满足他的个人野心，也不是希腊在特洛伊的荣誉，而是对菲洛克忒忒斯的补偿和他的康复更自然而然的呢？

他随后对菲洛克忒忒斯说他将在特洛伊获得治疗的那番话，不过是对预言正常的推断。非常明确的是（尤其在他因疼痛发作而昏厥之后），他必须先接受治疗，然后才能用赫拉克勒斯的武器对抗特洛伊。（其实涅俄普托勒摩斯之前也暗示过这个关于治疗的问题："我要将你治愈。"[σῶσαι κακοῦ ... τοῦδ᾽] 919。）再者，因为他必要要在特洛伊接受治疗，所以这项治疗自然而然由希腊军队医生——阿斯克勒庇厄斯的儿子们进行。这显然是他的推断，因为这番话给出的信息并不精确；我们之后从赫拉克勒斯那里得知，将要为菲洛克忒忒斯进行治疗的并非阿斯克勒庇厄斯的儿子们，而是阿斯克勒庇厄斯本人——他将为此而被天神送往特洛伊。并且，前往特洛伊治疗也属于常识——他不可能在岛上接受治疗，而涅俄普托勒摩斯此刻也还没预见到他最终会感到自己有责任把菲洛克忒忒斯带回他的家乡俄塔。（如果在我们想象中的拿破仑现代剧中，中尉告诉皇帝：只有在巴黎他的胃溃疡才能得到最好的治疗，我们难道会觉得奇怪吗？）

涅俄普托勒摩斯的话中还提到了另外两点：其一，特洛伊将在这个夏天覆灭；其二，赫勒诺斯用自己的生命做赌注，证明预言是真实的。这两点也是合情合理的，因为涅俄普托勒摩斯很了解希腊军营中流传的预言。第一点是有迹可循的；当他反驳歌队对菲洛克忒忒斯的同情时，冷酷无情地说，这一切都是众神的旨意；他说，这一切的目的是"如此一来，英雄就无法在特洛伊注定［λέγεται］战败的时刻之前［δδ᾽ ἐξήκοι χρόνος］用战无不胜的弓对抗这座城邦"（197-200）。这只可能是对赫勒诺斯预言的回忆，再者，如果他知道所有这一切，他也就没有理由不知道赫勒诺斯用生命为这个预言的结果做赌注。（转下页）

忒斯本人来到特洛伊,并且必须由他本人参与战斗才能攻下特洛伊的话,那么为什么涅俄普托勒摩斯、奥德修斯和歌队在剧中表现得好像他们根本不需要菲洛克忒忒斯,而只需要他的弓一样?但如果我们像个普通的观众一样观看戏剧,不

(接上页)归根结底,我们究竟为什么应该假设涅俄普托勒摩斯知道的只有他在开场中被告知的事?假设他知道菲洛克忒忒斯穿过克律塞岛的神殿被看守的蛇咬伤,然后被希腊人遗弃在利姆诺斯岛上;假设他还知道赫拉克勒斯说特洛伊注定在这个夏天沦陷,菲洛克忒忒斯必须被劝到特洛伊,用赫拉克勒斯之弓对抗这座城邦,而且赫勒诺斯以自己的性命担保预言的真实性,难道假设他知道所有这些任何一个在特洛伊的人都能告诉他的事如此令人难以置信吗?涅俄普托勒摩斯很容易就能从他已知的情况中推理出其他他谈到的事。

所有这一切都使我们远离了演出本身,基托对索福克勒斯的戏剧技巧的敏感无人能出其右,他也指出观众们不会为这类问题所困扰:"他们不必太注重这些细节,就像那些参观新帕特农神庙的人们不必过于仔细地欣赏圆柱精心的摆放和倾斜的角度一样。"(95)但无论如何,我也是一个不会为这些"不合逻辑之处"所困扰的读者,这样的读者并不只我一个。正如基托本人说起他在戏剧中处理的一系列错综复杂的问题:"从公元前409年开始,直到博拉关于索福克勒斯的著作出版,在所有这段时间中,似乎没有人对戏剧技艺这最不同寻常的一部分给予足够的关注。"(101)

亚当斯(157,注释15)在1326及以下没有发现任何难题,但他的解释在一定程度上取决于他对涅俄普托勒摩斯的看法;他认为,当涅俄普托勒摩斯用六音步格律讲述预言时,他"受到了预言之神本尊的启发"(150)。"他经由这一启示,明白他必须将菲洛克忒忒斯带往特洛伊。通过这一领悟,他完全理解了神谕。也许人们会问,他怎么知道菲洛克忒忒斯的伤得到阿斯克勒庇厄斯的儿子们的治疗呢?但他肯定一直都明白这一点;我们一直都知道。"(这个观点忽略了一个棘手的问题:涅俄普托勒摩斯的话不是真的,事实上菲洛克忒忒斯的伤不是由阿斯克勒庇厄斯的儿子们医治的。)"至于特洛伊注定陷落的时间,相比之下就是一个无足轻重的问题了;这也许是某种常识,或是某些为了使预言听起来更饱满而随意加上的说辞。"(157,但涅俄普托勒摩斯之前在197及以下就已经提到过这一点。)

带着利弊兼有的学院式概览,也不带着先入为主的观念,而仅仅随着戏剧的推进一幕一幕地了解故事的发展,这些难题就不会出现。[22] 预言是后来才出现的;明确的是,涅俄普托勒摩斯直到亲耳听到奥德修斯手下伪装成商人的水手的话,才确切知晓预言中的措辞,并且他直到戏剧的尾声才明白预言的完整意义。奥德修斯确切知道先知赫勒诺斯所言,但他在开场中保守了这个秘密。他也许有充分的理由。这个复杂的阴谋[23]由奥德修斯开启,并完全在他的掌控之下。这个

---

[22] 亚当斯对戏剧的探讨受到一个先入为主的想法的影响——"传说"是什么。在讨论奥德修斯在开场中对弓的坚决要求时,他说:"但我们从传说中得知,赫勒诺斯……宣布菲洛克忒忒斯和弓都是必不可少的。"(137;也请参照147:"我们知道这个传说……")这个说法对公元前409年观看这部戏剧的大多数观众而言并不真实,甚至对于今日的我们而言也不真实。"这个传说"究竟是什么呢?我们所知的最早来源可能是《小伊利亚特》(*Little Iliad*),佛提乌在9世纪时提到普罗克洛(Proclus)在公元前2世纪(或公元前5世纪)称,这个传说描述了"奥德修斯突然袭击赫勒诺斯,他预言了抓捕的场景,然后狄俄墨德斯(Diomedes)将菲洛克忒忒斯从利姆诺斯岛带回来"。所有这一切(我们很难从索福克勒斯的戏剧中勾勒出这样一个画面),根据《小伊利亚特》,都发生在奥德修斯将涅俄普托勒摩斯从斯基罗斯岛接出来之前。因此,《小伊利亚特》不会给观众提供亚当斯所说的"背景知识",并且其他在阿波罗多洛斯(Apollodorus,《摘要》[*Ep.*], 5.8)和昆图斯(Quintus Smyrnaeus, 9.325及以下)作品中显示出的早期来源也无法帮助解释这个问题,因为在这两个讲述中,嘱咐将菲洛克忒忒斯带回的都是卡尔卡斯而非赫勒诺斯。这不是索福克勒斯的观众可以进行对照的"传说",他们无法在其中找到任何提示;他们以戏剧自身推进的方式接受戏剧,我们也必须如此。他们"知道"的所有信息是,最终菲洛克忒忒斯被以某种方式带到了特洛伊。

[23] 行动的复杂性和激动人心之处激发了沃尔多克奇异的想象;"索福克勒斯即兴创作"是他关于戏剧的章节的标题(196及以下)。奥德修斯在开场中给涅俄普托勒摩斯下指令时的模棱两可"是至关重要(转下页)

阴谋缓缓地在我们面前铺展开来，于是我们的脑海中不断浮现这样的印象：从一开始，奥德修斯的真正目标就是在戏剧进行到四分之三处时的局面——他本人控制着弓（他是弓箭手），并且菲洛克忒忒斯自愿地、甚至可以说自己强烈要求留在岛上。攻陷特洛伊的荣誉将属于涅俄普托勒摩斯和奥德修斯，而非涅俄普托勒摩斯和菲洛克忒忒斯。当然，这不是赫勒诺斯预言的内容；但众所周知，预言可以以各种各样、甚至有时出人意料的方式实现，[24]并且无论如何，当一个不局限于字面意思的阐释能帮助他更好地实现目的时，这部剧中的奥德修斯绝不是个会死抠字眼的人。[25]无论他的真实动机和真正目的是什么，文本都已经表现得足够明确了。在他对年轻人模糊的指令中，只有一件事非常显眼——弓的重要性；"你必须要偷到那件战无不胜的武器"，这是他为数不多

（接上页）的……随着戏剧的推进，索福克勒斯可以为不断丰富的剧情发展留出空间。这取决于灵感……他必须允许恰当的变化……最大目标就是使戏剧继续演下去"(199)。随后(205)是："因此，有时，索福克勒斯充满新意地将他的戏剧按照这种方式向前推进。"甚至沃尔多克本人也最终意识到自己就像一个同时将两个橘子和一个盘子抛到空中的专业却疲倦的杂技演员，因为他还加了一个晦涩难懂的脚注："我不是指这部剧缺乏计划性，我指的是最初的计划是某种即兴创作。"对这个脚注想表达的意思，我完全摸不着头脑，除非我们想象索福克勒斯在演员们将要上台之前才把剧本给他们，我们要欣赏的是某种不成熟的阿提卡"艺术喜剧"。或像谢里丹（Sheridan）一样，第一幕已经在舞台上演时，索福克勒斯（因先前忙于参加政治集会）躲在舞台后面正写最后一幕。

[24] 参见诺克斯（3），35及以下。
[25] 参照博拉，265及以下。

的明确指令之一。随后,我们看到,涅俄普托勒摩斯[26]和歌队[27]都明白自己要将弓偷到手,并且摆脱菲洛克忒忒斯。

涅俄普托勒摩斯已经下定决心要扮演这个骗子的角色,就像他自己说的,"将所有的羞耻感抛在一边"(120)。在他与歌队的对话中,我们可以看到他转变的过程;当他们表达对菲洛克忒忒斯的同情时,他的回答冷漠而自私。[28]随后,他突然见到了他要欺骗的对象。这部剧的英雄是个病弱的人,因遭到抛弃而十分刻薄,他对这十年间的孤苦伶仃耿耿于怀,对那些将他抛弃在岛上的人恨之入骨。劝说他前往特洛伊为他的敌人们赢得他们自己无法实现的胜利是一件非常困难的事,即使特洛伊对他而言意味着康复和荣誉。随着涅俄普托勒摩斯和他谎言的受害者之间的冲突不断加剧,决定使用欺骗这一方法的后果变得非常明显:涅俄普托勒摩斯说的每一句话,无论听起来是真是假,都使菲洛克忒忒斯更加愤怒,更加仇视他的敌人,更加确证了他的成见,并使他对希腊军团首领更加抵触。

涅俄普托勒摩斯以真话开头:"我是阿喀琉斯的儿子,我叫涅俄普托勒摩斯。所以——你现在都知道了。"(240-241)随即,他毫无破绽地假装自己从没听说过菲洛克忒

---

[26] 参照《菲洛克忒忒斯》,840。
[27] 参照《菲洛克忒忒斯》,835及以下。
[28] 《菲洛克忒忒斯》,191及以下。这里暗含的意思是,在注定的时刻到来之前,诸神不允许菲洛克忒忒斯夺下特洛伊;这个注定的时刻指的是涅俄普托勒摩斯到达的那一刻。参见基托(2),111及以下对这段演说很有洞察力的评论。

斯。[29]这对备受屈辱的英雄而言，极大地打击了他的自尊，这进一步加深了他的不满以及对敌人的怨恨。正如英雄所说："那些肆无忌惮地抛弃了我的人，正偷笑着呢。"（258）这引起了一大段他对自己被抛弃，以及在岛上生活的描述；这段描述以他对奥德修斯和阿特柔斯之子的诅咒作结（315-316）。而涅俄普托勒摩斯现在要讲述的假故事[30]——奥德修

---

[29] 这个谎言足够证明亚当斯的观点"涅俄普托勒摩斯事实上应该不会说谎"（142）是不成立的，并且253行令他的另一个观点"他从一开始就避免了字面上的谎言"也站不住脚了。正如亚当斯引用杰布的注释翻译的，这里的意思并不是"将我视作一个一无所知之人"（亚当斯："这实际上没有否认他悉知一切。"——140，注释5），而是杰布在他的翻译中表达出的"请放心，我对你问的一切都不知情"。因为菲洛克忒忒斯问的正是"我的名声"（ὄνομα τοὐμόν）与"我的不幸带来的荣耀"（τῶν κακῶν κλέος），所以涅俄普托勒摩斯的声明无疑是大胆而确凿的谎言了。再者，随后他也承认自己说谎了（参照842，"谎言"[ψεύδεσιν]）。

[30] 亚当斯坚持认为涅俄普托勒摩斯避免了"实际上的谎言"，他认为故事是真实的。如果确实如此，那么开场时涅俄普托勒摩斯的精神状态就非常令人难以置信了。涅俄普托勒摩斯怎么会如此尊重一个深深地伤害了他，还侮辱了他（参照379及以下）的人，并且还执行他的指令？如果故事是真的，奥德修斯怎么会在他对涅俄普托勒摩斯的指令中用"有充足的权利要求"（κυρίως αἰτουμένῳ，63）这样的措辞？最重要的是，如果故事是真的，为什么在戏剧的结尾，当涅俄普托勒摩斯对奥德修斯大加斥责并几乎动起手来时，他都完全没有提及后者拒绝将父亲的盔甲交给他的事呢？（这最后一点也很困扰亚当斯；参照142，注释7）对于故事的真实性，亚当斯还有一个主要论点："在这部剧中，否认人们熟知的奥德修斯获得奖赏的故事是令人难以置信的，即便是暗示。"（137）但问题在于，无论明示暗示，所谓否认都不存在；奥德修斯确实获得了阿喀琉斯的铠甲作为奖赏，但他在年轻人从斯基罗斯岛来到特洛伊时，就已经将铠甲交还给他了。"某些史诗故事"，亚当斯继续道，"似乎说当涅俄普托勒摩斯到达特洛伊时，他父亲的铠甲就被交还给他了；但这个讲述至少忽略了那个更为人熟知的版本。"什么是更为人熟知的版本？根据《小伊利亚特》，普罗克洛称奥德修斯交出了铠甲：（转下页）

斯拒绝交出阿喀琉斯的武器,并且阿特柔斯之子默许了这不公正的行为——对菲洛克忒忒斯而言太过真实了,而且这一切都证实了他对希腊首领们的看法:他们就是一群不思悔改的恶棍。当菲洛克忒忒斯听闻阿喀琉斯、埃阿斯、帕特罗克洛斯、涅斯托尔之子安提洛科斯(Antilochus)这些他最崇敬的希腊人的死讯时,他还获知,奥德修斯和特尔西特斯(Thersites)竟然还活在人间;这些消息使菲洛克忒忒斯对希腊军团仅剩的同情之心荡然无存,他甚至开始质疑众神。当他最终恳求涅俄普托勒摩斯带他回家乡时,他是此刻这个世界上最有理由拒绝前往特洛伊的人。说服他的任务会变得更加艰难,因为即使把他骗到了特洛伊,也无法强迫他违背自己的意愿前去战斗,而没有他的参与,特洛伊就不会沦陷。要说服他只会变得更难。这是奥德修斯一开始的想法吗?无论如何,伪装的船长现在要上前来说那番奥德修斯教他的

(接上页)"奥德修斯前往斯基罗斯岛迎接涅俄普托勒摩斯,并将他父亲的武器交给了他。"(καὶ Νεοπτόλεμον Ὀδυσσεὺς ἐκ Σκύρου ἀγαγὼν τὰ ὅπλα δίδωσι τὰ τοῦ πατρός,艾伦[Allen],106)昆图斯(7.445)与阿波罗多洛斯(《摘要》,5.11)都讲述了同样的故事。(参照小菲洛斯特拉托斯[Philostratus Jun.],《画记》[*Im.*]10以及令人惊叹的杜里斯之杯[Douris cup,清晰插图见Ernst Pfuhl,*Masterpieces of Greek Drawing and Painting*,图61-63],在外部描绘了奥德修斯与埃阿斯的争吵以及希腊人的裁决,内部则描绘有奥德修斯将铠甲交给涅俄普托勒摩斯的场景)。这才是"为人熟知的版本";唯一一个提到奥德修斯将铠甲留给自己的故事是"之后生活在伊利昂(Ilium)的艾托利亚人(Aetolians)讲述的版本",保萨尼亚斯(1.35,4)记录了这个版本——当奥德修斯遭遇海难时,阿喀琉斯的铠甲被扔在靠近埃阿斯坟墓的海岸上。(这个版本也出现在《希腊诗选》[*Anth. Pal.*],9.115中一首不知名的短诗中。)

话，完成任务的同时还要根据困难形势的需要补充新的理由。他传达了赫勒诺斯的预言，即希腊军团"若无法说服菲洛克忒忒斯，并将他从岛上带走"的话，就无法攻陷特洛伊（611及以下）。[31] 如果这至关重要的背景信息是为了激怒菲洛克忒忒斯而蓄意编造出来的话，只会使英雄更加痛苦——也许确实如此，正如我们所知，这个假船长是由奥德修斯安排的。菲洛克忒忒斯听到赫勒诺斯被奥德修斯所俘，而奥德修斯一听到先知的预言就立即自告奋勇地接受任务："将他带到希腊人面前"（δηλώσειν ἄγων，616），就像他"展示"（ἔδειξ'，609）他的俘虏赫勒诺斯一样。他倾向于让菲洛克忒忒斯自愿前来，"但如果不行，就用武力强迫"。整件事从一开始就是奥德修斯的行为，这是他获得个人荣誉的机会；整件事都没有提到菲洛克忒忒斯应得的荣誉，也对治疗他的伤病不置一词。菲洛克忒忒斯只在奥德修斯的胜利中被提及了一次。

也难怪他的反应如此消极。"奥德修斯，"他说道，"这个该死的奥德修斯竟然发誓要把我带回希腊人中间。可能在我死后，说服我从哈德斯的冥府回到人间会更容易些，就像他的父亲一样。"（621及以下）遗憾的是，这夸张之语道出的却是事实的真相。这岛屿，就像他求涅俄普托勒摩斯带他

---

[31] 亚当斯（147）认为"'伪装的船长'透露得太多了"，他"愚蠢地透露了奥德修斯的计谋"。关于这一点，我们很难从文本中找到根据。"伪装的船长"是奥德修斯在一开场时就承诺要派出的特使；他现在所说的一切都是奥德修斯精心嘱咐的。

回的家乡一样，是一种死亡的形式，他现在被邀请重新回到人间。对于孤立与怠惰，菲洛克忒忒斯从被迫忍受到逐渐习惯，这对他而言是某种意义上的死亡；他拥有赫拉克勒斯之弓，这标志着他命中注定将获得英雄的功绩与胜利。[32]众神强迫希腊人使他回到人间，但英雄现在下定决心要予以拒绝。

涅俄普托勒摩斯不愧是他导师的好弟子。奥德修斯说，"如果情况进展太慢"（126及以下），就要派假船长出马；但菲洛克忒忒斯究竟什么时候会上当是很难预见的。英雄此刻着急起航，回到他的洞穴取他的镇痛药物（因为他的病痛将要发作）和可能落在那里的箭。涅俄普托勒摩斯表现出对这件不可思议的武器的惊叹之情，菲洛克忒忒斯允许他触碰这件武器，并承诺会把它托付给他。涅俄普托勒摩斯此刻离成功只有一步之遥；一旦弓到他的手中，他的任务就完成了。

当他与菲洛克忒忒斯一道进入山洞中时，歌队唱起了他们真正意义上的第一首合唱歌。他们到目前为止只唱过一首短暂并在中途被打断了的颂歌（391-402，507-518）；就像希腊悲剧中的许多其他合唱诗一样，第一诗节是献给神的。在这部剧中，献给神的第一诗节是个誓言。但这里的特殊之处在于，这誓言是假的，所以歌队在呼唤神来见证一个

---

[32] 参照惠特曼（1），181及以下。

谎言。[33]然而此刻,他们怀着由衷的同情,歌唱菲洛克忒忒斯多年来孤岛生活所忍受的磨难。这里的颂歌有一个至关重要的戏剧作用。如果歌队获得暂时的自由,可以不用为维持骗局而唱,他们会像这样唱出阿喀琉斯之子心中所想吗?[34]颂歌在我们面前表现出了涅俄普托勒摩斯所有拼命抑制并藏在谎言光鲜外表下的对菲洛克忒忒斯的同情与倾慕之情,所有这一切都将爆发并最终使他无法忍受。但此刻这一切还未发生。当他们二人走出洞穴时,合唱歌正要结束,歌队迅速地再次戴上面具;他们开始歌唱菲洛克忒忒斯的美好结局,他将如愿被送回家乡,因为他遇见了这个"出身高贵的年轻人"(ἀνδρῶν ἀγαθῶν παιδί,719)。

突然之间,一阵剧痛向菲洛克忒忒斯袭来,涅俄普托勒摩斯得到了他想要的东西:那把弓正静静地躺在他的手中,而菲洛克忒忒斯正无助而神志不清地躺在地上,很快便失去意识了。阴谋获得了极大的成功。"我们必须得到这把弓。"他曾对奥德修斯这样说道(116),现在任务已经完成。然而,他无法享受成功的喜悦。菲洛克忒忒斯的痛苦对

---

[33] 亚当斯当然认为这誓言是真诚的。然而,即便阿喀琉斯的铠甲在奥德修斯手中,这首颂歌也与此毫无关系;歌队正在讲述的是一开始铠甲作为奖赏赐予奥德修斯的故事。歌队是涅俄普托勒摩斯在斯基罗斯岛的臣民(139及以下),他们不可能像他们所说的那样,见证这发生在涅俄普托勒摩斯从斯基罗斯岛被召唤入伍前的一切。博拉的看法是正确的(274):"他讲述一个编造出来的故事,歌队用一个类似誓言的颂歌为他做证。"

[34] 参见基托(2),118。

其他人而言也是无法忍受的。他一开始时竭力隐藏，后来尽量控制，最终，这极度的疼痛完全占有了他：在他长时间充满英雄气概的挣扎的最后，他猛然大叫起来，疼得大声哭喊道："ἀπαππαπαῖ, παπᾶ παπᾶ παπᾶ παπαῖ。"（746）这段长且有节奏的哭喊什么意思也没有，也无法翻译——我曾看到两个翻译的版本，一个翻译成"噢！"（Oh!），另一个翻译成"呼！"（Pff!）。[35]杰布根本就没有翻译这个词，我认为他是对的。与希腊文不同，英文中并没有表达痛苦和悲伤的哭喊声的惯用词语。这种程度的痛苦是词语无法表达的，当人类遭受到这种疼痛时，他们会发出像动物一样的叫声，这叫声没有任何含义，只传达出他们极端的痛苦。在希腊文中，这些声响有惯用的表达方式；人们发出的是尖叫声而非词语，人们曾经听到过他人在痛苦中的叫声，这叫声给他们提供了一个可以表达他们痛苦的传统模式，过去的人们曾经用这种模式表达人类无法忍受的苦难。这就是菲洛克忒忒斯的哭喊，我们只能通过舞台提示进行"翻译"："这是一声痛苦的尖叫，长达十二个音节，三个抑扬格。"[36]

我们现在终于完全理解为什么希腊人抛弃了他。"尖叫

---

[35] 两个翻译分别为：大卫·格林（David Grene）《希腊悲剧大全：索福克勒斯（二）》（*Sophocles II in The Complete Greek Tragedies*, 223），以及瓦特林（E. F. Watling）《索福克勒斯：〈厄勒克特拉〉及其他悲剧》（*Sophocles: Electra and Other Plays*, 188）。
[36] 参照亚当斯（149）："实际上，我们对希腊戏剧的舞台提示一无所知。并没有什么'菲洛克忒忒斯发出一声痛苦的哭喊'之类的附加说明；剧作家肯定将这类情况包括在剧本中了。"

和呻吟",奥德修斯曾这样描述(11),但我们也不能想象类似的情况。这一动物般的痛苦尖叫声不是人类所能忍受的；我们通过忘记这种痛苦的存在而继续生活，我们把它关在隔音室内，并且用药物缓解它。但涅俄普托勒摩斯突然之间被迫面对这种残忍的痛苦；他不得不看着人的特征、所有人类的痕迹在不可忍受的痛苦之下都暂时消失了。这一切使他吐露出最初的同情之辞。他非常迷惑，语无伦次，不断重复着相同的话，这根本不像他平时流畅又有技巧的言辞。当菲洛克忒忒斯将那把伟大的弓交到他的手上、要他好好保管时，他承诺他不会抛下菲洛克忒忒斯，我们能够感觉到他的话是真心实意的。他确实做到了。当菲洛克忒忒斯在剧烈的疼痛后睡着时，歌队一而再再而三地要求他、恳求他立即带着弓离开这座岛屿，他一概拒绝。在新的六音步格律诗中——这一格律通常用于英雄诗歌以及神的预言[37]——涅俄普托勒摩斯非常明确地宣布，他将永远放弃自己的目标。"我认为如果没有他的话，我们得到这把弓是毫无意义的。"(839-840)直面过这个他对之充满同情与敬仰的人所遭受的无法言说的痛苦，他理解了赫勒诺斯预言的真正含义，即便他只听过奥德修斯的传话人精心处理过的版本。这个预言并不是在许诺希腊人将通过利用菲洛克忒忒斯获得胜利，而是众神在补偿

---

[37] 亚当斯认为六音步格律暗示了涅俄普托勒摩斯"受到作出预言的神本尊的启发……他本身的同情之心指引他揭露了真相，但揭露真相的命令是由德尔斐之神下达的"(150)。这似乎是个过度解读，阿波罗在这部剧中从未被提及。

他所遭受的一切。"胜利的桂冠属于他……神要我们带上的是他。"（841）歌队不断重复着告诫他立即悄悄地离岛，他却毫不在意。菲洛克忒忒斯恢复了意识。于是最简单的解决方式——偷偷地带着弓离开，避免受到病中英雄得知真相后的指责——已经是不可能的了。正如歌队所言，现在涅俄普托勒摩斯要面对的是一个充满了无法解决的难题的处境（ἄπορα，854）。

菲洛克忒忒斯把炭火堆在他的头上。*他从没想过这样的忠诚。阿特柔斯之子恰恰在类似的情况下抛弃了他。"但你，你的本性高贵，就像你的父亲一样。"（874-875）但涅俄普托勒摩斯深受感情的折磨，他再也无法掩饰，这些情感使他突然大哭起来——παπαῖ（895）。这不是一声寻常的惊叫，而是与我们之前听到的菲洛克忒忒斯痛苦中的喊叫声一样的哭喊。涅俄普托勒摩斯也一样处在巨大的痛苦之中，不过他的痛苦是精神上的。"现在我该怎么做？"（τοὐνθένδε γε，895）他问自己。不仅如此，"我的下一步该往哪走？"——这是个大问题，因为迟早菲洛克忒忒斯都会知道事情的真相——而且，"我剩下的人生该怎么办？"奥德修斯惯有的花言巧语——"把你自己完完全全交给我吧，因为我们只需要在一天中短短的一刻忍受自己当一个无耻之徒，但我们整个未来都会成为受人尊敬的人"（83-85）——现在在他看来全是空洞的诡辩；他在一天短短一刻中的

---

* 出自《圣经·罗马书》12:20，"如果你的敌人饿了，就给他吃；如果他渴了，就给他喝；因为你这样做，就是把炭火堆在他的头上。"

所作所为，会永远伴随着他。"我会显得丑恶。"（αἰσχρὸς φανοῦμαι, 906）他已经说了谎话，并且现在他还必须隐瞒真相。这对他而言是不可承受之重，因此他坦白地告诉菲洛克忒忒斯，他将把他带往特洛伊。

他现在处在奥德修斯与阿喀琉斯两种不同处事方式之间。他最终还是说出了真相，但从他拿起赫拉克勒斯之弓（离了这弓，菲洛克忒忒斯就无法再在岛上生存下去）的那一刻起，他就能强迫英雄跟他一起走。这与他从一开始就采取阿喀琉斯式的处事方式，开诚布公地说出自己的目的，然后用武力夺取弓的结果是一样的。唯一的问题在于，他是用奥德修斯式的谎言而非阿喀琉斯式的武力获得弓的。在对菲洛克忒忒斯说的话中，他掩饰了他处境中的这一弱点，以必要性、"正义"和有利的借口为自己的行为辩护（921-926）。

作为阿喀琉斯的儿子，涅俄普托勒摩斯说出这样的话着实让人意外，但同时他也确实无法在菲洛克忒忒斯愤怒的攻击与恳求怜悯面前继续坚持。菲洛克忒忒斯的那番话用蔑视奥德修斯欺骗伎俩的高贵措辞狠狠地羞辱了他，因为涅俄普托勒摩斯本人也曾在讲述假故事时虚伪地使用过这些欺骗的伎俩。菲洛克忒忒斯的话拆穿了他关于必要性、"正义"和有利的无用借口，让他明白他是他父亲堕落的儿子，是花言巧语的骗子的得意门生。这段演说中不断提到他的父亲，菲洛克忒忒斯借此冷酷无情地嘲讽这个自命为有勇之士的年轻人。他用一个动人的恳求中断了他的辱骂——"把弓给我吧，再次做回你自己"（950）——随后却以一段咒骂和告诫作结。"愿你去死——不不，还不到时候，我必须要先知道你会不会再次改变主意。如果你不再改变心意，我祝你悲惨地死去。"（961-962）

涅俄普托勒摩斯感到非常难过，他现在是真心希望自己从来没有离开过家乡斯基罗斯岛，不像之前那些假惺惺的说辞（969，参照459-460）。面对新的恳求，他在压力之下完全放弃了他的计划。"我该怎么做，你们告诉我呀？"他问歌队，但很明显，他自己回答了自己的问题，并且要把弓还给英雄。正当此时，奥德修斯突然出现，并且对他大喊："快把那弓还给（πάλιν）我！"（975）这句话只能意味着，奥德修斯在涅俄普托勒摩斯把弓还给菲洛克忒忒斯的那一瞬间撞见了这一幕。

此刻，菲洛克忒忒斯遇见了他真正的敌人，而他的敌人还很自豪地承认自己对此应负全责。"你是对的，是我干的，没有别人。我承认。"（980）他继续对菲洛克忒忒斯说他必须去特洛伊，但竭尽所能用了最羞辱最不留情面的措辞。弓必须前往特洛伊，他说，"你必须和弓一起去，或他们会用武力逼迫你上船。"（982-983）"你没有别的选择，只能上路。"（993）"你必须服从。"（994）所以也并不奇怪，他声称自己按照宙斯的意志行事，却被菲洛克忒忒斯视作伪善的骗子而无情回绝了；并且他保证菲洛克忒忒斯不会被当作奴隶而会被当作最重要的人受到招待的话也被忽视了。菲洛克忒忒斯是对的：奥德修斯正像对待一个奴隶一样对待他。他试着把自己摔下悬崖,却被人阻止;[38] 被奥德修斯的党羽抓着的时候,他做了一番言辞激烈的长篇大论,表明自己拒绝前往特洛伊。用歌队的话来说,这是一段"不向厄运屈服"(1045-1046)的演说。

此时,奥德修斯与其强行把菲洛克忒忒斯绑上船,正如他明确威胁过的那样(983),不如放弃使用武力;并且,正如他讽刺地说的,他要向菲洛克忒忒斯"让步"(ἐκστήσομαι, 1053)。[39] "我的本意是希望永远胜利。但在你身上我却失败了。现在我自愿屈从于你。给他松绑。"[40] 菲洛克忒忒斯可以继续留在岛上。"去利姆诺斯岛上散散步吧,希望你享受这一切。"希腊人不需要他。透克罗斯可以用这把弓,或更好的是,奥德修斯本人将使用这把弓。这意想不到的策略,正如学者们通常的解释,只是虚张声势,只

---

[38] 基托援引奥德修斯对菲洛克忒忒斯自杀企图的快速反应,来证明奥德修斯之后声明自己只需要弓不需要菲洛克忒忒斯的话是不真诚的:"如果菲洛克忒忒斯不是必须出现在特洛伊的话,奥德修斯不会如此迅捷地反应过来,保护他不受伤害。"(124)但他出手救助的行为是出现在第1003行,他才说完菲洛克忒忒斯必须前往特洛伊;抛弃他的决定是在菲洛克忒忒斯长篇大论其极为愤怒的控诉(1054),清楚地表明他心意已决、决不会前往特洛伊之后才作出的。再者,奥德修斯聪明过人;要解释是因为菲洛克忒忒斯对希腊人怀有彻骨仇恨不肯前来,所以他才单独带着弓回到特洛伊,是一事,而要解释菲洛克忒忒斯自杀又是另一回事。

[39] 关于这个词,参照《埃阿斯》,672;《安提戈涅》,1105。

[40] 1054:"给他松绑"(ἄφετε γὰρ αὐτὸν)。在(1)184随后的抒情景中,惠特曼将菲洛克忒忒斯描述成"被缚住的",他忽略了这一行。注释家(1004)说的是"他说话的时候,是被绑着的"(δεδεμένος φησι),而"你们抓住他"(ξυλλάβετε, 1003)仅仅指他是被奥德修斯的手下抓着的。

是将菲洛克忒忒斯带回特洛伊的最后尝试吗?[41]如果确实如此,那么我们很难看清它的目的究竟是什么。不管菲洛克忒忒斯是被武力强迫上船,还是因为失去了弓继续留在岛上会被生生饿死而决定前往特洛伊,似乎都不重要了——总之他都不是"自愿"前往特洛伊。奥德修斯还是要说服他加入战斗。这一虚张声势的行为,即便成功了,也根本没有任何作用。奥德修斯立即决定启程,并向涅俄普托勒摩斯留下了最后的指令:"你也跟我一起走;不要看他一眼,虽然你是个仁慈(γενναῖος)的人,但不要毁了我们幸运的胜利。"(μὴ τὴν τύχην διαφθερεῖς,1069)毫无疑问,这只能有一种意思:弓牢牢地掌握在奥德修斯手中;现在,涅俄普托勒摩斯唯一能够"毁掉幸运的胜利"的方式就是说服菲洛克忒忒斯一同前往特洛伊。涅俄普托勒摩斯确实跟着奥德修斯一起走了,但他命令歌队准许菲洛克忒忒斯进行祈祷,并要他们与他在这段很短的时间内待在一起,虽然他知道并明确地说,这一行为(给菲洛克忒忒斯提供最后一个改变主意的机会)会遭到奥德修斯的指责。

现在,歌队第一次严肃地尝试说服英雄。英雄唱起令人心碎的挽歌,他甚至预见了自己在利姆诺斯岛上的死亡。对此,歌队回应道:"是你,是你自己作出的决定……你的

---

[41] 例如,基托(2),124。莱斯基(1),130,持完全相反的看法:"奥德修斯(1055)想在他[菲洛克忒忒斯]缺席的情况下,用他的弓攻陷特洛伊。"并在注释中补充道:"我们只有假设奥德修斯真的希望自己能单独使用这把弓,他回到涅俄普托勒摩斯身边的行为才有充足的意义。"

未来并不取决于他人，也不取决于外界的强力……这是命运，这是众神的旨意，而非我的背信弃义。"（1095及以下，1116及以下）但他们没有权利使用这样的语气，也没有权利指责他，因为他们本身就是奥德修斯阴谋中的工具。[42]也难怪他们没能打动他。最后，菲洛克忒忒斯再次声明自己已经下定决心决不前往特洛伊。"决不，决不，即使闪电与霹雳劈在我的身上，即使熊熊大火燃烧着我，我也决不动摇。我诅咒那该死的特洛伊和它城墙下的所有人。"（ἐρρέτω Ἴλιον οἴ θ' ὑπ' ἐκείνῳ πάντες …, 1200及以下）他宁愿去哈德斯的冥府；如果他们肯给他一件武器，他就用这件武器自杀，如果不行，他就将饥寒交迫地死在这座在他目前看来永远无法离开的岛屿。

在这一幕中，我们看到了熟悉的场景和试图劝说英雄屈服的表达惯例，但这一幕有着不同于其他剧中类似场景的戏剧张力。在这部剧中，虽然歌队自以为是的腔调令人不齿，但我们仍然希望他们能成功。菲洛克忒忒斯的固执不仅使他遭受怠惰与孤立这种种精神上的死亡，此刻，还将使他遭受饥饿而死的命运，因为他们夺走了他的弓，这是他赖以生存的工具。并且，他充满英雄气概的倔强也使奥德修斯和他那损人利己的阴谋的胜利成为定局。这是我们第一次希望索福克勒斯悲剧中的英雄作出让步，虽然他的强硬态度令人

---

[42] 参照基托（2），125："召唤命运是毫无意义的，否认欺骗也没有任何用处，谈友谊简直是在嘲讽对方。"

敬仰，但我们仍感到对他的怜悯之情，并希望一个更真诚的建议者能够说服他。

索福克勒斯没让我们久等。涅俄普托勒摩斯回来了，他带着弓，身后跟着焦虑而迷惑的奥德修斯。此二人在开场中扮演的角色彻底反转；此刻，主动权掌握在涅俄普托勒摩斯手中，而奥德修斯成了那个被迫要听"一些闻所未闻之事"（参照52-53）的人。涅俄普托勒摩斯将要启程，他说："我要挽回我曾犯下的过错。"（λύσων ὅσ᾽ ἐξήμαρτον，1224）他因服从奥德修斯和其他首领而犯下这个错误。他不仅与奥德修斯一刀两断，还与军队首领也划清了界限；现在，他已经准备好要与他们对抗，就像他的父亲一样，为荣誉而战。奥德修斯说他的做法一点也不"明智"（σοφά，1245），对此他回答道："如果这是正确的，那就比聪明更重要。"（τῶν σοφῶν κρείσσω，1246）他回到了那个成为奥德修斯弟子之前的涅俄普托勒摩斯；他宁愿光荣地失败，也不愿靠欺骗赢得胜利。面对这本能的崇高——在一时的疏忽后变得更加坚不可摧——奥德修斯的诡辩显得毫无意义。涅俄普托勒摩斯更关心修复他自己的荣誉，他必须"挽回他的过失"（τὴν ἁμαρτίαν ... ἀναλαβεῖν，1248-1249）。至于奥德修斯、特洛伊和其他希腊军队的命运，他早已置之脑后。正义站在他这一边（ξὺν τῷ δικαίῳ，1251），他不畏惧军队或军队的代表来到岛上。奥德修斯诉诸武力的威胁彻底惨败；他的伶牙俐齿在开场时获得了成功，但现在则完全不起作用，并且他在与阿喀琉斯之子的较量中也处于下风。奥德修斯耻辱地撤退了，随后涅俄普托勒摩斯将菲洛克忒忒斯请出山洞。[43]

他打算把弓物归原主，但首先他再次请求菲洛克忒忒斯和他一起前往特洛伊。英雄激烈地拒绝了邀请，并对他破口大骂；于是阿喀琉斯的儿子不再言语，只把弓交还到它的主人手里。奥德修斯的计谋已经无可挽回地破灭了：当他最后一次出现时，不仅被赶了出去，还差点被菲洛克忒忒斯杀死；这意味着，就此刻而言，武力和欺骗都已经失效了。只剩下说服这一条途径了。与歌队不同，涅俄普托勒摩斯可以以一个朋友的身份真诚地试着劝说英雄。他很清楚自己愧对菲洛克忒忒斯，正如他自己所言，同时菲洛克忒忒斯也承认他是阿喀琉斯真正的儿子："你展示出了你的本性，我的孩子。"（τὴν φύσιν δ' ἔδειξας, ὦ τέκνον, 1310）现在，他们是平等的，他可以开口试着劝服英雄。

他的恳求非常有力。[44]他本该在一开始就这么说。这段话以最重要的理由开头：菲洛克忒忒斯的伤势以及前往特洛伊就能获得的治疗。无论是奥德修斯的使者在转达预言时，还是奥德修斯本人，都根本没有提及这一点；但赫勒诺

---

[43] 参见基托对这一幕出色的分析，（2），126。
[44] 基托（2），132评论涅俄普托勒摩斯最后一次试图劝说菲洛克忒忒斯的行为："索福克勒斯小心翼翼地避免提到，如果菲洛克忒忒斯前往特洛伊，他将解放全体希腊军队。因为菲洛克忒忒斯可能很难禁得住这一点。"但在1200及以下——"我诅咒那该死的特洛伊和它城墙下的所有人"（οἵ θ' ὑπ' ἐκείνῳ πάντες）——展示出他根本不为这一点所动；就像埃阿斯和阿喀琉斯一样，他的怒火也波及整个军团，他希望所有希腊人都像辜负了他的人一样受到报复。

斯的预言明确地暗示了这一点,因为菲洛克忒忒斯要在特洛伊"**战斗**",显然,在戏剧前半部分受到伤病困扰,极其痛苦无助的英雄必须先得到治疗,然后才能带着赫拉克勒斯之弓加入战斗。除了"自愿前往特洛伊",没有任何其他方法可以治疗他的病痛。在那里,他将摆脱疾病的折磨,然后,"借助这些武器,你将与我一道夺下特洛伊的堡垒"。这一切**注定**要发生($\delta\varepsilon\tilde{\imath}$,1339),这是先知的预言。这一切一定会在这个夏天实现。摆在菲洛克忒忒斯面前的,是"最好的奖赏"——被评为最勇敢的希腊人,得到治疗,攻下特洛伊这一伤心之城,并赢得至高无上的荣誉。[45]

这才是一开始就应该采取的正确方式。这种劝说的方法一定会取得成效,因为它现在几乎成功了。在最初的反对之后,菲洛克忒忒斯似乎准备要屈服了。"我该怎么办?我怎么能不相信他的话呢?这个人给了我这么友好的建议。我应该让步吗?"(1350及以下)但当他仔细思考让步之后所牵涉到的问题时,这个念头又使他备受煎熬——他非常清楚,他的让步意味着他必须和他的敌人联手,而他现在甚至有更充足的理由对他们耿耿于怀。从今往后,他还能指望他们什么呢?他冷酷地拒绝了涅俄普托勒摩斯的提议,决心不再改变心意。他还想知道这个年轻人怎么能将自己卷入这一桩事中。"你也不该前往特洛伊……那些人用暴力和侮辱背叛了你,他们偷了你父亲的铠甲,那可是对他荣誉的奖

---

[45] 关于基托认为这段演说中的"不合逻辑之处",参见上文注释21。

赏。"（1364及以下）此刻，涅俄普托勒摩斯被自己之前撒下的谎给难住了。"我来是为了挽回自己犯下的过错。"他告诉奥德修斯。这并非易事；事既已成，覆水难收。眼下，若要向菲洛克忒忒斯解释这个奥德修斯拒绝交还阿喀琉斯铠甲的故事从头到尾都是编造的，恐怕不会对解决问题有任何的帮助；他只能尝试着在这没有说服力的基础上继续为自己争辩。[46]他能做的只是不断重复他之前说过的话。但菲洛克忒忒斯坚定不移，涅俄普托勒摩斯只能放弃说服他的企图。"对我来说，最简单的方法就是放弃，让你按照你现在的方式生活，不抱任何获救的期望。"（1395-1396）

但涅俄普托勒摩斯忘记了一件事，菲洛克忒忒斯马上就提醒了他。当他企图把赫拉克勒斯之弓骗到手时，曾许诺要将菲洛克忒忒斯带回俄塔老家。他的行动从此不再自由，而是必须承担谎言的后果。不仅他合理的论点被这个关于奥德修斯和他父亲铠甲的假故事削弱，而且他当下的行动还受到这个出于欺骗的目的、信口编出的假承诺的束缚。当他还是奥德修斯门徒时搬起的石头，现在终于砸到了他的脚上；他若要完完全全地挽回他的过失，并重新赢得他的荣誉，他就不能让事情维持原样；他必须竭尽一切可能实现他的承诺，把菲洛克忒忒斯带回家，与希腊首领们彻底决裂，并且

---

[46] 这就是为什么他说："你说的确实很有道理。"（λέγεις μὲν εἰκότ᾽, 1373）在这一点上，基托和亚当斯持两种不同的解释观点。如果他现在不准备向菲洛克忒忒斯解释整个关于他父亲的铠甲和奥德修斯的故事彻头彻尾是编造的（一旦菲洛克忒忒斯发现他之前所说的都是欺骗，他一定会重新开始怀疑他），他就必须承认菲洛克忒忒斯的反对是"有道理的"。

放弃他个人劫掠特洛伊、获得荣誉的雄心和梦想。这是个艰难的决定；但作为阿喀琉斯之子，他必须下这个决心，他没有其他路可走。最终，他答应了："如果这是你想要的，我们现在就出发。"菲洛克忒忒斯用了一个恰当的词形容他的决定："你所说的是一件高贵的事。"（γενναῖον εἰρηκὼς ἔπος，1402）这确实非常高贵。事实上，涅俄普托勒摩斯的决定为他父亲的高贵增加了一个新的维度。为了弥补他羞耻的行为，他牺牲了自己所珍视的获得荣誉的雄心。他曾屈从于奥德修斯，但最终他通过严峻的考验，重新赢回了他的本性，这意味着他已经达到了道德行为层面上更高的理想状态，超过了人们对一个曾经反对说谎但准备使用力量优势对付一个病人的少年所能期待的一切。"你一定是个高贵之人，像你的父亲一样，"奥德修斯曾对他说，"但不只是在武力方面。"以一种奥德修斯永远无法预见到的方式，他这番话成了现实。为了弥补过去的错误，涅俄普托勒摩斯放弃了未来的荣誉，这一行为展现出他灵魂的高贵甚至已经超越了他的父亲在屈服于老普里阿摩斯的恳求，交还赫克托耳的尸体、使他得到安葬时所表现出来的伟大。

菲洛克忒忒斯赢了。在此，英雄意志获得了前所未有的成功，我们从来没有在其他剧中看到过英雄获得如此彻底的胜利。一个人的固执不仅击败了整个希腊军团，还战胜了赫勒诺斯的预言和作为历史发展模板的宙斯的意志。这是狄奥尼索斯剧场中不寻常的一刻，从对埃斯库罗斯和欧里庇得斯的戏剧《菲洛克忒忒斯》的描述来看，我们知道英雄胜利的一刻对当时的观众而言也完全是意料之外的。这是一个戏剧上的壮举（tour de force），我们刚刚意识到戏剧不可能以这种方式结束，就猛地体会到了震撼。因为菲洛克忒忒斯的胜利实际上是一个可怕的失败。他将回到家，仍饱受骇人病痛的折磨，在怠惰中日渐憔悴，就像在利姆诺斯岛上一样。并且我们也知道，特洛伊最终确实陷落了，所以他必须以某种方式前往特洛伊。[47]

看起来他好像并不会前往。他们离开舞台前的最后对话是快节奏的四音部句，随后他们将启程前往俄塔和斯基罗斯岛，此时，索福克勒斯从这个他创造的艰难处境中提取出最后一个令人紧张的充满悬念的时刻。涅俄普托勒摩斯搀扶着一瘸一拐的菲洛克忒忒斯，问他自己该如何逃脱希腊人的斥责。如果他们进攻斯基罗斯岛怎么办？"我应该在那儿，"菲洛克忒忒斯说，"用赫拉克勒斯的弓和箭保护你。"（1406）这一切不能以这种方式发生。这是因为，如果贯穿全剧涅俄普托勒摩斯都在他父亲的阴影下行动，他的父亲成了衡量他的堕落的准则、进步的完美典范，那么菲洛克忒忒斯身后也有一个衡量他的行为和声望的英雄人物，那就是赫拉克勒斯。菲洛克忒忒斯正是从他那里获得了那件战无不胜的武器。[48] 赫拉克勒斯之名在这部剧中经常被提起：当

---

[47] 正如基托（2），136非常明智地指出："在这一点上，历史不像诗歌那么豁达；特洛伊确实陷落了。"
[48] 参见哈什（P. W. Harsh），"索福克勒斯《菲洛克忒忒斯》中弓的作用"（The Role of the Bow in the *Philoctetes* of Sophocles），*AJP*，LXXXI，408–414。

菲洛克忒忒斯第一次见到涅俄普托勒摩斯时，他骄傲地称自己为赫拉克勒斯之弓的持有者（262）。随后，当他允许涅俄普托勒摩斯触碰这把弓时，他告诉他："我因为为他人做了件好事而获得了这把弓。"（εὐεργετῶν，670）他接着告诉他，这件好事是为赫拉克勒斯点燃火葬柴堆（801-804）。当病痛使他精疲力竭时，他把弓和箭交到涅俄普托勒摩斯手中，叮嘱他好好保管；他祈求它们不会成为人们的辛劳与悲伤（πολύπονα）之源，它们已经给他和在他之前拥有它们的人带来了太多的苦痛（777-778）。他曾失去这把弓，他对它说话，想象它在奥德修斯手中一定感到非常羞耻——它可是曾属于赫拉克勒斯的弓啊（1128及以下）。这一切都提醒着我们，这把曾被赫拉克勒斯用来对抗巨人、怪兽与凶手的弓，在菲洛克忒忒斯手里只用来捕杀利姆诺斯岛上的小鸟和野兽而已。他曾试着用它来对抗奥德修斯，现在许诺要用它来对抗希腊人。但赫拉克勒斯将这把弓交给他的目的并不在此。在赫拉克勒斯手中，这把弓为人类立下了赫赫战功；在菲洛克忒忒斯手里，它也该有伟大的作为。事实上，菲洛克忒忒斯的英雄倔强用在了错误的目标上。伟大的索福克勒斯式人物的英雄主义总是展现在行动中的。埃阿斯最终惊天动地的暴力行为为他战场上一系列非凡的战绩画上了圆满的句号。安提戈涅埋葬了她的哥哥，她的自杀使克瑞翁得到了惩罚。厄勒克特拉固执地为自己的任务努力着——她不断地提醒杀死她父亲的凶手们他们犯下的罪恶，以及必将来临的复仇——并且在复仇者最终出现时，她竭尽全力地帮助他。俄狄浦斯在忒拜时以一己之力对抗所有反对的意见，执意寻找事情的真相；并且，在克洛诺斯，他亲自决定了他忘恩负义的儿子们的厄运，并通过选择自己的葬身之处，将战胜忒拜的荣誉送给了雅典。但菲洛克忒忒斯的倔强却使他陷入怠惰，陷入毫无意义的苦难；他非常依恋那种渴望复仇的自怜情绪，这是他十年孤独中的慰藉，此刻他扮演的角色是受害者而不是英雄。

菲洛克忒忒斯必须逃离这种孤立的状态，达到赫拉克勒斯——他的守护神——的英雄标准；并且，他不该将这把弓用在利姆诺斯岛或他的家乡死气沉沉的怠惰中，而应该像赫拉克勒斯一样，让这把弓发挥它真正的作用——这才是赫拉克勒斯将弓交给他的目的。他对涅俄普托勒摩斯说："我祈求这弓不会成为你的 πολύπονα（辛劳与痛苦之源），因为它已经为我和我的前任带来了太多的苦痛和灾难。"[49] *ponos* 一词既意味着"辛劳，劳作"，也可以解释成"痛苦"（这样一种语言学现象只会出现在一个以 *scholê*，即闲暇，为最高理想的民族的语言中）。这把弓与菲洛克忒忒斯的痛苦联系在一起，但在赫拉克勒斯手中，它则展现出"劳作"的一面。菲洛克忒忒斯也必须使这把弓发挥这样的作用。此刻，时机已到。

然而，没有人能够说服他，这还需天降神明来相助。

---

[49] 关于赫拉克勒斯是"πολύπους"的问题，参照品达《尼米亚颂歌》，33；欧里庇得斯《愤怒的赫拉克勒斯》，1192。

赫拉克勒斯本尊出现了，他亲自劝告（παρήνεσ᾽，1434）[50]英雄。他立刻提醒菲洛克忒忒斯这弓和箭所代表的一切："首先，我要向你讲述我的命运，我努力奋斗和经历的一切辛劳（πονήσας ... πόνους，1419），然后才是我赢得的永垂不朽的荣誉。"菲洛克忒忒斯所要面临的是同样的境况——"在经历了这些磨难之后（πόνων，1422）你将获得荣誉。"他就要启程前往特洛伊，亲手用赫拉克勒斯的弓与箭杀死战争的罪魁祸首帕里斯（Paris），然后劫掠整座城市。涅俄普托勒摩斯也必须同行。"你们必须一起夺下特洛伊城，二人缺一不可。你们要像两只狮子一样并排前进，互相保卫对方。"最终，涅俄普托勒摩斯还是得到了一位年长者作为他的向导；他不是奥德修斯，而是菲洛克忒忒斯。涅俄普托勒摩斯在磨难考验中已经成长为一个真正的男人，虽然之前他曾从属于奥德修斯，但现在他与菲洛克忒忒斯是平等的。

　　他们二人都愉快地接受了神的劝告。菲洛克忒忒斯最终同意离开死亡重回人间，回到有活力和荣誉的生活中，他将有一番与他伟大的保护神相匹配的英雄作为。然而，戏剧并没有结束在这一刻。真正的结尾是他与这座小岛意料之外的美好道别。他此刻就要启程，他将前往特洛伊，前往人类与伟大事业的世界——当然，这世界也属于他的敌人们，属于奥德修斯，属于谎言，属于技艺与计谋；在这个世界中，

---

[50] παρήνεσ᾽，1435。索福克勒斯英雄不会接受同伴的建议，菲洛克忒忒斯在这里听从的是一个神的劝告。也请参照"不能违抗"（οὐκ ἀπιθήσω），1447。

他必须面对与他人共同生活的问题。虽然他欣然离开,但与小岛的告别展现出他的眷恋之情,他深深地爱着这见证了他孤独的忍耐和长久苦痛的地方——这座岛屿,正如《奥德赛》中的许多岛屿一样,是一种死亡与遗忘的形式,但同时也是远离真正人类世界的安身之所,它充满吸引力,也庇护着人们不受人间种种危险、不安、失望与沮丧的侵袭。

> 我现在要对这座岛屿做最后的告别。
> 再见了,与我共度无眠长夜的山洞,
> 再见了,春日里的仙女
> 还有悬崖边骇人的雷霆。

142
> 这是我的庇护所,
> 虽然挡不住暴风雨,
> 赫耳墨斯的山峰将我的悲叹
> 又送回我的耳边,
> 将风暴的回音,又送到我的心间。

> 此刻,我饮过的溪流,
> 此刻我必须离开你,最终
> 我以为永远无法见到的分别,
> 还是来到了。

> 永别了,四周环海的小岛,

请不要抱怨我的离别,
给我一阵微风吧,
让我前往命运所指的方向
是命运,是朋友们的智慧,
是无坚不摧的神明下的命令。

第六章　俄狄浦斯在克洛诺斯

这是索福克勒斯的最后一部戏剧；剧作家直到去世前才落笔成文，并且这部剧在他去世五年之后才被搬上舞台。他逝世于公元前406年，两年之后，雅典舰队在伊哥斯波塔米（Aegospotami）被彻底摧毁；他没有看到斯巴达的桨帆船和拿着波斯津贴的桨手驶进比雷埃夫斯（Piraeus），迫使雅典投降。但他已经知道，正如全世界都已经知道，雅典已经输掉了这场战役。[1] 城邦面临着毫无疑问的失败，同时——雅典是如此令人憎恨——还可能面临灭顶之灾。[2] 在充满绝望的最后几年，葬礼演说的梦想已经变成了一个噩梦。民主政府已经落到了暴力无能、只知蛊惑民心的政客手中。阿提卡被一支驻守在德西里亚（Decelea）的斯巴达部队包围着，与雅典的距离只需行军一日，雅典的精锐部队在西西里和爱琴海沿岸众多非决定性的战役中消耗殆尽。在漫长生命中的最后几个月，出生在克洛诺斯乡村的索福克勒斯在九十岁高

---

[1] 参照莱斯基（2），168："在雅典覆灭之前，他被允许闭上了眼睛……这一定会来临，他很可能已经猜到了结局。"
[2] 色诺芬，《希腊史》（*HG*），2.2，19。科林斯人（Corinthians）与忒拜人意在完全摧毁雅典（ἐξαιρεῖν）。

龄决定重新回到俄狄浦斯这一人物上。他曾将这个人物描绘成雅典智慧与胆识的理想化身，但现在，他将创作一部描写英雄的老年的戏剧，这着实不同寻常；这部戏剧讲的是英雄在经受了一系列灾难之后获得的补偿，也涉及雅典的命运。

俄狄浦斯将获得的补偿是死亡——作为凡人，他最终的结局是死亡；而作为超越凡人的存在，他获得了力量与不朽，事实上，他成为阿提卡土地的保护英雄。俄狄浦斯与雅典的密切联系是非常重要的。俄狄浦斯王是雅典城邦兴盛时期的理想典范，然而他的勇气、力量和智慧被置于一个悲剧的框架中，正是这些英雄的品质导致了他的灭亡。在这部剧中，老俄狄浦斯就像那个在战争最后几年精疲力竭、被打垮了的雅典——虽然最终可能会被击败，甚至被摧毁，但仍将在不朽的坚韧中蓬勃发展，给予爱着这个城邦的人们力量。[3] 这部剧中赞美雅典的颂诗是有史以来最感人，也最美好的，这一点并非巧合：诗歌赞颂雅典的坚韧、力量和美好，而这些意象同时也暗示了死亡与不朽。如俄狄浦斯一样，这座城邦也许会走向灭亡，但只会从此永垂不朽。

这部剧是一个值得敬重的遗愿和遗言。所有先前戏剧中的伟大主题都再次出现，这就好像索福克勒斯在这部晚年作品中总结了他一生的思想和感受。那个比双眼健全的人看得更清楚的盲人现在不再是先知提瑞西阿斯，而是俄狄浦斯

---

[3] 参照惠特曼（1），210。读者们将会明白我是多么感激惠特曼对这部戏剧精彩而有说服力的讨论。

本人；他作出了一些预言——先是以阿波罗的名义，后以他自己之名。就像在《俄狄浦斯王》和《特拉基斯妇女》中，行动以诸神的预言为背景展开，神意隐晦而令人费解，凡人的智力远不可及；只有在神意达成、真相大白的那一刻，人们才终于有所了解。埃阿斯的英雄信念是奖赏朋友、惩罚敌人，而这一信念遭到人类命运千变万化的蔑视与挑衅——这个主题重新出现在这部戏剧中，但着重点有所不同。《菲洛克忒忒斯》中英雄因不应遭受的灾难而获得补偿的主题再次出现；就像菲洛克忒忒斯一样，遭到厌恶和拒绝的俄狄浦斯，变成了他的敌人们不可或缺之人，他们前来把他带走。还有死亡，那埃阿斯和安提戈涅骄傲地称为他们的归宿的死亡，那厄勒克特拉和在忒拜的俄狄浦斯在绝望中渴求的死亡，那菲洛克忒忒斯比起活在他的敌人们之间更喜爱的死亡，是俄狄浦斯从一开始就公开声明的目标：他四处流浪，寻找他那命中注定的安息之处。

这部剧还使用了我们熟悉的处境与表达惯例：英雄的意志再次战胜了那些劝说他改变主意的企图。更令人惊讶的是，戏剧一开始似乎将这样一种可能性完全排除在外。俄狄浦斯不仅是个瞎眼的乞丐，还是一个极其年迈的人。在希腊悲剧中，老人一般不会有太好的结局。除了先知提瑞西阿斯（即使是他在欧里庇得斯《酒神的伴侣》中也受到了某种不敬的对待），[4] 他们总被描绘成某种有着老年人小怪癖的

---

[4] 参见多兹（E. R. Dodds）《欧里庇得斯〈酒神的伴侣〉》（*Euripides Bacchae*），91中明智而审慎的讨论。

形象。他们像《俄狄浦斯王》中的科林斯信使一样好管闲事又骄傲自满,像《愤怒的赫拉克勒斯》中的安菲特律翁(Amphitryon)或《安德洛玛刻》中的佩琉斯(Peleus)一样虚弱又可怜,像《阿尔刻提斯》中的菲瑞斯(Pheres)或《酒神的伴侣》中的卡德摩斯(Cadmus)一样自私又虚伪,像《俄瑞斯忒斯》中的廷达瑞俄斯(Tyndareus)一样多嘴多舌,他们心中充满了无能又凶残的恶意,就像《伊翁》中的老奴隶一样——通常来说,他们要不就有点可笑,要不就阴险凶恶。[5]将一个老人塑造成英雄的角色是一步险棋,并且在这世上所有的老人中,俄狄浦斯一定是最不合适的人选。当我们一开始在舞台上见到他时,他看起来十分令人厌恶。随后,他的儿子波吕涅刻斯为我们描述了他的样子:"他穿着这样的衣衫,恶臭的多年积垢贴在他衰老的身上,损伤着他的肌肉,那没有梳理过的卷发,在他那没有眼珠的头上随风飘动,好像他还携带着一些和这些东西相配搭的食物来填他可怜的肚子。"(1258-1263)索福克勒斯毫不吝啬地向我们展示了英雄褴褛污秽的状态;这是一个有益的提醒,如果波吕涅刻斯痛苦的哭喊还不足以表现这一场景,那么正如大多数这类陈词滥调一样,对欧里庇得斯的写实主义和索福克勒斯"古典式的克制"的现代区分就更多地建立在一个古代文学传统而非文本的基础上;在这个例子中,这个文学传统

---

[5] 也请参照《赫拉克勒斯的孩子们》中对伊奥劳斯(Iolaus)的喜剧处理(特别是686,692,对性无能的暗示,以及伊奥劳斯与奴隶[therapon]荒谬的离场,723及以下)。

应该更多地归因于阿里斯托芬，而非亚里士多德。

然而，还不只如此。又脏又盲的老人不仅看起来不像一个英雄，他在戏剧开头说的那番话更让人看不到一丁点英雄的习性："今天谁肯给流浪中的俄狄浦斯一点施舍呢？我只想讨一点，可我得到的却比一点还要少，但是，有一点点，我也满足了。我遭受的苦难、我拥有的陪伴、我经历的漫长岁月（χρόνος, 7）已经使我学会满足（στέργειν, 7）。""我们是异乡人，得向本地人请教（μανθάνειν, 12），按照从人家那里听到的（ἀκούσωμεν, 13）办。"这正是所有索福克勒斯悲剧中的建议者竭力尝试着灌输给英雄们的想法——从时间中吸取教训，学会认命。我们很难从第一部剧结尾时那个虽自瞎双眼，但仍非常强硬的俄狄浦斯身上预料到现在这样一番卑微之语。这个曾经专横跋扈的人物已经不再是忒拜的国王，他已经随着时间的流逝成为一个卑微的小人物，甚至几乎到了自我毁灭的地步。他耐心、顺从地等着死亡的到来。

死亡将补偿俄狄浦斯遭受的一切灾难，即便他并不知情。他并没有要求或期待某种补偿，但我们能感到这是他应得的。在第一部剧*中，他堪称敬神的典范（παράδειγμα），正如在他发现自己身世的真相之后，歌队在那伟大的合唱

---

* 在索福克勒斯的创作生涯中，一共写了两部关于俄狄浦斯的悲剧，所以这里出现的"第一部剧"，以及之后文中出现的"之前那部剧""之前的剧""前一部剧"都指《俄狄浦斯王》；"后一部剧""最后一部剧"则指《俄狄浦斯在克洛诺斯》。

歌（1193）中唱的那样；[6] 通过那注定的命运和他英勇的行为，他证明了一个人失明时的视力最敏锐，一个人的最高知识是无知，一个人最大的信心与希望是一场幻觉。因此，约伯（Job）用他的例子来证明神迹的存在——神迹不为他所理解，直到最后才补偿他的灾难。"这样，耶和华后来赐福给约伯比先前更多。他有一万四千羊，六千骆驼，一千对牛，一千母驴。他也有七个儿子，三个女儿。……此后，约伯又活了一百四十年，得见他的儿孙，直到四代。"（《约伯记》，42.12及以下）这无疑是一个奖赏，无须解释与说明。但俄狄浦斯的奖赏中没有骆驼和母驴，也没有长命百岁。事实上，根本连生命都没有。他获得的奖赏是死亡，但这是一种约伯和《约伯记》的作者永远都无法理解的死亡，这是一种希伯来严格的一神论憎恶的行为。对俄狄浦斯而言，他在死亡中成为一个英雄（heros），成为超乎常人的存在，成为一个在肉体灭亡后掌管人类事务的永生灵魂。他的坟茔将成为圣地，埋葬他的城邦将在他的坟墓边赢得伟大的胜利。他通过选择自己埋葬的地点创造历史，他的存在令一些人惧怕，令另一些人感激。

在之前那部剧中，祭司说："我们祈求你，不是把你看作天神。"（θεοῖσι ... οὐκ ἰσούμενον, 31）国王的确不等同于

---

[6] 琼斯（265）评论《俄狄浦斯王》中俄狄浦斯的垮台："'典范'（exemplum）一词是不能采信的，因为这个词表示出一种明显的道德目的以及一种并不符合索福克勒斯戏剧的看待舞台人物的方式。"他似乎忽略了这个如此着重强调了 παράδειγμα（典范，exemplum）的片段。

天神（虽然他像天神一样行事），但在最后一部剧的最后一幕中，他成为神：在这部剧的结尾，众神呼唤他加入他们的队伍。他"相当于天神"。在索福克勒斯戏剧中，众神一般不展现他们的面貌，但在这一刻我们认识了他们的模样。他们拥有智慧，[7]俄狄浦斯王曾认为自己也拥有那全知全能的智慧。然而事实证明，他一无所知；[8]正是这智慧区分了神与人。因为神拥有智慧，所以他们的行为是自信而确定的；他们行事果断笃定，这也是俄狄浦斯王的特点，只不过这一品质在他身上算是放错了地方。只有神才能对诸事有把握，人则永远不能。众神的行为是正义的，正如雅典娜对埃阿斯的公正行为，[9]众神在《安提戈涅》中对克瑞翁的公正审判；众神的正义是确切而恰当的，因此也没有任何宽恕的余地——即便他们的公义有时可能充满愤怒。在之前的剧中，俄狄浦斯王要将这充满愤怒、毫无怜悯之情的判决加在克瑞翁头上，但这个判决是建立在无知的基础上的，同时也并不公正。这些神的属性——智慧、笃定和公正——俄狄浦斯王理所当然地认为自己拥有，这也就是为什么他会成为体现人类智慧、笃定和公正的悲剧性缺陷的最好例证。在这最后一部剧中，他再次拥有了这些神的属性，但这一次，是众神决定让他与他们平起平坐。在戏剧结束之前，老俄狄浦斯似乎再次成为我们熟悉的那个年轻的俄狄浦斯：他非常愤怒地

---

[7] 参照《埃阿斯》，13；《俄狄浦斯王》，499；《厄勒克特拉》，658。
[8] 参见诺克斯（3），127-128。
[9] 参照诺克斯（2），7-8。

执行着他的公正，无比自信，但这一次他有正当的理由。此刻，他确实知晓了一切，也将这一切看得清楚；神将眼睛还给了俄狄浦斯，而这双眼睛的视力现已超出了人类能力的范畴。在他此时的转变过程中（这部剧中的情节），正如在他彼时的挫折（第一部剧中的情节）中一样，俄狄浦斯都起到了范例（παράδειγμα）的作用。英雄俄狄浦斯从疲惫、衰老与失明的肉体中获得重生，这强调了同样的教训，再一次标明了人与神之间的界限，以无法抗拒的美与恐惧的画面又一次阐明，是否拥有智慧、笃定与公正是神与人的最大区别。

他告诉我们，他曾得到神的许诺，将"安息"（παῦλαν，88）在一个国度——这是他流浪的终点，他将在这里得到安身之所，并受到三位威严的复仇女神的欢迎和接纳。他会得到安息，但他必须为此付出巨大的努力。[10] 他必须积聚所有他曾拥有的英雄坚持不懈的品质；为了得到最后的安息，他要再次成就一番英雄的功绩，就像他早些时候那样。但这一次，英雄习性的顽固有了不寻常的新含义。在作为人的生命的最后几小时中，俄狄浦斯逐渐获得了他即将变成的英雄所拥有的特质和力量；他从人类的状态变成了某种更伟大的存在，戏剧展现出了这一转变过程

---

[10] 参照莱斯基（1），132："最终，所有的灾难与折磨将他引向和平，但他必须再一次通过惶恐与暴力，体会这个世界的不安宁，然后才能倒在神的召唤之中。"

的神秘。[11]

他一开始的那番话向我们展示出的似乎是一个已经收锣罢鼓，而非正要大展宏图的人。他已经学会了逆来顺受，已经再没有什么需要吸取的教训了。他看不见面前这座城邦的城墙，这不过是他流浪生活中的又一个短暂的落脚点，另一个他乞讨面包的地方罢了。他没有意识到这是他的报偿之地：他将葬于此地，这会是他永恒的安息之所。他与克洛诺斯居民的第一次接触并不吉利。他在打听消息时被粗鲁地打断，并被勒令离开；他闯入了圣地，那是复仇女神们的圣林，她们是地神和黑暗神的女儿们；这些威严的女神古老和骇人的职责之一就是实现父母的诅咒。[12] 但这粗暴的回绝带

---

[11] 这当然是博拉的阐释（310及以下），这一点受到林福思非常严厉的批判（《〈俄狄浦斯在克洛诺斯〉中的宗教与戏剧》[*Religion and Drama in the Oedipus at Colonus*], 75–192）。他们都没有对俄狄浦斯转变的显著特点给予足够的关注，他们也没有注意到预示的力量在他身上逐渐增长的过程。莱斯基（1），133强调，英雄所经历的并不是"个性"（character）的转变，英雄的特性没有变化，还是与他仍是人类时一样。这不是一个基督教语境中的"转变"（transformation），而是一种"提升"（elevation）。"这并不是一个转变，而是将整个人都提升至一种英雄的存在状态，那曾经令他与一切为敌，给他带来致命一击的力量，如今他用这力量来保佑人或诅咒人。"

[12] 亚当斯（165）认为树林中的欧墨尼得斯"不是由孚里埃（Furies）变成仁慈女神（Kindly Ones）的厄里倪厄斯，就像在埃斯库罗斯作品中一样……在这些女神被提到时，完全没有任何对厄里倪厄斯的暗示……在这部剧中，当俄狄浦斯要复仇时，他也没有向厄里倪厄斯求助"。在脚注中，他解释到，当俄狄浦斯诅咒波吕涅刻斯时，他向欧墨尼得斯求助（καλῶ δὲ τάσδε δαίμονας, 1391），但他的诅咒是他自己的话；"他呼唤这些力量[例如塔耳塔罗斯，欧墨尼得斯和阿瑞斯]来确保他的诅咒，而不是来替他诅咒"。然而当俄狄浦斯诅咒克瑞翁时，（转下页）

来一个意想不到的回应；乞讨者的卑微在这一瞬间消失了，他拒绝离开圣地。他宣布了自己的决定，他的措辞带着一种不容置疑的坚定，让人想起了那个英雄俄狄浦斯王："那就请她们大发慈悲，收下我这个乞援人吧，我绝不离开这圣地。"（45）"这话是什么意思？"被惊呆了的克洛诺斯本地人问道，他得到了一个谜一般的回答："这是我命运的信号。"（46）俄狄浦斯已经意识到这是他命定的安息之处——在威严的女神之间；他将永远留在这里。开场时耐心的乞援人现在要求与雅典国王忒修斯见面；事实上，自从他强调自己不会离开时，他就在召唤克洛诺斯的王了。他确信他将会前来。因为奥德修斯正为雅典带来一件礼物。他说，忒修斯将"用帮一个小忙换来极大的好处"（72）。迷惑不已的克洛诺斯本地人离开了俄狄浦斯，他要与他的同乡商量此事；俄狄浦斯现在与安提戈涅单独待在一起，他开始向圣林中的女神们祈祷。我们现在明白他突如其来的自信和那番不容置辩的话的根据了。阿波罗曾预言他命中将多灾多难，将历经流浪与漂泊，但也承诺他将在欧墨尼得斯女神之间得到他的安

（接上页）他也向圣林中的女神们求助了（864及以下）。这似乎很难令人相信——在这样一部以受到不公正待遇的父亲诅咒他的儿子为高潮的戏剧中，欧墨尼得斯与厄里倪厄斯之间的联系完全不在诗人的计划内，也完全没被观众感受到。正如亚当斯所说，这一联系很可能是埃斯库罗斯的发明，但显而易见的是，它很快便传播开来；例如，在欧里庇得斯的《俄瑞斯忒斯》中，欧墨尼得斯之名被四次作为复仇女神提到（321及以下，836，1650；在38，厄勒克特拉称她们为"欧墨尼得斯女神"[θεάς εὐμενίδας]，因为她出于对她们的敬畏 [αἰδοῦμαι]，不直呼其名"厄里倪厄斯"）。

息之所。[13] 还不只如此，他将在这个国度走完辛苦一生的最后一程，他在这里居住，能为他的居停主人造福，能使驱逐他的人遭殃。他将以奖赏朋友、惩罚敌人的方式结束生命。虽然目前他还完全不知道这一切将以何种方式实现，但他对神谕的信仰是如此强烈，以至于他立即就差人去请忒修斯前来。他此刻祈求圣林中的女神们实现阿波罗的承诺，并且请求雅典接纳他，他的话预示了他从肉体到灵魂的转变。"请你可怜可怜俄狄浦斯的不幸的幽魂（εἴδωλον，110）吧，他真的不再是旧日的那具躯壳了。"

作为一副肉身，作为一个人，他是值得同情的——失明，虚弱，衣衫褴褛，污秽不堪——但改变已然开始。第一个遇见的人对他既同情又鄙夷——"我看你是个高贵的人，虽然你显然走了坏运气"（76）——但克洛诺斯歌队的老人们却对他的样貌感到害怕。"呀！可怕的样子！可怕的声音！"（δεινὸς μὲν ὁρᾶν, δεινὸς，141）他们也命令他离开那片神圣的树林，俄狄浦斯确实听从了他们的命令，不过他先要求他们保证他在新的避难地的安全。当他们从他口中知道了他的名字时，他们迅速违背了自己的诺言。"快离开

---

[13] 当然，当俄狄浦斯在前一部戏剧中描述这个神谕时（《俄狄浦斯王》，791及以下），并没有提及这一部分。这个承诺被嫁接到了原版神谕中。这是索福克勒斯有意在这部剧中提到《俄狄浦斯王》的众多方式之一。（毕竟《俄狄浦斯在克洛诺斯》中的预言可以被简单地展示为另一个神谕。）这两部剧之间的其他联系点是克瑞翁的场景，这一幕使人记起之前那部剧中两人间的冲突，以及在这个预言的问题上，波吕涅刻斯对伊俄卡斯忒的话的效仿（参见本书160）。

我们的地界，走得远远的。"（226）阿波罗承诺了他的"安息"，不过他必须为此奋斗。他必须为自己的过去辩护；他再次详细讲述了他骇人的故事，而且这并不是这部剧中的最后一次。他是在一无所知的情况下作出这一切的，他说，他在自卫时将他的父亲杀死；对于那可怕的过去而言，他是受害者而不是害人者。但他现在将采取行动，而非忍受折磨。他清楚地明白自己的行为，他将获得力量。他是"受神保护"（ἱερός）的"虔诚"（εὐσεβής）的乞援人——他正在实现阿波罗的神谕——他的到来还将"为这里的人造福"（287–288）。

他还不知道自己将为他们造什么样的福，他这么说只是出于对神谕盲目的信仰。下一个场景中，他的女儿伊斯墨涅前来告诉他他需要知道的一切。他的两个儿子正在争夺忒拜的王位，而德尔斐神庙中的阿波罗传达了新的预言：忒拜人将找寻俄狄浦斯，无论他是死是活，因为他们的胜利与权力都掌握在他的手中。不久之后，克瑞翁将代表厄忒俄克勒斯前来，把俄狄浦斯带回家。他们要把他安顿在忒拜的边界上，既把他抓在手里，又不让他进入国境。老人很难理解这新的预言，因为看起来似乎与他刚刚描述的预言相冲突：在之前的预言中，阿波罗许诺他将安息在欧墨尼得斯女神们之间；他之前也已经被带到她们位于雅典的圣林中，这在他看来是神的指引（97及以下）。但渐渐变得明确的是，新的预言是对旧预言的补充。他葬在哪里，就会为哪里带来胜利，然而，即便忒拜人非常渴望这胜利，他们也不会将他埋葬在忒拜的土地上，因为杀害父亲的罪过不容他躺在那里。"他们绝不能把我抓到手。"（408）他回答道。同时，他还得知，他们会因此吃苦头，当将来有一日他们在他的埋葬地卷入战争时，会遭受他魂灵怒火的折磨。现在他明白了，这两个预言其实是同一个预言的两个面向；他可以通过选择自己的安葬地来实现阿波罗对他的承诺：他将拥有惩罚敌人、帮助朋友的权力。他决定将胜利赋予雅典，当忒拜军队进犯阿提卡土地之时，他们将大败而归。他拒绝将胜利给予他的两个儿子，他们中没有一个会因得到老人的尸体而赢得战争；他们一次又一次的忘恩负义使他愈发愤怒——他们竟然在得知了新预言之后仍只是看重王权，而不想把他召回家（418–419）。

从他表述自己决定的措辞中，我们可以看出他仍只是一个凡人。通过选择自己的安葬地，他奖赏了雅典，惩罚了忒拜，这仍在他作为凡人所拥有的权力范围内；因此他声明这是他的意图以及给雅典的提议。但对他忘恩负义的儿子们的惩罚则超过了预言给予他的权力范围，因此他只能表露出这是他的希望和祈祷："愿众神不要为他们禳解这命定的争端；他们正举起长矛进行决斗，由我来做这场战斗的裁判：那个现在霸占着王杖的人既不能继续留在王位上，那个被放逐的人也不能再回家。"（421–427）他祈求众神实现他已经[14]

---

〔14〕 杰布（许多评论家同意他的观点）认为1375的"之前"（πρόσθε）指的是俄狄浦斯在421–427与451及以下对他儿子们的诅咒。他否认了坎贝尔的观点——坎贝尔认为这个词指的是戏剧开场之前的诅咒。但"之前"（πρόσθε）一词本身就很有说服力地证明了坎贝尔的观点。俄狄浦斯对波吕涅刻斯说"我从前曾对你发出这样的诅咒，我现在请这些诅咒前来为我作战"这样的话是没有意义的，除非波吕涅刻斯之前听到过（转下页）

宣告了的对他儿子们的诅咒——愿他们在争夺王位中互相残杀。阿波罗的预言中完全没有提及这一部分——这是他的愿望；然而，在戏剧结束之前，他将以真正的预言那种不容置疑的语气重述这一愿望，这一次，愿望成了预言；作出预言的不是阿波罗，而是俄狄浦斯自己。[15]

他宣布自己是雅典的救星，歌队现在对他很尊敬。但他如果要留在克洛诺斯的话，就必须要向女神们举行赎罪礼，因为他侵犯了她们神圣的领地。歌队详细地向他解释他必须完成的净化仪式的步骤。这一幕的长度远远超出了这个情节技术上的要求——让伊斯墨涅离开舞台，好让她可以被克瑞翁抓住。歌队充满爱意地仔细描述了这个仪式，这奠定了我们将要见证的宗教之谜的基调；这一幕也向我们展示了英雄在宗教问题上的顺从，他非常渴望得到宗教上的指导；[16]这一态度将与他在人际关系中渐长的独断与顽固形成极其鲜明的对比。净化仪式将使他恢复与女神们恰当的联系，他随后还祈求她们赋予他诅咒克瑞翁和自己儿子们的言辞与力量；这绝不是一个赦免他过去罪行的净化仪式。他过

（接上页）（或听说过）这些诅咒。但波吕涅刻斯没有听过杰布指出的那些段落中的诅咒。无论如何，这些段落都不是诅咒（关于真正的诅咒是什么样的，我们可以在1383及以下清楚地看到），在这些段落中，第一段是个愿望，第二段则是个预言。

[15] 关于俄狄浦斯这段声明的定义及其含义，参照基托（1），388。
[16] 值得注意的是，这些词通常与英雄的倔强联系在一起，但这里用于强调他合作的意愿：παραινέσαι（建议，告诫），464；διδάσκετε（指导），468；δίδασκε（教导），480；ἀκοῦσαι（听从），485。

去行为带来的污染将伴随他直到生命的终点。[17]

当伊斯墨涅离开舞台，前往圣林举行仪式时，歌队又开始近乎狂热地打探俄狄浦斯可怕的过往；正是在这古老、骇人的回忆往日罪行的氛围中，忒修斯第一次面对面地见到他那古怪的客人。因此，我们已经为俄狄浦斯再次遭到拒绝做好了准备，但这一次，这一切都没有发生。忒修斯接纳了他，甚至根本没有提起那造福城邦的承诺，他接纳俄狄浦斯只是因为他自己也经历过流放的苦难，并且他明白，所有人在命运的千变万化面前都是平等的："我知道得很清楚，我是凡人，到明天我所应得的一份不会比你多。"（567–568）奥德修斯在《埃阿斯》中也展示出了对生命同样悲观的看法，他对他的敌人表示出怜悯之情："想想我的命运，也并不比他的更少灾祸。"（124）忒修斯的话不仅向我们展示出凡人活在这个多变的世界中能够拥有的最好品行，还向我们展示了雅典最伟大的人道主义精神——那在残酷的战争与变革中消失已久的乐善好施与悲天悯人的情怀；此时，索福克勒斯再现了这种品质，再现了它的高贵与温暖。俄狄浦斯的选择是正确的。这样的雅典才配得上未来的胜利，才应战胜那个以克瑞翁的暴力与谎言、以波吕涅刻斯的虚伪与手足相残之恨为代表的忒拜。

老人说，他给雅典的礼物就是他这副残破的身躯。这将给城邦带来利益，但只有在忒修斯将他埋葬以后。这也将

---

[17] 参见《俄狄浦斯在克洛诺斯》，1132及以下。

带来纷争，因为忒拜人将声称这应归他们所有，并前来索取。忒拜想要回俄狄浦斯，但固执的老人拒绝跟忒拜人回去，只因为在他愿意回去时他们没有答应他。得知这件事后，忒修斯失去了耐心，他刻薄地对老人说："糊涂的人啊，人在患难中不宜闹意气。"（592）俄狄浦斯以高高在上的姿态暴躁地训斥忒修斯作为回答："你听了我的身世再责备我，现在先不要说话。"（593）他现在解释到，他的坟墓将在未来成为雅典战胜忒拜的地点。但忒修斯作为政治家，不相信两座城邦间将爆发战争。俄狄浦斯又一次训斥了他，这样的自信是不合时宜的。"埃勾斯（Aegeus）的最可爱的儿子啊，唯有众神不至于衰老或死亡，其他一切都会被全能的时间毁灭掉。大地的精力在衰退，身体的精力也在衰退，信任在消亡，猜疑在生长，朋友和朋友之间，城邦和城邦之间，从来不会永远生息与共；因为人们迟早会发觉，友好变成仇恨，然后仇恨又变成友好。"（607–615）这番话传达了与埃阿斯的伟大演说一样的看法，即使后者作成于多年之前。在时间洪流的不断变化中，凡人世界中的一切都无法保持原样。没有人能对未来有把握。人类的智慧就是无知。这是俄狄浦斯本人在忒拜亲身吸取的教训，那空洞的双眼和骇人的名字是他权威的来源，他现在将这教训告诉忒修斯。然而，俄狄浦斯并没有将这教训用在自己的身上，因为他接下来预测了未来：雅典与忒拜之间将爆发战争。他为忒修斯规定了人类智慧的界限，但他自己却不受这界限的限制；他的话表明，他并不服从自己立下的规矩，他就好像一个有权力掌管这些规

第六章 俄狄浦斯在克洛诺斯

矩的人一样。正是因为他对未来的预测充满信心——因为他已经知晓了一切——才大发雷霆，但索福克勒斯借他的话暗示了一些比一个凡人的怒火更强烈的东西。当他提到未来忒拜将在他的坟边大败而归时，他的话显得非常神秘——不仅展示出了某种超凡的特质，还带着恶魔般的怒火。"我这具在地下长眠的尸首虽然凉了，也要吸饮他们的热血。"（621-622）[18] 阿波罗的预言中完全没有这样的内容，这源自他体内某种新的力量和智慧的增长。但他的预言仍有所保留："只要宙斯依然是宙斯，阿波罗的预言依旧灵验。"他还没有以自己的名义作出预言。那将是最后阶段才会发生的事。

忒修斯意识到这段话的权威，他代表雅典接受了这份礼物。"谁会拒绝这样一个人的好心好意呢？"（631）他使用的 eumeneia 一词通常用于形容神的帮助，[19] 并且这个词的形式让人想起欧墨尼得斯，正是在这些仁慈女神的圣林中，俄狄浦斯第一次意识到他命运的信号。俄狄浦斯祈求一个庇护之所，但他得到了更多；忒修斯使他成为雅典的公民（ἔμπολιν，637）并保证他将在新的城邦中得到全面的保护。俄狄浦斯现在是个雅典人了；这个痛失祖国的流浪的乞援人终于有了一个家，一个保护他的城邦。这一切都来得正是时候，他的敌人正在逼近。克瑞翁已经抓住了伊斯墨涅，并且正带着大批人马往这里赶来。他还要将安提戈涅带走，她

---

[18] 关于这几行中对英雄崇拜的暗示，参见博拉，312-313。
[19] 参照《俄狄浦斯在克洛诺斯》，486；《安提戈涅》，1200。

是俄狄浦斯的另一支柱（848）——就像菲洛克忒忒斯一样，他被剥夺了生存的手段。

现在的俄狄浦斯不仅是个公民，还是一座伟大城邦的公民。克瑞翁进场前的颂歌赞美了克洛诺斯和阿提卡，这几行绝妙的赞歌为我们重现了索福克勒斯记忆中的阿提卡风景，他曾对这一切爱得深沉：夜莺栖息在那阳光照不透的树林里，常春藤，水仙花上的露珠，金色的花朵*，奔流不息的泉水，青色的橄榄树，良驹与大海。这是阿提卡，不是雅典；索福克勒斯完全没有提到这座城邦。虽然它就在那里。这风光景物的每一个细节都使人想起这城邦伟大的某个方面。[20] 狄奥尼索斯的常春藤，"布满了这片土地"，水仙花，"自古以来就是两位伟大女神的冠花"，这不仅使我们想起产自阿提卡土地的乡村葡萄酒与谷物，还使我们想起从雅典兴起的戏剧，以及位于厄琉息斯的伟大宗教发源地。在阿提卡传说中，克菲索斯（Cephisus）奔流不息的河水与阿弗洛狄忒女神息息相关，[21] 并且索福克勒斯补充道："缪斯女神们的歌舞队也喜爱这地方。"雅典娜给雅典的礼物橄榄树"在这片土地上茂盛生长"，产出的橄榄油装在用阿提卡陶土制作

---

[20] 参照俄朗多尼亚，153："赞歌的第一部分是在描述克洛诺斯，第二部分则是在描述雅典，因为雅典的荣誉体现在橄榄枝、良驹和大海上。"

[21] 参照欧里庇得斯《美狄亚》，835及以下，以及佩吉的注释（欧里庇得斯，《美狄亚》，牛津，1938）。

* "花朵"原文为crocus，一般译作"番红花"或"藏红花"，这两个花名用在希腊人作品中都不合适。故采取罗念生译文的解决方法，仅译作"花朵"。

的罐子里，由雅典人输送到地中海世界的每个角落；这些国家的人们虽然不说希腊语，但他们珍视这些陶罐胜过一切，还将它作为随葬品带进坟墓。好马良驹是波塞冬的赠予，雅典贵族青年们将骑着这些难以驾驭的马来拯救俄狄浦斯的女儿们，他们仍骑着马列队排在帕特农神庙的檐壁饰带上。波塞冬交到雅典人手上的桨使这座城邦成为无可争议的海上霸主；索福克勒斯漫长一生的大多数时间里，没有一艘航行在爱琴海中的船是违背雅典的意愿的。

这首赞歌通过唤起人们对景观风物的美好回忆，赞美了雅典的伟大。然而，这抒情的颂扬之下却充满了深沉的悲伤。夜莺是哀鸣之鸟；[22]那将珀耳塞福涅引向厄运的水仙花，是死亡之花；[23]金色的花朵，通常也与厄琉息斯女神联系在一起，人们将它们种在坟上。雅典的力量正在消亡；克洛诺斯的圣林与阿提卡风景那未受侵犯的安宁已经被毁掉了。仅仅几年前，在忒拜骑兵前往雅典的途中，他们曾在最后关头战败于克洛诺斯；[24]前往厄琉息斯之路被斯巴达巡逻队封锁；[25]阿提卡农场里的橄榄树被敌人砍倒烧光，他们现

---

[22] 这不需要举例证明，但需要指出的是，μινύρεται（671——"鸣唱"，用于形容夜莺的歌唱）是μινυρίζω的一个变体，这个词（在荷马作品中）的原初意义与悲伤和诉苦有关。参照戴恩、麦尚对这一段的注释。
[23] 参照《俄狄浦斯在克洛诺斯》，684；荷马《刻瑞斯颂》（h. Cer.），8，428。Crocus（花朵），同上，6，178，426。
[24] 狄奥多罗斯（Diodorus），13.72-73；并参阿里斯提德（Aristides），《为四政治家辩护》（ὑπὲρ τῶν τεττάρων），172及注释。但要像戴恩、麦尚那样（69-70），从这一点中发现这部戏剧的起源就过于牵强了。
[25] 参照普鲁塔克《阿尔西比亚德斯》（Alc.），34.3。

在占领了北方的边界;檐壁饰带上的年轻骑士们早已死在了德龙(Delium)和曼提尼亚(Mantinea)满目疮痍的战场上;而雅典的海上力量现在只剩下一支厌战的舰队,他们正要掀起一场实力悬殊的战役,而拥有更强实力的对手很快就会将这支舰队彻底消灭在赫勒斯滂海峡(Hellespont)。然而悲伤并非绝望。因为这些意象不仅意味着死亡,更意味着不朽。两位女神向人承诺了死后的幸福生活,橄榄树是"自生的"(αὐτοποιόν, 698)——卫城中神圣的橄榄树被波斯人烧毁,却在第二天又发出了新芽。[26]索福克勒斯年轻时熟识的那个雅典将要消亡,但这座城邦将永垂不朽;他歌唱自己记忆中那个伟大而美好的雅典,我们今日仍以这种方式记起这座永恒的城邦。"即便我们失败了,"伯里克利说,"记忆将会永存。"这座索福克勒斯青年和壮年时生活的城邦将名垂千古,就像那盲老人,他正要成为它的公民。

　　流浪者找到一个安身之所,现在人们企图把他带走。克瑞翁来了,他带着全副武装的守卫。俄狄浦斯之前提醒忒修斯的难事已经开始了。克瑞翁带着军队前来,但他首先想试试欺骗的方法。他邀请俄狄浦斯回到他祖先的城里;我们和俄狄浦斯都知道,这是一个谎言。正如《菲洛克忒忒斯》中的奥德修斯,克瑞翁将英雄视作他达成自己目的的工具,他没有意识到神谕所预示的不是给他克瑞翁的利益,而是给俄狄浦斯的补偿。他表达出来的怜悯之情非常虚伪,几

---

[26] 参照希罗多德,《历史》, 8.55。

乎无法掩饰他的憎恶。我们已经在之前那部剧中见过克瑞翁和俄狄浦斯面对面的场景，彼时克瑞翁必须忍受英雄猛烈的怒火。此时也并无不同。他们的最后一次会面简直就是他们第一次会面的重演。克瑞翁两次都遭遇了不假思索的斥责，带着同样迅疾的、报复性的愤怒，但这一次，这番责难是公正的。虽然失明，但俄狄浦斯看穿了克瑞翁的心思——他知道克瑞翁是什么样的人。他用真相戏弄他："你是来带我的，可又不是带我回家，而是把我安置在边界上，以免你的城邦（πόλις δέ σοι, 785——他作为一个雅典人说了这番话）受到从这地方飞去的灾祸。"（784-786）但这一切都不会以那种方式发生。此刻，面对他愤怒的对象，他并不以阿波罗之名，而以自己的名义作出预言。"这种好事没你的份，这个灾祸才是你的——我报冤的鬼魂将永远在那里出没；至于我的儿子们，他们可以分得的土地只够他们两人死在那里，不会再多了。"（787-790）

接下来，克瑞翁通过使用武力证明了俄狄浦斯的拒绝的合理性。他透露自己已经抓住了伊斯墨涅；他现在要把安提戈涅也带走，并且还威胁要把俄狄浦斯本人也一起抓走。俄狄浦斯非常无助，幸好忒修斯及时到来将他救下。在这个人身上，新的力量、权力和智慧正在不断增长，这些品质将使他等同于神；他不是拥有世俗的成功和强健体魄的国王，他是一个失明的老人，在肉体上极度虚弱，他既看不见，更无法抵御施加在他身上的暴行。虽然在肉体上虚弱无比，但他达到了一个精神力量上的新维度。这个俄狄浦斯公正而精确地审判众人,全知全视;他的力量是关于未来的,他知晓忒拜的战败和他儿子们的死亡。并且,这个从尚具人类的虚弱到拥有超凡力量的转变过程,以我们熟悉的表达英雄之顽固的惯例展现在我们面前。克瑞翁对俄狄浦斯说的一句话解释了我们正在见证的这一过程的本质:"不幸的人啊,难道时间也没有使你变聪明一点?"(804-805)克瑞翁期待看到戏剧开场时的那个俄狄浦斯,一个在时间和灾难中学会顺从的人。但他现在看到的似乎还是那个他熟知并惧怕的国王。他告诉那国王:"你现在和过去都没有做过什么于自己有益的事,那时候,你不听朋友们的劝告,大发脾气,那火气害了你一生。"(853及以下)他意识到,他面前的这个老人就和他年轻为王时一模一样。在某种意义上,他是对的,英雄之火在老人身上重新燃起,但在更大的意义上,年轻的俄狄浦斯与失明的老人之间的区别就像人与神之间的区别一样大。

忒修斯前来救下了俄狄浦斯,他对克瑞翁愤怒至极的斥责挽回了雅典的尊严,克瑞翁对这个城邦的乞援人和新公民的攻击曾将这份尊严狠狠地羞辱了一番。但克瑞翁还未罢休。欺骗和武力都已经宣告失败,现在,他要尝试着说服。他要说服的不是俄狄浦斯,而是忒修斯。他的演说狡猾地离间这座城邦和它接纳的这个人。他为自己的行为找借口,他声称自己知道雅典永远不会接纳这样一个败坏之人,一个杀死父亲的凶手,一个甚至还娶了自己母亲的不敬之徒。他援引亚略巴古古老法庭的权威,他说:"法庭是不会允许这样一个流浪人居留在这座城邦里的。"(948及以下)这是对忒修斯的指责,同时也是一步离间俄狄浦斯和歌队的妙招。俄狄浦斯必须为自己辩护,并且作为一个雅典人,他要像在庄严的亚略巴古法庭为自己辩护一样发表这番演说——既然克瑞翁已经呼唤了这个古老的权威,这个专门审判凶杀案的刑事法庭。他的辩护非常详细,他没有忽略这可怖事件的任何一个细节,要知道,这一事件可是使他付出了双眼失明的代价。这是一个亚略巴古法庭会接受的辩护。他在一无所知的情况下杀死了他的父亲,娶了他的母亲($ἄκον \, πρᾶγμα$, 977; $ἄκων$, 987),而非自愿。至于他的父亲拉伊俄斯,即便俄狄浦斯知道他的身份,也依旧无辜,因为这是自我防卫。他说,即便是他的父亲复活了,也不会反驳他的这番辩护。俄狄浦斯意在用这段演说在这个接纳了他的城邦的高等法院面前为自己辩护,他成功了。忒修斯下令追逐克瑞翁的手下,他们正带着伊斯墨涅和安提戈涅赶往边境;冒着战争的危险(克瑞翁威胁称),雅典投入军事力量保护俄狄浦斯的权利。

随着忒修斯返回舞台,并将两个女孩带回她们的父亲身边,这行动似乎已近圆满。老人说:"我已经得到了我最亲爱的人,现在有你们两个在我面前,我就是死了,也不算是非常不幸了。"(1110-1111)但要将俄狄浦斯带向死亡的雷电与地震还没到来。他的决心还要遭受一次打击,还有人要尝试着把他带离雅典。一个神秘的乞援人在波塞冬的祭坛前要求同他谈话。这是一位俄狄浦斯自己的家人,从阿尔戈斯前来。"别再说了，"老人哭喊着，"别要求我。"（1169-1170）他知道这个乞援人是谁：波吕涅刻斯，他的儿子，他前来恳求俄狄浦斯帮助他战胜厄忒俄克勒斯和克瑞翁。俄狄浦斯不愿听他说话。但忒修斯强烈的要求和安提戈涅责备的恳求迫使他作出了让步。在得到神允诺的安息之前，他还必须面对这最后的考验：即使他看不见，也必须听那受他诅咒的儿子说话，正如他所言，波吕涅刻斯的话将带给他"最大的痛苦，他的声音最为他的父亲所憎恨"（1173-1174）。

在他生命的最后一刻，他还要忍受痛苦。同为老人的歌队在他的无助、疲惫和年迈中看到了"一个人最好是不要出生；一旦出生了，求其次，是从何处来，尽快回到何处去。等到荒唐的青年时期过去，所有的苦难都将接踵而至：嫉妒、争吵、战斗、残杀。最后，还有那可恨的老年"（1224及以下）的证据。俄狄浦斯已经经历了这一切，他早就该得到安息，但"他就像那北边的海角，被风暴从每个角落击打"（1240及以下）。现在他将经受最后一次考验，那就是他的儿子波吕涅刻斯。

波吕涅刻斯没有什么可说的。他只能恳求父亲原谅他的疏忽，承诺要弥补他的过失，并呼唤怜悯之神（Αἰδώς, 1268）。[27] 俄狄浦斯依旧固执地沉默；他答应听他说话，但

---

[27] 杰布，博拉（325）以及戴恩、麦尚（"怜悯"[la Pitié]）都持同样的看法。亚当斯的观点则有所不同："安提戈涅（原文如此）并不以怜悯之神的名义恳求他的父亲，她的恳求以一个父亲对儿子应尽的义务为名。"（173，注释10）

没答应要回答。波吕涅刻斯从过去转向了未来，他说出了自己前来的原因。他的盟友们已经准备好要进攻忒拜，他们派他前来请求他的父亲加入他们这一方，因为神谕承诺，他加入哪方，哪方就能获胜。像他的父亲一样，波吕涅刻斯此刻也是个流落异乡的乞援人，他被驱逐出了忒拜。"你我同命，都是要恭维别人才能得到栖身之地。"并且他承诺，如果获得了胜利，将把俄狄浦斯送回他自己的家中。

这些话激发了俄狄浦斯的回答。所有这些年来，他都因儿子们的忘恩负义而怨愤不已，他将在这可怕的斥责中将这些怨恨全都发泄出来，他诅咒和预言的话语似乎已经完全超越了凡人的语言，表达出了一种恶魔般的超凡愤怒。他否认他们是他的儿子："你们是别人生的，不是我生的。"（1369）他再次作出预言，这一次无关阿波罗的神谕，而是要实现他自己的诅咒："你不但攻不下那城，而且会沾染血污，首先倒下，你兄弟也一样。"（1372及以下）最后这段话由于大量急促的辅音显得铿锵有力，是俄狄浦斯的仇恨与愤怒的爆发。他诅咒他的儿子："你滚吧，我憎恨你，我不是你的父亲！坏透了的东西，你带着这些诅咒走吧，这是我给你召请来的；你绝不能征服你的家族的土地，也回不到那群山环绕的阿尔戈斯；你将把那驱逐你的兄弟杀死，你自己也将死在亲人的手里。我就是这样诅咒你的；我请塔耳塔罗斯那凄惨的黑暗，把你带到他的家里去。我还要邀请这些圣林中的女神，邀请战神，他曾经激起你们两人的深仇大恨。我的话说完了，你走吧。"（1383及以下）我们可以翻译这段斥责的内容，但无法传达它的言外之意。这超凡的愤怒源于那被激怒了的正义感：波吕涅刻斯冒犯的不是一个凡人和父亲的正义感，而是那统治万物的力量所秉承的公义。

克瑞翁本可以坚持争辩，但在这番骇人的演说面前，一切都太过无力了。没有人能质疑这番话的权威。波吕涅刻斯试着忽视这番话（虽然他肯定不会告诉他的盟友们他听到的一切），他仍将前往忒拜。当安提戈涅试着劝阻波吕涅刻斯时，她为俄狄浦斯的这番话找到了合适的词，"难道你看不出你是在促使这预言应验吗？"（μαντεύμαθ᾽，1425）"谁听了他发出的预言，还敢跟随你？"（οἳ ἐθέσπισεν，1428）这些词一般都用于形容神的预言；俄狄浦斯曾试着逃脱预言，还曾对它不屑一顾，但现在他正以预言的方式说话。并且他的儿子也将踏上他父亲走过的老路。他忽视预言，[28] 并

---

[28] 在之前对这部剧的简短讨论中（《西方文学中的悲剧主题》[*Tragic Themes in Western Literature*], ed. Cleanth Brooks, New Haven, 1955, 28），我草率地采取了注释家的建议（作出预言 [χρησμῳδεῖ]），并将 χρῄζει 翻译成"预言"。这当然需要修改（即便只是因为"确实"[γὰρ] 一词），但 LSJ 将 χρῄζω 分成两个词的做法无疑是错误的。凡是神所希望的（χρῄζει），无须费力就会成为现实（参照埃斯库罗斯《祈援女》，100及以下）；为了表达他的希望，他"作出预言"（χρῄζει）。这个词在欧里庇得斯《海伦》，516中只意味着"预言"，在一些例子中，这个词的意思介于"希望"和"预言"之间。例如，埃斯库罗斯，《祭酒人》，340：从这些事物中，若天神愿意，也可唤起更优美的歌声（ἀλλ᾽ ἔτ᾽ ἂν ἐκ τῶνδε θεὸς χρῄζων / θείη κελάδους εὐφθογγοτέρους）。参照对 χρῄζων 的注释：阿波罗作出一个预言（ὁ χρησμῳδῶν Ἀπόλλων）。欧里庇得斯，《伊翁》，428："我将接受他对我们作出的预言，因为他是神"。（ὅσον δὲ χρῄζει — θεὸς γάρ ἐστιν — δέξομαι）

第六章 俄狄浦斯在克洛诺斯

用他母亲很久以前的一句惊人之语来表达自己的决心。伊俄卡斯忒对俄狄浦斯说:"从那以后,我就再也不因为神示而左顾右盼了。"(οὐχὶ μαντείας γ᾽ ἂν οὔτε τῇδ᾽ ἐγὼ / βλέψαιμ᾽ ἂν οὕνεκ᾽ οὔτε τῇδ᾽ ἄν,《俄狄浦斯王》,857–858)此刻,她的儿子说:"这一切都掌握在 *daemon* 的手中,一切都自有结果。"(καὶ τῇδε φῦναι χἀτέρᾳ,1443–1444)"掌握在 *daemon* 手中"——他指的究竟是神明(god)还是命运(Fortune)?无论他指的是什么,他都没有意识到这些词的真正含义。*Daemon* 掌握在俄狄浦斯本人的手中。俄狄浦斯祈求让他决定他的儿子们之间战争的结果;他的祈祷已经得到了满足,他对此心知肚明——他不仅能预见未来,而且,他还是那个决定未来的人。

俄狄浦斯已经开始行使那不属于人类的权力,这样的力量不能以凡人的形态出现在世界上。当歌队在混乱中尝试理解他们刚刚听到的内容时,一阵雷声落下。俄狄浦斯的最后时刻已经来临。但他必须先实现他对忒修斯的诺言,一声又一声震耳的霹雳在他的周围作响,雷电急促地召唤着他;他要求国王在他昏迷前尽快赶来。此刻,忒修斯已经意识到他是一个真正的先知,俄狄浦斯在临终前给了他最后的指引:忒修斯和他的继承人们需保守秘密,不向任何人透露俄狄浦斯的埋葬地点。接下来的这一幕,我们必须通过它带来的巨大影响来理解它:从戏剧的一开始,盲老人每走一步都需要他人领路,然而此时,他反而步履稳健地领着他的女儿们和忒修斯走下舞台。"跟着我朝这边走……我现在反而给你们领路，就像你们先前给我领路一样……不要碰我，让我自己去找那神圣的坟墓……朝这个方向，朝这边……这是赫耳墨斯和冥土的女神指引我的方向。"（1542及以下）

歌队向冥府众神祈祷，求他们让俄狄浦斯不感受痛苦、不经过使人流泪的死亡，就到达下界死者的国度。正如我们从报信人那里知道的，神满足了歌队的这一祈祷。"他的死亡没有什么可以悲伤的，他没有病痛，死得比别人神奇。"（1663及以下）并且在他走向那神秘的死亡之前，众神最终对他说话了。他们斥责他行动缓慢。"你，俄狄浦斯，说你呢，我们注定要走，你已经耽搁得太久了！"（ὦ οὗτος οὗτος Οἰδίπους τί μέλλομεν / χωρεῖν; πάλαι δὴ τἀπὸ σοῦ βραδύνεται, 1627–1628）

这些古怪的、近乎是口头用语的指令就是神在这两部剧中对俄狄浦斯说的一切。[29]但我们有理由期待，在这样一个来之迟迟的庄重的召唤中，神的话既是完整的，也是具有最终决定性的。众神责备他的犹豫，这是他作为人的最后

---

[29] 死神惯用不耐烦的语气催促磨磨蹭蹭的凡人。参照欧里庇得斯《阿尔刻提斯》，255，阿尔刻提斯（Alcestis）在临终呓语中听到卡隆（Charon）呼唤她的声音："你还在等什么？快点，你已经让我停留太久了。"（τί μέλλεις; ἐπείγου. σὺ κατείργεις）——这话非常适合细颈长瓶上画着的赫耳墨斯（见Arias-Hirmer《希腊陶罐画的千年历史》[*A history of 1000 Years of Greek Vase Painting*]，插图XLI、XLII），他正在用不耐烦的、专横的手势呼唤一个濒死的妇女。但对俄狄浦斯的呼唤由于之前长久的寂静（1623）而显得更加庄重，神一再召唤他（πολλὰ πολλαχῇ，1626），并且最重要的，这庄重的气氛由神秘的"我们注定要走"推向了高潮，这还强调了杰布所指出的"俄狄浦斯与看不见的事物之间的友谊"。

一丝痕迹，而他现在必须将之远远地抛到身后；他将前往的地方，视野清晰，知识是确定无疑的，行动迅捷而有效——在意图与行动之间没有任何的犹豫和延迟。众神口中的"我们"不仅使俄狄浦斯彻底等同于神，还超越了单纯的"地位相等"，使他与众神合为一体。

他是最后一个索福克勒斯英雄，在所有挑战人类界限、想当然地认为自己拥有神的属性的倔强的英雄中，他的怒火最凶猛。此刻，他得到了众神的认可，成为他们中的一员；他们欢迎他加入他们的队伍。索福克勒斯悲剧中的神是所有希腊文学中最孤高冷漠、最神秘莫测的存在，但在此，他们明确地展示出了对英雄的敬意；他们给予埃阿斯他的葬礼，帮助安提戈涅完成她的复仇，向厄勒克特拉赠予了她的胜利，使菲洛克忒忒斯回到人间——但那吃苦最多、受难最久的俄狄浦斯，则在他渴望已久的死亡中获得了神赐予的不朽生命与力量。

参考文献

ADAMS, S. M., *Sophocles the Playwright* (Toronto, 1957).
ADKINS, A. W. H., " 'Friendship' and 'Self-sufficiency' in Homer and Aristotle," *Classical Quarterly* (May, 1963), 30–45.
ALLEN, THOMAS W., *Homeri opera* (Oxford, 1912), vol. 5.
ARIAS, P. E. and MAX HIRMER, *A History of 1000 Years of Greek Vase Painting* (New York, 1962).
BAYFIELD, M. A., *The Antigone of Sophocles*[2] (London, 1935).
VON BLUMENTHAL, ALBRECHT, *Ion von Chios* (Stuttgart-Berlin, 1939).
BONNER, R. J., *Aspects of Athenian Democracy* (Berkeley and Los Angeles, 1937).
BOWRA, C. M., *Sophoclean Tragedy* (Oxford, 1944).
BRADSHAW, A. T., "The Watchman Scenes in the Antigone," *Classical Quarterly* (Nov., 1962), 200–211.
BRELICH, ANGELO, *Gli Eroi Greci* (Rome, 1958).
BRUHN, EWALD, *Sophocles, Antigone* (Berlin, 1913).
CAMPBELL, LEWIS, *Sophocles, Plays and Fragments* (Oxford, 1879).
CLOCHÉ, PAUL, *La Démocratie Athénienne* (Paris, 1951).
DAIN, ALPHONSE and PAUL MAZON, *Sophocle* (Paris), Vol. I, 1955; Vol. II, 1958; Vol. III, 1960.
DENNISTON, J. D., *The Greek Particles*[2] (Oxford, 1950).
DILLER, HANS, "Über das Selbstbewusstsein der sophokleischen Personen," *Wiener Studien* LXIX (1956), Festschrift Albin Lesky, 70–85.
DODDS, E. R., *Euripides, Bacchae*[2] (Oxford, 1960).
EARP, F. R., *The Style of Aeschylus* (Cambridge, 1948).
EHRENBERG, VICTOR, *Sophocles and Pericles* (Oxford, 1954).
ELSE, GERALD F., *Aristotle's Poetics: The Argument* (Cambridge, Mass., 1957).
ERRANDONEA, IGNACIO, *Sofocles, Tragedias* (Barcelona, 1959).
FESTUGIÈRE, A. J., *Personal Religion among the Greeks* (Berkeley and Los Angleles, 1954).

FORSTER, E. M., *What I Believe* (London, 1939).
FRAENKEL, EDWARD, *Aeschylus, Agamemnon* (Oxford, 1950).
FRISK, H. *Griechisches etymologisches Wörterbuch* (Heidelberg, 1960).
FRITZ, KURT VON, and FRANK KNAPP, *Aristotle: Constitution of Athens and Related Texts* (New York, 1950).
GOHEEN, ROBERT F., *The Imagery of Sophocles' Antigone* (Princeton, 1951).
GRENE, DAVID, *Sophocles: Philoctetes* in *The Complete Greek Tragedies* (Chicago, 1957).
HARSH, P. W., "The Role of the Bow in the *Philoctetes* of Sophocles," *American Journal of Philology*, LXXXI (October, 1960), 408–414.
HEGEL, G. F., *Hegel on Tragedy*, trans. by Anne and Henry Paolucci (New York, 1962).
HEINIMANN, F., *Nomos und Physis* (Basel, 1945).
HIGNETT, C., *A History of the Athenian Constitution* (Oxford, 1952).
JENS, WALTER, *Die Stichomythie in der frühen griechischen Tragödie Zetemata* 11 (Munich, 1955).
JONES, JOHN, *Aristotle and Greek Tragedy* (Oxford, 1962).
KAIBEL, G., *Comicorum Graecorum Fragmenta* I (Berlin, 1899).
KIRKWOOD, G. M., *A Study of Sophoclean Drama* (Ithaca, N. Y., 1958).
KITTO, H. D. F. (1), *Greek Tragedy, A Literary Study*[3] (New York, 1961).
—— (2), *Form and Meaning in Drama* (London, 1956).
—— (3), *Sophocles, Three Tragedies* (Oxford, 1962).
KNOX, BERNARD M. W. (1), "The *Hippolytus* of Euripides," *Yale Classical Studies* 13 (New Haven, 1952).
—— (2), "The *Ajax* of Sophocles," *Harvard Studies in Classical Philology* 65 (Cambridge, Mass., 1961).
—— (3), *Oedipus at Thebes* (New Haven, 1957).
LAROCHE, E., *Histoire de la racine NEM—en grec ancien* (Paris, 1949).
LESKY, ALBIN (1), *Die tragische Dichtung der Hellenen* (Göttingen, 1956).
—— (2), *Die griechische Tragödie*[2] (Stuttgart, 1958).
—— (3), *Geschichte der griechischen Literatur*[2] (Bern, 1963).
LEVY, RACHEL, *The Gate of Horn* (London, 1948).
LINFORTH, IVAN (1), *Electra's Day in the Tragedy of Sophocles* (Berkeley and Los Angeles, 1963).
—— (2), *Antigone and Creon* (Berkeley and Los Angeles, 1961).

———— (3), *Religion and Drama in the Oedipus at Colonus* (Berkeley and Los Angeles, 1951).

MACKAY, L. A., "Antigone, Coriolanus and Hegel." *Transactions of The American Philological Association* 93 (1962), 166–174.

MÉAUTIS, GEORGES, (1), *Sophocle, Essai sur le héros tragique* (Paris, 1957).

———— (2), *L'Oedipe à Colone et le culte des héros* (Neuchâtel, 1940).

MOORE, JOHN A., *Sophocles and Aretê* (Cambridge, Mass., 1938).

MURRAY, GILBERT, *Aeschylus, the Creator of Tragedy* (Oxford, 1940).

NEALE, J. E., *Queen Elizabeth 1* (London, 1934).

NILSON, MARTIN P., (1), *A History of Greek Religion* (Oxford, 1949).

———— (2), *Geschichte der griechischen Religion* I (Munich, 1955).

PAGE, DENYS, (1), *Actor's Interpolations in Greek Tragedy* (Oxford, 1934).

———— (2), *Euripides, Medea* (Oxford, 1938).

PFUHL, ERNST, *Masterpieces of Greek Drawing and Painting* (London, 1955).

POST, C. R., "The Dramatic Art of Sophocles," *Harvard Studies in Classical Philology*, 23 (1912), 71-127.

RADERMACHER, LUDWIG, *Aristophanes' Frösche*, Oesterreichische Akademie der Wissenschaften, Sitzungsberichte, 198:4 (Vienna, 1954).

REINHARDT, KARL, *Sophokles* (Frankfurt am Main, 1933).

SCHADEWALT, WOLFGANG, *Monolog und Selbstgespräch* (Berlin, 1926).

SCHMID, WILHELM (1), "Untersuchungen zum Gefesselten Prometheus," *Tübinger Beiträger* (Stuttgart, 1929).

———— (2), "Epikritisches zum Gefesselten Prometheus," *Philologische Wochenschrift*, 51 (1931).

SCHMID-STÄHLIN, *Geschichte der griechischen Literatur* (Munich, I:3, 1940).

SCHWYZER, EDUARD, *Griechische Grammatik I* (Munich, 1950).

SHEPPARD, J. T. (1), *The Oedipus Tyrannus of Sophocles* (Cambridge, 1920).

———— (2), *Greek Tragedy* (Cambridge, 1920).

SMYTH, H. W., *Aeschylus* (London, 1927), Loeb Classical Library.

STANFORD, W. B. (1), *Sophocles, Ajax* (London, 1963).

———— (2), *The Ulysses Theme* (Oxford, 1954).

THOMPSON, D'ARCY WENTWORTH, *A Glossary of Greek Fishes* (Oxford, 1947).

VERDENIUS, W. J., "ΑΙΝΟΣ," *Mnemosyne* IV, XV, 4 (1962), 39.
VERRALL, A. W., *The* Choephoroe *of Aeschylus* (London, 1893).
WAITH, E. M., *The Herculean Hero* (New York and London, 1962).
WALDOCK, A. J. A., *Sophocles the Dramatist* (Cambridge, 1951).
WATLING, E. F., *Sophocles: Electra and Other Plays* (London, 1953).
WHITMAN, CEDRIC (1), *Sophocles: A Study in Heroic Humanism* (Cambridge, Mass., 1951).
—— (2), *Homer and the Heroic Tradition* (Cambridge, Mass., 1958).
WOLF, ERIK, *Griechisches Rechtsdenken*, vol. 2 (Frankfurt am Main, 1952).
WOLFF-BELLERMANN, *Sophokles, Antigone*[6] (Leipzig, 1900).
WUNDER-WECKLEIN, *Sophoclis Tragoediae* (Leipzig, 1875).
ZIEGLER, KONRAT, "Tragoedia" in Paully-Wissowa, *Real-Encyclopädie der Classischen Altertumswissenschaft*.
ZÜRCHER, W., *Die Darstellung der Menschen im Drama des Euripides* (Basel, 1947).

人名与主题索引

（所附页码为本书边码，含方括号数字为章节与注码）

Acheron，阿刻戎，3.[8]

Achilles，阿喀琉斯，21，38，50-53，58，65，66，68，70，92，121-128，130，132，133，136-138，2.[89]，3.[13]，5.[5]，5.[14]，5.[18]，5.[21]，5.[30]，5.[33]，5.[44]；arm of，阿喀琉斯的武器，123，128，137，138，2.[40]，5.[30]，5.[33]，5.[46]

Acropolis，卫城，55，102，155

Adams，S. M.，S. M. 亚当斯，2.[54]，2.[90]，3.[3]，3.[6]，3.[14]，3.[38]，3.[44]，5.[21]，5.[22]，5.[29]，5.[30]，5.[31]，5.[46]，6.[12]，6.[27]

Adkins，A. W. H.，A. W. H. 阿德金斯，3.[36]

Admetus，阿德墨托斯，100

Adrastos，阿德剌斯托斯，4.[23]

Aegean，爱琴海，143，155

Aegeus，埃勾斯，153

Aegisthus，埃癸斯托斯，13，22，23，26，32，3.[31]

Aegospotami，伊哥斯波塔米，143

Aenei，埃努斯，2.[99]

Aeschines，埃斯基涅斯，3.[52]

Aeschylus，埃斯库罗斯，2，4-7，16，41，47-50，52，53，59，60，78，92，139，1.[2]，1.[11]，1.[33]，2.[23]，2.[49]，2.[55]，2.[58]，2.[68]，2.[69]，2.[82]，3.[44]，4.[36]，4.[46]，6.[12]；*Supp.*，《祈援女》，2，7，42，44，48，49，1.[33]，1.[35]，2.[41]，2.[68]，6.[28]；*Pers.*，《波斯人》，2，45，48，1.[11]；*Th.*，《七将攻忒拜》，2，45，48，2.[52]，3.[29]，3.[37]，4.[34]；*PR*，《被缚的普罗米修

261

斯》，2，4，16，45–50，1.[5]，
1.[33]，1.[34]，2.[23]，2.[57]，
2.[66]，2.[68]，2.[69]，4.[46]；
A.,《阿伽门农》，2，7，48，
60，1.[2]，1.[14]，1.[27]，
1.[33]；*Ch.*,《祭酒人》，2，
78，92，2.[33]，2.[53]，4.[3]，
6.[28]；*Eu.*,《复仇女神》，2，
77，78；*Oresteia*,《俄瑞斯忒
亚》，2，4，45，48，49，52，
59，78，2.[68]

Aetolians，艾托利亚人，5.[30]
Aexone，伊克苏尼区，1.[10]
Agamemnon，阿伽门农，17，18，
51，52，78，92，123，1.[37]，4.[3]
Agora，广场，102
Ajax，埃阿斯，5，7，8，10，12，
13，15，17–24，26，28–35，
37，38，41–43，58–60，64–67，
69，74，106，118，119，122，
124，128，140，144，147，
153，162，1.[18]，2.[3]，2.[5]，
2.[36]，2.[40]，2.[89]，2.[94]，
4.[49]，5.[4]，5.[30]，5.[44]
Alcestis，阿尔刻提斯，6.[29]
Alexander，亚历山大大帝，85

Amphitryon，安菲特律翁，145
Amynos，阿米诺斯，2.[81]，2.[90]
Anaxagoras，阿那克萨哥拉，58
Antigone，安提戈涅，7，8，10，
13，14，16，18–26，28–35，
37，39，41–43，47，51，62–
68，70–76，79–83，88–103，
105–116，118，119，140，144，
162，1.[13]，1.[18]，1.[51]，
2.[52]，3.[3]，3.[6]，3.[7]，
3.[8]，3.[9]，3.[10]，3.[14]，
3.[24]，3.[40]，3.[43]，3.[44]，
3.[57]，4.[1]，4.[11]，4.[26]；
as tragic hero，作为悲剧英雄，
62–67；and the family，作为家
人，76–82；and the gods，与诸
神，91–99；and the *polis*，与
城邦，113–115；her farewell
speech，她的告别演说，103–
107；*OC*,《俄狄浦斯在克洛诺
斯》，12，15，17，19，149，
154，156，158，160，3.[44]；
A. Th.，埃斯库罗斯《七将攻忒
拜》，2.[52]

Antilochus，安提洛科斯，128
Antiphon sophista，安提丰，1.[56]

Aphrodite,阿弗洛狄忒,5,154

Apollo,阿波罗,28,33,39,52,57,78,108,144,149–151,153,154,156,159,5.[37]

Apollodorus,阿波罗多洛斯,5.[22],5.[30]

Areopagus,亚略巴古（法庭）,78,157,158,2.[92]

Ares,阿瑞斯,99,102,4.[34],6.[12]

aretê,美德,1.[20]

Argos etc.,阿尔戈斯,99,158,159

Aristides,阿里斯提德,6.[24]

Aristophanes,阿里斯托芬,2,145,1.[7],2.[82],4.[7]

Aristotle,亚里士多德,54,94,95,98,104,105,145,1.[4],1.[6],2.[49],2.[82],3.[26],5.[18];*Po.*,《诗学》,1,35,44,59,67,1.[3],1.[4],3.[37];*Pol.*,《政治学》,42,43,77,1.[3],1.[4];*Rhet.*,《修辞学》,96,1.[4],4.[14],5.[18];*EN*,《尼各马可伦理学》,1.[4],3.[33];*H. A.*,《动物志》,5.[18]

Asclepios,阿斯克勒庇厄斯,54,2.[80],2.[81],5.[21]

Astypalaea,斯坦帕利亚岛,56,57

Athena,雅典娜,5,7,21,24,33,42,52,54,56,77,78,99,147,154,2.[94]

Athens, Athenian,雅典,雅典人,34,40,49,54,58–61,76,77,84–86,91,99,101,121,124,140,143,144,149–158,2.[94],2.[98],3.[49],3.[51],4.[23]6.[1],6.[2],6.[20]

Atreus,阿特柔斯,sons of,阿特柔斯之子,118,128; house of,阿特柔斯家庭,1.[2]

Atridae,阿特柔斯之子,15,30,31,32,41,122,123,125,128,132,2.[5],5.[21]

Bacchylides,巴库利德斯,3.[37]

Bayfield, M. A.,M. A. 贝菲尔德,3.[9],3.[19]

Blumenthal, Albrecht von,阿尔布雷希特·冯·布鲁曼塔尔,2.[96]

Boeotia,维奥蒂亚,2.[94]

Bonner, R. J.,R. J. 邦纳,99,4.[31]

人名与主题索引　**263**

Bowra, Sir Maurice, 莫里斯·博拉, 3.[52], 4.[47], 5.[21], 5.[25], 5.[33], 6.[11], 6.[18], 6.[27]

Bradshaw, A. T. von S., A. T. von S. 布拉德肖, 3.[43]

Brelich, A., A. 布莱里克, 2.[83]

Bruhn, E., E. 布鲁恩, 3.[18], 4.[29], 4.[47]

Cadmus, 卡德摩斯, 145

Calchas, 卡尔卡斯, 22, 24, 5.[22]

Campbell, L., L. 坎贝尔, 1.[36], 6.[14]

Capaneus, 卡帕纽斯, 102, 3.[44]

Carmel, Mount, 迦密山, 98

Cassandra, 卡桑德拉, 1.[33]

Cephisus, 克菲索斯, 154

Charon, 卡隆, 6.[29]

Chryse, 克律塞岛, 5.[21]

Chrysothemis, 克律所忒弥斯, 11-15, 17-23, 25, 38, 118, 120, 1.[38], 3.[31]

Circe, 喀耳刻, 124

Cithaeron, 喀泰戎山, 34

Cleisthenes, 克里斯提尼, 76, 77, 3.[25], 3.[26]

Clement of Alexandria, 亚历山大城的革利免, 2.[82]

Cleomedes, 克莱奥迈季斯, 56, 57

Cloché, P., P. 克罗谢, 3.[25], 3.[26]

Clytemnestra, 克吕泰涅斯特拉, 18, 23, 30, 43; A. *Oresteia*, 埃斯库罗斯《俄瑞斯忒亚》, 78, E. *IA*, 欧里庇得斯《伊菲革涅亚在奥利斯》, 1.[23]

Corinthians, 科林斯人, 6.[2]

Colonus, 克洛诺斯, 8, 11, 12, 14, 22, 25, 55, 143, 149-151, 154, 155, 2.[26], 2.[92], 6.[20]

Creon, 克瑞翁, *Ant.*,《安提戈涅》, 8, 14, 18, 20-26, 29-32, 35, 39, 41-43, 62-65, 67-76, 79-82, 84-95, 98-103, 105, 107-116, 140, 147, 1.[13], 1.[36], 1.[38], 2.[16], 3.[5], 3.[6], 3.[7], 3.[8], 3.[21], 3.[24], 3.[34], 3.[40], 3.[44], 3.[52], 3.[57]; as tragic hero,

作为悲剧英雄，67—75；and the
polis，与城邦，83—90；and the
family，与家庭，87—89，111—
112；and the gods，与诸神，101—
102，108，109；OC，《俄狄浦
斯在克洛诺斯》，14，15，19，
21，25，29，31，32，120，
150—152，154，156—158，160，
2.[9]，2.[34]，2.[40]，6.[12]，
6.[13]；OT，《俄狄浦斯王》，
10，12，13，15，17，18，20，
22，24，25，29—32，147，156；E.
Supp.，欧里庇得斯《祈援女》，
97

Cro-Magnons，克罗马努人，98

Cyzarz, G., G. 赛萨兹, 37

Dain-Mazon，戴恩、麦尚，1.[23]，
3.[8]，3.[12]，4.[46]，4.[47]，
6.[22]，6.[24]，6.[27]

Dante，但丁，1.[18]

Dardanus，达尔达诺斯，52

Decelea，德西里亚，143

Deianira，德伊阿妮拉，42，2.[48]

Delium，德龙，155

Delphi，德尔斐，56，150，5.[37]

Demeter，得墨忒耳，2.[82]

Demosthenes，德摩斯梯尼，3.[52]

Denniston, J. D., J. D. 丹尼斯顿，
3.[8]

Dexion，代克西翁，55，2.[81]，
2.[90]

Dikê，正义之神，正义，94，99，
3.[12]，5.[21]

Diller, H., H. 迪勒，1.[31]，1.
[33]，2.[55]，2.[70]，3.[22]

Diodorus，狄奥多罗斯，6.[24]

Diomedes，狄俄墨德斯，5.[22]

Dionysus，狄奥尼索斯，4，6，10，
102，154

Dodds, E. R., E. R. 多兹，6.[4]

Douris，杜里斯，5.[30]

Dual, the, in Antigone,《安提戈涅》
中的双数形式，79，80

Earp, F. R., F. R. 厄普，2.[68]

Egypt，埃及，52，97

Ehrenberg, V., V. 艾伦伯格，95，
2.[32]，3.[42]，3.[52]，4.[20]，
4.[24]，4.[26]，4.[45]，4.[47]

Electra，厄勒克特拉，7，8，10，
12—15，17，19—26，28—35，

人名与主题索引 265

38–40, 43, 51, 64, 66, 67, 74, 118, 119, 140, 144, 162, 1.[38], 2.[44], 3.[11], 3.[31]

E. Or., 欧里庇得斯《俄瑞斯忒斯》, 6.[12]

Eleusinian mysteries, 厄琉息斯秘仪, 96, 2.[82]

Eleusis, 厄琉息斯, 55, 154, 155

Eliot, T. S., T. S. 艾略特, 116

Elis, 艾里斯, 99

Elizabeth I, Queen, 伊丽莎白一世女王, 59, 2.[93]

Else, G. F., G. F. 厄尔斯, 1.[4], 1.[6], 3.[37], 4.[22]

Epidaurus, 埃皮达鲁斯, 54

Erebos, 厄瑞玻斯, 34

Erinyes, 厄里倪厄斯, 31, 78, 6.[12]

Errandonea, I., I. 俄朗多尼亚, 1.[36], 6.[20]

Essex, Earl of, 爱塞克斯伯爵, 2.[93]

Eteocles, 厄忒俄克勒斯, 44, 81, 82, 87, 88, 93, 103, 150, 158, 2.[17], 2.[49], 3.[29], 3.[37]

Eteonos, 厄特奥诺斯山, 2.[94]

Etymologicum Magnum,《大词源学》, 1.[6], 2.[80]

Eumenides, 欧墨尼得斯, 24, 31, 148–150, 154, 6.[12]

eunomia, 欧诺尼亚, 85

Euripides, 欧里庇得斯, 3, 5, 6, 16, 37, 42, 105, 124, 139, 1.[20], 1.[23], 2.[98], 4.[36]; *Alc.*,《阿尔刻提斯》, 100, 145, 6.[29]; *Andr.*,《安德洛玛刻》, 3, 145; *Bacch.*,《酒神的伴侣》, 4, 145, 1.[16]; *Cycl.*,《独目巨人》4.[29]; *E.*,《厄勒克特拉》, 3, 4.[29]; *Hec.*,《赫卡柏》, 3, 5.[15]; *Hel.*,《海伦》, 4, 97, 1.[39], 6.[28]; *Her.*,《愤怒的赫拉克勒斯》, 3, 109, 145, 1.[16], 1.[17], 1.[39], 5.[49]; *Heracl.*,《赫拉克勒斯的孩子们》, 2, 1.[35], 2.[98], 6.[5]; *Hipp.*,《希波吕托斯》, 3, 16, 42, 1.[16], 3.[18]; *IA*,《伊菲革涅亚在奥利斯》, 1.[23], 1.[35], 3.[43], 5.[15]; *Ion*,《伊翁》, 4, 145, 1.[35],

6.[28]；*IT*，《伊菲革涅亚在陶里斯》，1.[35]，3.[18]，3.[39]；*Or.*，《俄瑞斯忒斯》，4，5.[15]，6.[12]；*Phoen.*，《腓尼基的妇女》，4，2.[41]；*Rhes.*，《瑞索斯》，3.[43]，5.[15]；*Supp.*，《祈援女》，97，2.[41]，2.[98]，3.[8]；*Tro.*，《特洛伊妇女》，4，5.[15]

Eurydice，欧律狄刻，42，111，3.[40]

Eurylochus，欧律洛克斯，124

Evadne，埃文德娜，2.[41]

Festugière, A. J., A. J. 菲斯图吉尔，2.[78]，4.[15]

Forster, E. M., E. M. 福斯特，85

Fraenkel, E., E. 弗朗克，48，1.[27]

Francesca da Rimini，弗朗西斯卡·达·里尼米，1.[18]

Frazer, J., J. 弗雷泽，3.[19]

Frisk, H., H. 弗里斯克，2.[6]

Fritz, von, K., K. von 弗里兹，3.[26]

Germany，德国，84

Goethe, W., W. 歌德，104，5.[11]

Goheen, R. F., R. F. 戈亨，2.[45]，3.[57]

Gorgons，蛇发女妖，78

Grene, D., D. 格林，5.[35]

Hades，哈德斯，14，25，46，72，92，98–100，102，104，105，113–115，124，135，3.[8]，4.[1]

Haemon，海蒙，16，42，70–72，75，82，88–90，98，100，103，107，108，110，111，114，1.[18]，3.[7]，3.[8]，3.[20]，3.[54]

Halon，哈伦，54

Hamlet，哈姆雷特，1

Harpies，哈耳庇厄，78

Harrison, J., J. 哈里森，2.[90]

Harsh, P. W., P. W. 哈什，5.[48]

Hector，赫克托耳，50–52，69，138

Hegel, G. F., G. F. 黑格尔，3.[24]，4.[1]

Heinimann, F., F. 赫尼曼，2.[65]

Helen，海伦，97

Helenos，赫勒诺斯，126–129，131，137，139，5.[21]，5.[22]

Hellespont,赫勒斯滂海峡,155

Hera,赫拉,6,99

Heracles,赫拉克勒斯,5–7,54,119,129,132,137–141,1.[18],2.[29],2.[48],5.[21],5.[49]

Hermes,赫耳墨斯,47,142,161,6.[29]

hero cult,英雄崇拜,54及以下

Herodotus,希罗多德,107,3.[15],4.[26],6.[26]

Hignett,C.,C.何奈特,3.[25]

Hippias,希庇亚,5.[5]

Hippolytus,希波吕托斯,5,6

Homer,荷马,16,50,52,58,59,80,124,2.[89],3.[36],4.[22],6.[22],6.[23];*Il.*,《伊利亚特》,50–52,92,121,122,3.[35],5.[14];*Od.*,《奥德赛》,121,122,124,141,4.[3],5.[14]

Horace,贺拉斯,4.[7]

Humboldt,W.,W.洪堡,37

Ilium,伊利昂,5.[30]

Io,伊娥,45,47,50

Iolaus,伊奥劳斯,6.[5]

Ismene,伊斯墨涅,8,13,14,18–22,24,30,35,39,41,41,51,62–66,70,72–74,76,79–83,92,93,120,3.[6].(*OC*,《俄狄浦斯在克洛诺斯》),21,33,40,150–152,154,156,158

Isocrates,伊索克拉底,4.[23]

Jebb,Sir Richard,理查德·杰布,81,93,105,109,130,1.[23],1.[27],2.[12],2.[16],2.[18],2.[21],3.[7],3.[8],3.[9],3.[10],3.[12],3.[18],3.[39],3.[43],3.[49],3.[51],4.[6],4.[10],4.[29],4.[44],4.[47],5.[18],5.[29],6.[14],6.[27],6.[29]

Jens,W.,W.詹斯,2.[68]

Jesus(Christ),耶稣,106

Job,约伯,146,147

Jocasta,伊俄卡斯忒,8,12–15,18,21,24,32,39,42,62,120,160,1.[30],4.[46],6.[13];E.*Phoen.*,欧里庇得斯《腓尼基的妇女》,2.[41]

Jones, J., J. 琼斯, 1.[2], 2.[33], 2.[58], 3.[37], 6.[6]

Josephine, 约瑟芬, 5.[21]

Kaibel, G., G. 凯贝尔, 1.[6]

Kirkwood, G. M., G. M. 柯克伍德, 1.[18], 2.[1], 2.[2], 2.[69]

Kitto, H. D. F., H. D. F. 基托, 2, 3, 1.[8], 1.[36], 2.[49], 2.[50], 2.[72], 3.[14], 3.[20], 3.[21], 4.[2], 5.[1], 5.[13], 5.[21], 5.[28], 5.[34], 5.[38], 5.[41], 5.[42], 5.[43], 5.[44], 5.[45], 5.[46], 5.[47], 6.[15]

Kapp, F., F. 卡普, 3.[26]

Laius, 拉伊俄斯, 8, 10, 35, 43, 158, 4.[46]

Laroche, E., E. 拉罗什, 4.[25]

Lemnos, 利姆诺斯岛, 45, 117, 122, 126, 134–136, 139, 140, 5.[21], 5.[22],

Lesky, A., A. 莱斯基, 37, 48, 49, 1.[10], 2.[9], 2.[30], 2.[31], 2.[54], 2.[59], 2.[67], 2.[71], 2.[72], 2.[74], 2.[81], 2.[82], 3.[12], 3.[45], 5.[11], 5.[41], 6.[1], 6.[10], 6.[11]

Leviathan, 利维坦, 84

Levy, R., R. 列维, 98, 4.[30]

Linforth, I., I. 林福思, 1.[15], 3.[8], 4.[47], 6.[11]

Lycurgus, 吕库古, 4.[36]

MacKay, L. A., L. A. 麦凯, 3.[24]

Makalla, 马卡拉, 2.[92]

Mantinea, 曼提尼亚, 155

Marathon, 马拉松, 53, 57, 59

Méautis, G., G. 梅奥蒂, 1.[18], 2.[2], 2.[13], 2.[16], 2.[91], 3.[8], 4.[6], 5.[4]

Medea, 美狄亚, 5

Menelaus, 墨涅拉奥斯, 18, 97

Menoeceus, 美诺埃克乌斯, 2.[41]

Mentor, 门托尔, 122

Mette, H. J., H. J. 梅特, 49

Moore, J. A., J. A. 穆尔, 1.[20]

Mousterian man, 莫斯特人, 98

Murray, Sir Gilbert, 吉尔伯特·默里, 7, 2.[49]

Mycenae, 迈锡尼, 123

Napoleon，拿破仑，5.[21]

Nauck, A.，A. 挪克，105

Neale, Sir John，约翰·尼尔，2.[93]

Neoptolemos，涅俄普托勒摩斯，9，11–16，18–21，23，25，26，29–31，33，35，40，41，43，119–141，1.[27]，1.[38]，2[40]，4.[7]，5.[4]，5.[18]，5.[20]，5.[21]，5.[22]，5.[28]，5.[29]，5.[30]，5.[33]，5.[37]，5.[41]，5.[44]

Nestor，涅斯托尔，51，128，3.[13]

Nilsson, P.，P. 尼尔森，56，2.[84]，2.[85]，2.[92]

Niobe，尼俄伯，43，66，3.[10]，3.[11]

nomima，习俗、方式与惯例，94，96，97，4.[26]

Oceanus，俄刻阿诺斯，46，47，2.[59]

Odysseus，奥德修斯，*Phil.*,《菲洛克忒忒斯》，9，14，16，19，30–32，35，41，42，119–138，140，141，156，2.[40]，4.[7]，5.[1]，5.[5]，5.[11]，5.[17]，5.[18]，5.[20]，5.[21]，5.[23]，5.[30]，5.[33]，5.[38]，5.[40]，5.[46]；*Aj.*,《埃阿斯》，18，22，23，122，124，152；E. *Cycl.*,欧里庇得斯《独目巨人》，4.[29]；*Od.*,《奥德赛》，106

Oedipus，俄狄浦斯，62，99，1.[23]，2.[92]；*OT*,《俄狄浦斯王》，7，8，10，12–15，17，19–26，28–35，39，42–44，60，67，74，75，118，119，140，144，146，147，156，157，160，1.[22]，1.[30]，1[36]，2.[26]，3.[7]，4.[46]，6.[6]，6.[13]；*OC*,《俄狄浦斯在克洛诺斯》，12，17，19–22，24，26–33，35，37，40–43，45，58，68，74，109，119，140，143–163，2.[26]，2.[34]，3.[7]，3.[44]，6.[11]，6.[14]，6.[29]

Oeta，俄塔，26，138，139，5.[21]

Old men in Greek tragedy，希腊悲剧中的老年人，145

Olympian gods，奥林匹斯诸神，53，54，99，2.[23]

Olympic games,奥林匹克运动会,56; victors,获胜者,58

Orchomenos,奥尔科墨诺斯,52

Orestes,俄瑞斯忒斯,8,11,30-33,35,40,118,119; *Oresteia*,《俄瑞斯忒亚》,77,92,3.[37]; E. *IT*,欧里庇得斯《伊菲革涅亚在陶里斯》,3.[18]

Page,D.,D. 佩吉,4.[36],6.[21]

Paolucci,A. and H.,安妮·保卢奇及亨利·保卢奇,3.[24]

Paris,帕里斯,141; France,法国巴黎,5.[21]

parrhesia,直言,85

Parthenon,帕特农神庙,37,54,155,5.[21]

Patroclus,帕特罗克洛斯,51,66,70,92,128

Pausanias,保萨尼亚斯,56,57,99,5.[30]

Pearson,A. C.,A. C. 皮尔森,3.[4],3.[12],4.[29],4.[45]

Peleus,佩琉斯,145

Pentheus,彭透斯,4-6

Pericles,伯里克利,54,60,61,83,86,94-96,155,2.[99],4.[20]; Periclean,伯里克利的,58,59,3.[49]

Persephone,珀耳塞福涅,155,4.[33]; Phersephassa,99

Persia,波斯,53,54,59,143,155,1.[11]

Phaedra,菲德拉,6,16,42,2.[41]

Pheres,菲瑞斯,145

Philoctetes,菲洛克忒忒斯,5,7-9,11-16,18-21,23-26,28-33,35,39-45,67,69,74,117-142,144,145,154,162,1.[38],2.[40],2.[58],2.[92],3.[7],5.[1],5.[4],5.[20],5.[21],5.[22],5.[28],5.[29],5.[38],5.[46],5.[50],

philos,亲友,66,80-82,84,85,87-89,3.[36],3.[37],3.[39]

Philostratus,菲洛斯特拉托斯,5.[30]

Phoinix,福伊尼克斯,51

Photius,佛提乌,3.[15],5.[22]

Phthia,弗西亚,123

physis，本性，5，8，36，67

Pindar，品达，121

Piraeus，比雷埃夫斯，143，2.[81]

Plataea，普拉提亚邦，4.[19]

Plato，柏拉图，29，95，98，122，2.[88]，2.[89]，3.[53]，4.[46]，5.[5]

Plutarch，普鲁塔克，56，4.[36]

Polynices，波吕涅刻斯，OC，《俄狄浦斯在克洛诺斯》，12，15，17，19，20，23，25，39，120，145，152，158-160，2.[17]，3.[44]，4.[5]，4.[8]，6.[12]，6.[13]，6.[14]；Ant.，《安提戈涅》，64，68，69，75，79-81，83，87，88，82，93，100，101，103，106-108，114-116，3.[7]，3.[43]，4.[29]；A. Th.，埃斯库罗斯《七将攻忒拜》，44，3.[29]，3.[37]

Polyphemus，波吕斐摩斯，4.[29]

Pope，A.，A. 波佩，37

Poseidon，波塞冬，155，158

Post，C. R.，C. R. 波斯特，1.[18]

Priam，普里阿摩斯，52，138

Proclus，普罗克洛，5.[22]，5.[30]

Prometheus，普罗米修斯，45，47-50，2.[23]，2.[55]，2.[58]，2.[59]，2.[68]，2.[70]，2.[72]，2.[73]

Protagoras，普罗塔哥拉，49，58，4.[46]

Quintus Smyrnaeus，昆图斯，5.[22]，5.[30]

Radermacher，L.，L. 拉德姆克，2.[82]

Reinhardt，K.，K. 莱因哈特，1.[18]

Richard II，King，理查德二世，2.[93]

Rose，H. J.，H. J. 罗斯，2.[82]

Russia，俄国，84

St. Helena，圣赫勒拿岛，5.[21]

Saints，the，圣徒，57

Salamis，萨拉米斯，34，53，57，2.[92]

Sardou，V.，V. 萨尔杜，2.[29]

Sarpedon，萨尔佩冬，69

Schadewalt，W.，W. 莎德瓦尔德，2.[23]，2.[26]，2.[58]

Schmid, W., W. 施密特, 2.[68], 2.[69]

Schmid-Stählin, 施密特、斯坦林, 2.[68], 4.[35]

Schwyzer, E., E. 施维茨尔, 1.[23],

Scyros, 斯基罗斯岛, 123, 133, 139, 5.[22], 5.[30], 5.[33]

Scythia, 斯基提亚, 46

Seneca, 塞内卡, 1

Shakespeare, 莎士比亚, 36, 59

Sheppard, Sir John, 约翰·谢泼德, 1.[20], 5.[4]

Sheridan, 谢里丹, 5.[23]

Sicily, 西西里, 49, 60, 143, 2.[71], 2.[99]

Sisyphus, 西西弗斯, 124

Skaian gate, 特洛伊城门, 50

Smyth, H. W., H. W. 史密斯, 2.[61]

Socrates, 苏格拉底, 58, 96, 2.[89]

Solon, 梭伦, 99

sophistes, 智者, 46, 48

Sophocles, 索福克勒斯, Life of, 《生平》, 2.[80], 2.[99]; and the tragic hero, 与悲剧英雄, 1–5; and Aeschylus, 与埃斯库罗斯, 47及以下; and Homer, 与荷马, 50及以下; and Athens, 与雅典人, 60–61, 143, 154及以下; religion, 宗教, 53及以下; suicides in the plays of, 有自杀行为的戏剧, 42（戏剧请见人物名下）

sophrosyne, 审慎, 1.[20]

Souda, the, 索达, 1.[11], 3.[15]

Sparta, 斯巴达, 54, 85, 123, 143, 155, 2.[92]

Sphinx, 斯芬克斯, 39, 78

Stanford, W. B., W. B. 斯坦福, 2.[41], 5.[15]

Sybaris, 锡巴里斯, 2.[92]

Tartaros, 塔耳塔罗斯, 46, 159, 6.[12]

Tecmessa, 塔美莎, 8, 12, 13, 18, 19, 31, 34, 38, 120, 2.[2]

Telephos, 忒勒福斯, 1.[10]

Teucer, 透克罗斯, 23, 41, 134, 1.[37]

Thebes, 忒拜, 2, 7, 8, 10, 25, 26, 28, 30, 41, 72, 81, 83, 99, 102, 108, 112, 114, 140, 146, 150–153, 157, 159, 160,

2.[41], 3.[44], 4.[23], 4.[34]; Egypt, 埃及, 52; Thebans, 忒拜人, 11, 97, 155, 4.[19], 6.[2]

Theophrastus, 泰奥弗拉斯, 1.[6]

Thersites, 特尔西特斯, 128, 4.[7]

Theseus, 忒修斯, 8, 12, 13, 17, 19, 20, 22, 27, 29, 32, 41, 43, 44, 109, 149, 152–154, 156–158, 160, 161, 2.[88]; E. *Her.*, 欧里庇得斯《愤怒的赫拉克勒斯》, 6, 109; Isoc., 伊索克拉底 4.[23]

Thetis, 忒提斯, 2.[89]

Thompson, D'A.W., D'A.W. 汤普森, 5.[17]

Thucydides, 修昔底德, 61, 125, 3.[49]

Tiresias, 提瑞西阿斯, 7, 8, 14, 19, 20, 23, 29, 30, 32, 39, 41, 43, 73, 74, 108–110, 112, 113, 115, 144, 145, 2.[9]

Tragic hero, 悲剧英雄; Sophoclean invention, 索福克勒斯的创造, 1 及以下; decision, 决定, 8 及以下; emotional appeal to, 感性

的恳求, 11, 12; advice to, 建议, 12, 13; appeal to reason, 诉诸理性的恳求, 13; attempt to persuade, 尝试劝说, 13–15; exhorted to learn, to be taught, 告诫其应吸取教训, 15; asked to yield, 被要求屈服, 15–17; his reply, 他的回应, 17–18; asked to listen, 被要求倾听, 18, 19; his harsh refusal, 他尖锐的拒绝, 19–21; his anger, 他的怒火, 21; accused of ill-counsel, 被斥考虑不周, 21; folly, 疯狂, 22; rashness and audacity, 鲁莽与大胆, 23; is strange and terrible (*deinos*), 怪异而骇人, 23, 24; the hope that time will change him, 寄望时间能够改变他, 25–27; conception of himself, 自我认知, 28, passion, 激情, 29; treated with disrespect, 被无礼地对待, 29–30; mocked, 被嘲讽, 30, 31; calls for vengeance, 复仇, 31, 32; alone, 独自一人, 32, 33; abandoned by the gods, 被诸神抛

弃，33；addresses the landscape，与自然景物对谈，33，34；wishes for death，渴望死亡，34-36；his sense of identity，他对独特性的感知，36-40；free, not slave，自由，40，41；sees submission as intolerable，视妥协为不可忍受的，41；a beast or a god，非神即兽，42-44

Trilogy，三联剧，2，3，4，7，48，78，1.［2］，1.［10］，2.［68］

Troy，特洛伊，5，8，11，14，26，28，29，34，38，41，44，66，74，92，117，118，122，125-128，132-139，141，5.［21］，5.［22］，5.［28］，5.［30］，5.［38］，5.［41］，5.［44］，5.［47］

Tydeus，提丢斯，3.［44］

Tyndareus，廷达瑞俄斯，145

Verdenius，W. J.，W. J. 韦德纽斯，1.［27］

Verrall，A. W.，A. W. 维洛尔，92，4.［3］

Waith，E. M.，E. M. 维斯，1.［1］

Waldock，A. J. A.，A. J. A. 沃尔多克，2.［29］，5.［21］，5.［23］

Walker，F. M.，F. M. 沃克，3.［25］

Waterloo，滑铁卢，5.［21］

Watling，E. F.，E. F. 瓦特林，5.［35］

Whitman，C. H.，C. H. 惠特曼，1.［18］，1.［20］，2.［35］，2.［75］，3.［11］，4.［35］，5.［8］，5.［32］，5.［40］，6.［3］

Wilamowitz，T. von，T. von 维拉莫维茨，36

Wolf，E.，E. 沃尔夫，4.［26］

Xanthos，克桑托斯，50

Xenophon，色诺芬，96

Zeus，宙斯，7，33，34，44-48，50，52-54，59，74，82，94，99，101，102，108，109，133，139，154，2.［18］，3.［40］，4.［26］，4.［49］

Ziegler，K.，K. 茨格勒，1.［6］

Zürcher，W.，W. 苏里格，2.［32］

书中所涉希腊词索引

ἄβουλος etc., 不明智的, 21, 22, 73

ἄγραφοι νόμοι, 不成文法, 94–96, 4.[26]

ἄγριος etc., 野蛮, 23, 43, 51

ἀκούω, 听从, 18, 19, 63, 146, 6.[16]

ἀνεκτός etc., 忍受, 41, 69, 2.[48]

ἀνίημι, 放走, 43

ἄνους etc., 不明智的, 22

ἀντιάζω, 哀求, 12

ἀπιστῶ, 违抗命令, 14

ἄρχομαι, 被控制, 40, 41, 63, 70

ἄτιμος etc., 无礼的, 不体面的, 29, 30, 46, 51, 2.[11]

αὐτόνομος, 按照自己的法则行事, 39, 66, 67

ἄφρων, 盲目, 疯狂, 22

βία, 武力, 暴力, 119

γελῶ etc., 笑, 笑声等, 30, 31, 66, 69, 2.[17], 3.[10]

γενναῖος, 高贵, 125, 138, 5.[18]

γιγνώσκω, 明白, 25, 26, 73, 74

δέδοκται, 决定, 11, 70, 2.[48], 2.[63]

δεινός, 可怖的, 23, 24, 51, 70, 150

διαπτυχθέντες, 揭开, 71, 103, 3.[18]

διδάσκω, 教育, 15, 46, 71, 73, 6.[16]

δόλος, 欺骗, 119, 4.[7]

δοῦλος, 奴隶, 40, 41

ἐῶ, 遭受, 忍受, 17, 18, 46, 2.[48]

εἴκω，让步，屈服，15–17，46，51，61，65，71，74，75，1.[33]，1.[37]

ἐλεύθερος，自由的，40，46

ἐρῆμος，孤独，31，32，45

ἐνβουλία，忠告，47，74

ἐνγένεια，出身高贵，28，76，1.[18]，2.[1]，5.[18]

εὔκλεια，名誉，荣誉，28

εὐσέβεια，对神的敬畏，28，2.[3]

θράσος，鲁莽，大胆，23，46，67

θυμός，愤怒，激情，29，51，74，2.[7]，2.[9]，2.[48]

ἱκνοῦμαι，恳求，12

κακός，无耻，卑鄙，20，71，1.[42]

κλύω，倾听，18，19，72，73，90

κόσμος，秩序，89，108，111，3.[57]

λίσσομαι，恳求，12，51

λῷον etc.，最好的，46

μανθάνω，吸取教训，听取意见，15，71，74，146

μέτοικος，外邦人，114

μέτριος，适度，24

μῆνις，愤怒，21，51

μόνος，独自，孤独，31，32

μῶρος，愚蠢，疯狂，22，64，1.[51]

νουθετῶ，劝诫，纠正，12，46

νοῦς，理智，22，51，63，74

ξύναιμος，亲属，氏族，82，87，3.[41]

ὀργή etc.，愤怒，21，46，67，69，2.[48]

οὔκουν，当然没有，3.[8]

πανοῦργος，可做任何卑鄙无耻之事，93，94，124，4.[7]

παραινῶ，建议，12，46，6.[16]

πείθω，说服，13–15，46，47，51，63，73，74，119，2.[51]

περισσός，过度的，24

πόνος，劳作，辛劳，痛苦，25，140，141

σκληρός，坚硬，固执，23，1.[53]，

2.[48]

σκοπῶ，考虑，13

στέργω，喜爱，满足，82，146

στυγῶ，憎恨，20，1.[44]，1.[46]，
2.[48]

τολμή，胆大，莽撞，23，46，2.[48]

ὑψίπολις，居高位，112，4.[47]

φρονεῖν，诉诸理智，13，47，73

χόλος，愤怒，怒火，21，51

χρήζω，预言，神所希望的，6.[28]

χρόνος，时间，25，26，146，2.[94]

ὠμός，凶残，23，42，65，2.[48]

译后记

在希望与绝望的两极之间,索福克勒斯创造了另一个悲剧世界:身在其中,人必须为自己的英雄行为负责,有时这一行为使他通过苦难获得胜利,但更多的时候将他引向深渊。这既意味着失败也意味着胜利,苦难与荣耀是一个不可分割的整体。索福克勒斯使那些不愿接受人类发展局限的杰出个体与这些局限斗争,在失败中他们获得了一种别样的成功。他们的行为是完全自主的;神作为英雄所挑战的界限的守卫者是无责且置身事外的。然而我们总能在英雄行动的每次反转中,在对话与诗歌的每一行中感受到神的存在。在一些神秘诗歌中,例如当埃阿斯或俄狄浦斯作为僭主正在与神斗争时,我们甚至能隐约感觉到神对反抗英雄的关心与尊敬胜过了那些顺从神意的普通人。索福克勒斯并非哲学家,他对神人关系的构想只通过戏剧展现在我们面前,既神秘又有力;我们唯一能说的只是神似乎也能认识到人的伟大。

伯纳德·诺克斯于1964年出版的《英雄的习性:索福

克勒斯悲剧研究》是在其1963年春天的萨瑟讲席演讲的基础上扩充增订成书的。这并不是诺克斯第一部关注索福克勒斯悲剧英雄的研究论著，在此之前，他曾以俄狄浦斯为主角，通过分析《俄狄浦斯王》一剧中英雄、雅典城邦、神、人之间的关系，考察诗人在其创造的人物中提炼出的一个时代的本质：这一极具象征意义的人物，在他的行动与苦难中向自己的时代展示出其胜利与失败，因而在后来的几个世纪里，成为了解创作者所处时代的关键；由于诗人对人类境遇中的永恒主题的深入探索，使得这一人物不仅作为一种历史现象而存在，更成为一种当代现象（《俄狄浦斯在忒拜》，耶鲁大学出版社，1957）。

七年之后，诺克斯以"英雄的习性"为题，通过整体分析索福克勒斯悲剧英雄的文学现象，具体解析阐释《安提戈涅》《菲洛克忒忒斯》与《俄狄浦斯在克洛诺斯》这三部戏剧，为读者勾勒出诗人笔下的古希腊"英雄"这一群体的轮廓。虽然关于英雄"抗拒妥协""与一切为敌""按照自己的规则行事"的表述并非作者首创，而是在很大程度上应归功于莱因哈特与惠特曼等前人的实践，但正如查尔斯·西格尔（Charles Segal）在1966年的书评中所言，"诺克斯就此作出了自己的创新"。作者的讨论忠实地建立在索福克勒斯文本中的确切字词的基础上，他描述的英雄的固执、反抗、高贵与对屈服和让步的拒绝不是天马行空的想象，而全都有据可循。这在一方面意味着作者的讨论与那些仅仅通过对角色的分析和阐释构建某种模式的方法存在巨大区别，正如他在

第一章谈到的,"我们必须通过大量的引文来证明这一点,这是因为太多的索福克勒斯悲剧研究理论以在其所作的戏剧中非常罕见的用词为基础。在这一领域,评论家必须像旧时的传道士一样,一字一句地引用文本;他的理论成立与否取决于其与文本的联系,这些词句是在狄奥尼索斯剧场上演过的戏剧留给我们的全部遗产";在另一方面,也意味着作者的论述中包含了大量对希腊文字词在时态(例如埃阿斯演说中动词的分词作形容词［verbal adjective］的用法,是一种表达未来时态必要性的方式,尤其表现了不容置疑的语气,显示出英雄采取行动的决心的特点)、格律(《菲洛克忒忒斯》中涅俄普托勒摩斯用这种通常用于英雄诗歌以及神的预言的六音步格律诗宣布放弃自己的目标)、句法(《安提戈涅》中的大量短句凸显了同母胞亲之间的亲密与团结)、语境(安提戈涅最后的演说是对自己说的,这在某种意义上可以试着帮助我们理解她话中的"奇异之处")、跨文本语境(安提戈涅所坚持的神法与伯里克利演说中的"不成文法"的关系)及语言学历史(例如"国家/城邦利益"这一概念在公元前5世纪与20世纪对人们而言含义的区别;再如《菲洛克忒忒斯》中 Ponos 一词既意味着"辛劳,劳作",也可以解释成"痛苦",诺克斯认为这样一种语言学现象只会出现在一个以 scholê,即闲暇,为最高理想的民族的语言中)等方面的分析。通过这一系列的检查和与其他学者观点的对比,作者尝试向读者们展示索福克勒斯式英雄的真正含义及他们言行间隐藏的联系。从文本本身出发,诺克斯质疑并重新阐释了学界前人的观点，例如主流看法中的"安提戈涅与克瑞翁的对抗是宗教与政治两个观点间的冲突"，然而作者通过分析这两个人物复杂的动机，补充了安提戈涅行动的政治性与克瑞翁行动的宗教性。

索福克勒斯对语言的使用极其高明——在看似简洁的词句背后，通常有着丰富的含义。诺克斯钟情于研究诗人的"语法把戏"：通过格位、介词和代词（例如在《安提戈涅》第370行，通过从句中的人称代词与格形式"ὅτῳ"，将主句的主语"人类全体"迅速转变为"某个个体"，并使主句的主语同时暗示了这两重意思），构建不同层次的递进寓意及戏剧效果。本书作者极为敏感地体察到这一点，并有效地将对句法与措辞的研究转移到对更大的问题的讨论上。诗人的悲剧深深植根于他所处时代的土壤中，正如诺克斯所说："索福克勒斯并无意像许多19世纪的批评家认为的那样，从历史学的角度重构英雄时代……所有伟大的戏剧都必须在思想与情感方面具有当下性，必须对观众产生非常直接的影响；英雄必须像亚里士多德所说的，是'一个和我们一样的人'，而非一个生硬的历史重构。索福克勒斯对阿喀琉斯式的性情与处境的迷恋并非来源于他对过去的兴趣，而是因为他深刻地相信，这种性情与处境是对他自身所处位置与时代悲剧性的两难境地真实而唯一可行的戏剧性表达。"诺克斯通过补充公元前5世纪雅典的政治历史背景，尝试还原一个见证了从不屈服于厄运的、英雄般的雅典从伟大到衰败的索福克勒斯，帮助现代读者更深层次地体会诗人在悲剧中对"当下性"的回应与戏剧性表达的背后，作为一个有血有肉的见证者对时代和传统的思考与阐释。

值得一提的是，西格尔虽就诺克斯在考察过程中将《特拉基斯妇女》一剧排除在外提出了批评，认为他对"英雄习性"的分析因此不够完整，但仍对作者在索福克勒斯作品中看到的独特性与普世性表现出极大的赞同，也为作者在作品中展示出的严谨锐利的判断力与对语言的敏感所折服。

对于译者而言，面对这样一种既具学术深度又不失美感与趣味的讨论，如何准确表达作者解读文本的观点，同时不偏离作者不受理论术语阻碍的简洁流畅的行文风格，着实是一个很大的挑战。在翻译过程中，我保留了作者引用的所有希腊语原文，以括号形式附在翻译后，并在戏剧名、戏剧人物、相关学者以及一些重要概念与定义第一次出现处标出原文。在一些复杂的文本阐释与语文学的问题上，我以译者注的形式加上了对背景和上下文语境的补充和解释，希望能尽可能地还原作者的精彩讨论。无论是作为研究对象的索福克勒斯，还是作为研究者的诺克斯，他们都展现出了非凡的深度和情怀；而翻译永远是留有遗憾的艺术，借钱锺书先生的话来说，文学翻译的最高标准是"化"——既能不因语文习惯的差异而露出生硬牵强的痕迹，又能完全保存原有的风味，那就算得入于"化境"。然而在现实中，彻底和全部的"化"是不可实现的理想，某些方面、某种程度的"讹"又是不能避免的毛病。译者才疏学浅，只希望译文中不可避免的"讹"不致遮蔽了原文的风采,且译文本身能够使读者们"尝到一点儿味道,引起了胃口"(钱锺书语),继续探索索福克勒斯与诺克斯所追寻的悲剧中的"不朽生命与力量"。

在此,我还想特别感谢罗马第一大学古典系古希腊戏剧方向研究员 Andrea Marcucci 博士一直以来的学术指导与帮助。

游雨泽
2019年3月于罗马

"古典与文明"丛书

第一辑

义疏学衰亡史论　乔秀岩　著

文献学读书记　乔秀岩　叶纯芳　著

千古同文：四库总目与东亚古典学　吴国武　著

礼是郑学：汉唐间经典诠释变迁史论稿　华　喆　著

唐宋之际礼学思想的转型　冯　茜　著

中古的佛教与孝道　陈志远　著

《奥德赛》中的歌手、英雄与诸神　〔美〕查尔斯·西格尔　著

奥瑞斯提亚　〔英〕西蒙·戈德希尔　著

希罗多德的历史方法　〔美〕唐纳德·拉泰纳　著

萨卢斯特　〔新西兰〕罗纳德·塞姆　著

古典学的历史　〔德〕维拉莫威兹　著

母权论：对古代世界母权制宗教性和法权性的探究

〔瑞士〕巴霍芬　著

"古典与文明"丛书

第二辑

作与不作：早期中国对创新与技艺问题的论辩 〔美〕普 鸣 著

成神：早期中国的宇宙论、祭祀与自我神化 〔美〕普 鸣 著

海妖与圣人：古希腊和古典中国的知识与智慧
〔美〕尚冠文 杜润德 著

阅读希腊悲剧 〔英〕西蒙·戈德希尔 著

蘋蘩与歌队：先秦和古希腊的节庆、宴飨及性别关系 周轶群 著

古代中国与罗马的国家权力 〔美〕沃尔特·沙伊德尔 编

学术史读书记 乔秀岩 叶纯芳 著

两汉经师传授文本征微 虞万里 著

推何演董：董子春秋义例考 黄 铭 著

周孔制法：古文经学与教化 陈壁生 著

《大学》的古典学阐释 孟 琢 著

参赞化育：惠栋易学考古的大道与微言 谷继明 著